Michal Hvorecky

ESKORTA

Roman

Tropen

Aus dem Slowakischen von Mirko Kraetsch

Tropen
www.klett-cotta.de/tropen
Die Originalausgabe erschien unter dem Titel »Eskorta« im Verlag Marenčin PT, Bratislava.

Printed in Germany
Schutzumschlag: Klett-Cotta-Design
Motiv: Josephine Meckseper »Untitled (Valentino Red Face)«, 2001
Glitter und Gouache auf Papier, 39,7 × 49,5 cm
Privatsammlung Stuttgart, Courtesy Galerie Reinhard Hauff, Stuttgart und © VG Bild-Kunst, Bonn 2009
Foto: Zooey Braun, Stuttgart
Gesetzt aus der Electra von r&p digitale medien, Echterdingen
Auf säure- und holzfreiem Werkdruckpapier gedruckt und gebunden von CPI – Clausen & Bosse, Leck
ISBN 978-3-608-50102-5

I. BRRRAATISLAVAAAA

Tell me if you can
What makes a man a man
Charles Aznavour

1.

Ich war schon immer davon überzeugt, dass ich als Frau besser ausgesehen hätte: ein ovales Gesicht mit blasser, glatter Haut und einer kleinen Nase, kerzengerade lange und schlanke Beine, ausladende Hüften, eine schmale Taille, hellblaue Augen, blondes Haar und weiße Zähne. Die festen Arme und breiten Hände waren zwar für große Gesten gemacht, doch blieben sie bei mir allzu sanft für einen Mann. Meine sterbliche Hülle wirkte trotz ihrer beachtlichen Größe von 1,91 Metern fragil. Die Schultern hätten wesentlich breiter sein müssen, der Brustkorb gewölbter, das Kinn schärfer geschnitten, die Wangenknochen markanter, der Blick energischer. Auch lange Haare hätten mir gut gestanden. Ich hatte fast keine Augenbrauen und kein einziges Härchen in den Achselhöhlen. Meine Brust blieb verblüffend glatt.

Schon seit frühester Kindheit musste ich mir immer wieder Sätze anhören wie »Das könnte aber auch eine hübsche Tochter sein!« oder »Du hättest wohl ein Mädchen werden sollen?«. Noch mit neun Jahren passierte es, dass mich auf Spaziergängen mit meinen Eltern Leute ansprachen: »Na, meine Kleine, wie heißt du denn?« Wenn mein Vater sagte, dass ich Michal heiße, entschuldigten sie sich: »Verzeihung. Du bist also ein Junge? Wirklich? So ein goldiges und niedliches Kerlchen!«

Zwischen zwölf und dreizehn nahm mein Gesicht noch weiblichere Züge an. Die Veränderung meines Aussehens hatte zur Folge, dass mich Leute, die mich zuletzt mit elf gesehen hatten, entgeistert musterten. Es stach in die Augen. Auch meine Eltern hätten das bemerken müssen. Es machte den Eindruck, als könne sich meine männliche Identität nicht in vollem Umfang entfalten. So manches Detail, das andere an mir hervorhoben, betrachtete ich als Mangel. Sogar meine eigene Stimme war für mich wie die eines Fremden, denn sie klang, auch als ich erwachsen war, noch weich und zart und wenig prägnant.

Mein eigener Körper störte mich, ja, fast quälte er mich. Als wären beide Geschlechter in mir verborgen. Ich hätte zum neutralen Geschlecht gehört, wenn es so etwas gegeben hätte.

Trotz alledem wollte ich damals diese Frau noch nicht töten. Die Frau in mir.

2.

Meine Familie stammt aus der Tschechoslowakei. Dafür kann ich nichts.

In einem so winzigen Land wurde sehr aufmerksam beobachtet, woher man kam und aus was für einer Familie. Meine Vorfahren hatten sich in der Vergangenheit ihren Lebensunterhalt in den verschiedensten Berufen verdient, waren Bauern, Gutsverwalter, Soldaten und Beamte gewesen.

Als Kind sprach ich Deutsch, auch wenn das schon damals ganz unzeitgemäß war. Mein Großvater, der Rechtsanwalt Herbert Kirchner, Jahrgang 1887, gehörte zu den bekanntesten Homosexuellen in der Tschechoslowakei der Zeit zwischen den Kriegen. Er war in Böhmen geboren und damit österreichischer Staatsbürger. Seine Erziehung erhielt er auf Militärschulen, danach studierte er Jura. 1918 begrüßte er den Fall von Österreich-Ungarn und die Gründung einer eigenständigen Tschechoslowakei. Er tauschte die Uniformen gegen Anzüge mit englischem Schnitt aus, rasierte sich den Backenbart ab und widmete sich nun Jazz, Sport und Autos.

Mein Großvater wirkte auch mit fünfzig noch ungewöhnlich jung. Er war immer elegant gekleidet, und wenn er auf dem Weg in eins der Kaffeehäuser der Prager Altstadt den Graben entlangflanierte, schaute er den jungen Herren, die voller Sorge von den sie begleitenden Damen bewacht wurden, tief in die Augen. Er hatte hervorragende Manieren und wusste nicht nur, wie man sich korrekt benimmt, sondern war auch ein begnadeter Redner.

Mit deutschsprachigen homosexuellen Kreisen kam er vor allem im Café Continental in Kontakt, wo regelmäßig Kabarettvorführungen und Travestie-Shows stattfanden. Dort verkehrte er auch mit Männern, die ihre Orientierung sonst unterdrückten oder geheim hielten.

Herbert lebte in einer Mietwohnung in der Heinrichgasse, zwischen Pferdemarkt und Heuwaagplatz, wo er gemeinsam mit Freunden und unter Aufsicht eines Psychiaters mit Haschisch und Opium experimentierte. Er hatte einen außerordentlich gut entwickelten Sinn für Tanz und Musik, liebte das Ballett und die Oper und war mit Avantgarde-Künstlern befreundet, deren Namen mir nichts sagten. Seine Bibliothek umfasste angeblich die zweitgrößte Sammlung erotischer Literatur in Mitteleuropa.

Als erster tschechoslowakischer Rechtsanwalt forderte er die Entkriminalisierung der gleichgeschlechtlichen Liebe. Strafen für Homosexuelle wurden auf böhmischem Territorium im 18. Jahrhundert eingeführt: Ihnen wurde der Kopf abgeschlagen und dieser dann mit dem Rest des Körpers verbrannt. Beischlaf mit einem Nichtchristen, also mit einem Juden oder Muslim, galt als erschwerender Tatbestand. Selbst bei Masturbation drohten Folter oder gar Erhängen. Noch Ende des 19. Jahrhunderts wurden sogenannte Sodomiten mit Haftstrafen zwischen einem und fünf Jahren bestraft, zuzüglich Auspeitschen und Zwangsarbeit. Zu Herberts Zeiten wurde man normalerweise »therapiert«, indem die Hoden entfernt wurden. Die Psychiater gaben ihren »Patienten« außerdem Brechreiz fördernde Mittel und zeigten ihnen dabei Filme mit nackten Männern. Mein Großvater legte öffentlich Protest ein.

Er war Mitbegründer der Weltliga für Sexualreformen und erwarb sich Verdienste bei der Gründung der Zeitschrift *Stimme der sexuellen Minderheit*. Er kämpfte gegen brutale Denunzianten, die von Schwulen Geld forderten und drohten, sie ansonsten bei der Polizei anzuzeigen. Die Verfolgung von Homosexuellen durch die Nazis lehnte er ab, doch hielt er sie für zweitrangig, verglichen mit den historischen Erfolgen, die sein Volk erreicht hatte. Als deutschsprachiger Bürger der Tschechoslowakei befand sich Herbert in einer besonders komplizierten Situation: Er war homosexuell, aber er bewunderte Hitler. Den Versailler Vertrag hielt er für ungerecht und die Kriegsreparationen für eine bodenlose Zumutung. Er begrüßte ebenfalls den Anschluss Österreichs ans Deutsche Reich.

Doch nach der Besetzung der Tschechoslowakei durch die Nazis stand er auf der schwarzen Liste und wurde von der Gestapo drangsaliert. Er wollte sich durch eine Ehe in Sicherheit bringen und suchte sich dafür eine Lesbe in ähnlicher Situation. Sie heirateten im Dezember 1938 im Prager Rathaus. Ein altes Familienfoto von jenem Tag zeigt einen großen, athletisch gebauten Mann, der sich leger auf einen Sockel aus heller Pappe stützt, eine Requisite des Fotoateliers. Dabei schaut er nicht die wunderschöne Braut an, die neben ihm steht, sondern blickt irgendwohin zur Seite und tut so, als sei er gar nicht da. Das Ehepaar Kirchner beschloss, für Nachwuchs zu sorgen, meinen Vater, und so nach außen hin den Anschein einer normalen Familie zu erwecken. Herbert glaubte, dass ihm als Deutschem, wenn er nur vorsichtig genug wäre, definitiv keine Gefahr drohte. Die Gestapo sperrte ihn dann aber trotzdem ein, in die Kleine Festung von Theresienstadt, in eine Baracke für politische Gefangene und Homosexuelle. An der Häftlingskleidung musste er den rosa Winkel tragen. Schließlich deportierten sie ihn nach Auschwitz, wo er direkt nach seiner Ankunft am Morgen des 7. März 1943 in der Gaskammer getötet wurde.

Von ihm habe ich die blauen Augen und die hohe Stirn geerbt.

3.

Seit ich zum ersten Mal jene vergilbte, ausgeblichene Daguerreotypie meiner Großmutter gesehen habe, die vor ihrer Heirat Helena Prokopová hieß, bin ich überzeugt davon: Wäre ich als Frau auf die Welt gekommen, wäre ich mit derselben außergewöhnlichen Schönheit gesegnet worden.

Helena, eine weithin bekannte Schönheit und fortschrittliche Lesbe, stammte aus einer angesehenen Prager Familie, die vor 150 Jahren aus dem Rheinland nach Böhmen übergesiedelt war. Ihr Vater hatte es bis zum Verwaltungsratsmitglied der Tschechischen Versicherungsanstalt und zum kaiserlichen Kommerzialrat gebracht. Als Helena 1897 geboren wurde, hatte Prag 300 000 Einwohner, auf einen Deutschen kamen vier Tschechen. Sie wuchs in Wohlstand auf, ging auf die deutsche Volksschule an der Ecke Graben und Herrengasse, die von Kindern jüdischer und einiger protestantischer Familien besucht wurde, und sprach Kuchelböhmisch, eine verbreitete Mischung aus Deutsch und Tschechisch.

Die grünäugige Helena mit den markanten Wangenknochen und der bis zur Pubertät jungenhaften Figur wirkte in der Prager Szene schockierend schön. Mit fünfzehn begann sie, ausschließlich Männerkleidung zu tragen, sie hatte einen Pagenschnitt, liebte die Frauen und trank ausschweifend. Sie war leidenschaftliche Autofahrerin und bekam als allererste Pragerin ein Strafmandat wegen Geschwindigkeitsüberschreitung. Außerdem experimentierte sie mit Drogen, insbesondere mit Morphium.

Helena hatte, seit sie sechzehn war, eine eigene Wohnung in der Theyngasse, drei gemütliche und ruhige Zimmer im ersten Stock. Trotz der herrschenden Verhältnisse ging sie offen und auch verdeckt erotische Beziehungen zu Frauen ein. Sie schrieb sich am Institut für Germanistik der Karlsuniversität ein, doch die Vorlesungen besuchte sie nur gelegentlich, und ihr Studium schloss sie auch nicht ab. Sie ging lieber in den Verein deutscher Künstler in Böhmen, der seine Zusammenkünfte in der Regel im Deutschen (später Slawischen) Haus abhielt, wo sie ab und zu samtig, aber angeblich ein wenig falsch Chansons zum Besten gab. Weitere regelmäßige Szene-Veranstaltungen fanden im Tanzklub Batex statt, wo auch Begegnungen auf Inserate hin organisiert wurden, die in der Zeitschrift *Stimme der sexuellen Minderheit* veröffentlicht wurden. Helena verbrachte so manche Nacht im Café Louvre in der Nationalstraße und in einem Lokal namens Casino. Ihre Schönheit begeisterte, für die Prager Bohème wurde sie zur Muse.

Als leidenschaftliche Touristin absolvierte sie weite Reisen mit dem Auto. Sie besuchte Persien, den Irak, Afrika, die USA, das Baltikum und die Sowjetunion. Mit ihrer Leica machte sie unermüdlich Schnappschüsse von ihren Freundinnen, vor allem aber von sich selbst.

Nach dem Münchener Abkommen war Prag für Helena nicht mehr sicher. Sie fühlte sich bedroht, wollte emigrieren, aber Geschäftemacher boten Visa nur gegen unverschämt hohe Geldbeträge an. Helena musste sogar beim Autofahren umlernen, denn nach dem Einmarsch der Deutschen wurde von Links- auf Rechtsverkehr umgestellt. Einige Tage nach der Ausrufung des Protektorats Böhmen und Mähren wurde sie festgenommen. Dank einer Bestechung durch ihren Vater wurde sie für kurze Zeit wieder aus dem Gefängnis Prag-Pankrác entlassen, doch ihr Pass wurde ihr abgenommen. Ein Jahr später landete sie wegen »undeutscher Umtriebe« erneut hinter Gittern. In Theresienstadt wurde sie Zeitschriftenredakteurin und nahm an musikalischen Aktivitäten teil. Das genaue Datum ihres Todes im Konzentrationslager Ravensbrück, wohin man sie deportiert hatte, ist nicht bekannt.

Verwandte behaupten, dass ich ihr vor allem durch meinen großen sinnlichen Mund ähnlich sehe.

4.

Mein Vater, Josef Kirchner, kam im Mai 1941 in Theresienstadt zur Welt. Bald wurde er in ein Kinderheim gebracht, genoss jedoch eine andere Stellung als die jüdischen Kinder. Um ihn kümmerten sich deutsche Krankenschwestern, die ihn zu einem arischen Musterkind erziehen wollten, einem Germanen der neuen Generation. Seine Eltern lernte er nie kennen, und lange Zeit wusste er nicht, dass er nur gezeugt worden war, um sie vor der Verfolgung zu retten.

Anfang August 1945 kehrte mein Vater mit zahlreichen Waisen aus den befreiten Gebieten von Böhmen und Mähren nach Prag zurück. Seine homosexuelle Orientierung wurde ihm mit dreizehn bewusst, er hörte auf, ein dürrer, schmächtiger und schwacher Junge zu sein, und verwandelte sich binnen kurzer Zeit in einen starken, großen, prachtvollen jungen Mann. Mit einigen Schwierigkeiten absolvierte er ein Soziologiestudium an der Karlsuniversität. Sein Deutsch musste er heimlich aufbessern, denn das Erlernen dieser Sprache war offiziell verboten worden. Er trat in die kommunistische Partei ein, überzeugt, dass die politischen Prozesse und die Verstaatlichungen nur vorübergehende Maßnahmen darstellten, unausweichlich auf dem Weg zu einer schöneren und gerechteren Welt.

Homosexualität galt auch nach dem Putsch der Kommunisten vom Februar 1948 als abartig. Die Repressionen gingen weiter – unter neuen Vorwänden. Mein Vater hat mir nie die Umstände seiner ersten Festnahme verraten. Kurz nach der Aufnahme ins Gefängniskrankenhaus musste er eine phallometrische Untersuchung über sich ergehen lassen, bei der ihm Fotos nackter Männer gezeigt wurden und der Arzt die Reaktionen seines Penis beobachtete. Das Glied meines Vaters reagierte nicht. Doch als zwei Polizisten in Uniformen vor ihm standen, ein Mann und eine Frau, bekam er eine heftige Erektion. Der Doktor lehnte es ab, meinem Vater ein »blaues Büchlein« auszustellen, das ihn von der zweijährigen Wehrpflicht befreit hätte. Während der Armeezeit wurde er wegen angeblichen Randalierens (in Wahrheit wegen des Geschlechtsverkehrs mit einem Mann) erneut verhaftet und einer Elektroschock-Therapie unterzogen.

In den sechziger Jahren wurde mein Vater durch wiederholtes Verabreichen von LSD behandelt, wodurch die Verarbeitung »unangenehmer Erlebnisse« stimuliert werden sollte. Er verbrachte fast ein Jahr im Rausch. Die Resultate erwiesen sich als fraglich, denn »der Patient verlangte, die Therapie möge nicht abgebrochen werden«. Daraufhin injizierten die Ärzte meinem Vater Sexualhormone in der Hoffnung, dass sein Interesse an Frauen zunehmen würde, doch der erhoffte Effekt trat nicht ein. Josef galt nun als austherapiert und wurde aus dem Krankenhaus entlassen. Lange konnte er keine Arbeit finden. Im Rahmen des Programms zur Umsiedlung bourgeoiser Elemente aus Prag wollte man ihn zum Umzug aufs Land zwingen, in eine der entvölkerten Gemeinden im Grenzgebiet. Es gelang ihm jedoch, in Prag zu bleiben. Er arbeitete als Assistent in einem Forschungsinstitut und erhielt dafür ein erschreckend niedriges Gehalt. Er verdiente weniger als die sozialistischen Arbeiter, die sich immer nur auf ihre Schaufeln stützten.

An seinem neuen Arbeitsplatz traf er Hana, meine spätere Mutter, eine Frau mit dem herrlichen Gesicht eines unruhigen Engels, eine Lesbe mit deutschem Familienhintergrund und ähnlichen Therapie-Erfahrungen. Als er sie kennenlernte, hatte die 37-jährige reife Frau bereits eine sehr abenteuerliche Jugend hinter sich.

Das Gesicht meiner Mutter, eher streng als verschlossen, verbarg den unvoreingenommenen Blick. Sie bezirzte die Damen durch ihr vornehmes Äußeres, das leicht spitz zulaufende Kinn, das kühle Lächeln ihrer regelmäßigen Zähne, ein gewagtes Make-up und ihre dichten welligen Haare, die sie kurzgeschnitten trug.

Josef und Hana beschlossen unter dem Druck der Umstände zu heiraten. Ein Kind hatten sie anfangs nicht geplant. Die frischgebackene Ehefrau verweigerte ihrem Mann sofort den Geschlechtsverkehr, wonach dieser aber auch gar kein Verlangen hatte. In ihrer formalen Ehe ging es dann allerdings drunter und drüber, als die Tschechoslowakei von den Armeen des Warschauer Pakts besetzt wurde. Die politische Situation spitzte sich zu und meine Eltern beschlossen, mich zu zeugen.

5.

Ich kam 1973 in Prag zur Welt und erhielt den Namen Michal.

Wir wohnten in einer Zweizimmerwohnung im obersten Stockwerk eines vierzehngeschossigen Plattenbaus in einem Prager Außenbezirk. Meine Eltern hatten getrennte Schlafzimmer. Meine Mutter brachte ihre lesbischen Partnerinnen mit nach Hause, mein Vater seine Liebhaber. Sie hatten nichts zu verbergen. Auch nicht vor mir.

Jede Woche, vor allem freitags und samstags, kamen fremde Menschen, die sich keinen Deut um mich kümmerten und auf die ich in kindlicher Weise eifersüchtig war. Vor meinen Augen defilierten bärtige halbnackte Wesen mit langen Haaren und durchscheinenden Gesichtern vorbei, mit Bierflaschen in der Hand. Sie rauchten, redeten wirres Zeug, und ab und an gaben sie mir zu verstehen, dass ich sie störte.

Im Wohnzimmer donnerte fortwährend Musik. Für die Raubkopien soll angeblich jemand im Gefängnis gelandet sein. Hartnäckig blieb der Rauch von Zigaretten und Marihuana in den Gardinen hängen. Über den Fußboden waren mit der Schreibmaschine abgetippte Manuskripte verstreut. An den Wänden entlang wanden sich Tonbänder. Überall lagen Berge von Schallplatten herum. Wenn ich nachts aufs Klo ging, musste ich oft über Körper steigen, die auf dem Wohnzimmerboden lagen, in Bettdecken oder Schlafsäcken eingewickelt, manche waren nackt und in Umarmungen verschlungen.

»Ich wusste gar nicht, dass du ein Kind hast«, murmelte einer.

»Du hast auch nicht danach gefragt«, antwortete mein Vater ruppig.

»Wie heißt du denn?«, fragte mich jemand.

»Michal. Und du?«

»Ich? Gar nicht«, antwortete der Unbekannte. »Du hast mich nie gesehen.«

Wie konnte ich ihn nicht sehen, wo er doch direkt vor mir lag?

Ich bewegte mich ausschließlich zwischen Erwachsenen und gewöhnte mich an ihre Schamlosigkeit. Als ich fünf war, boten sie mir Zigaretten an, ein Jahr später probierte ich Haschisch. Die Tabakkrümel gerieten mir in den Mund und brannten auf der Zunge und meine Lippen klebten am Papier fest. Der Geschmack von Bier war mir in diesem Alter bereits vertraut. Halbnackte Frauen beugten sich zu mir herab und ließen mich von ihrem Wein trinken, und ich nahm ihre betörenden Ausdünstungen wahr – damals wusste ich noch nicht, dass sie nach Sex rochen. Jede Offerte wurde von schallendem Gelächter begleitet. Eigentlich war mir nur eine einzige Sache verboten: darüber zu reden, was bei uns vor sich ging.

»Erzähl niemandem, worüber wir zu Hause gesprochen haben. Du darfst keinem sagen, dass uns Leute besuchen kommen, verstehst du?«, sagten meine Eltern immer wieder zu mir.

»Ja, ist gut«, antwortete ich, obwohl ich überhaupt nichts kapierte. Doch ich tat so, als würde ich die geheimen Zusammenhänge verstehen, und sicherheitshalber hielt ich in der Schule meine Zunge im Zaum. Ich hatte dort ohnehin keinen Spaß, verglichen mit den Ereignissen zu Hause war dort nichts los.

Doch der Geheimdienst verfolgte den Lebenswandel meiner Familie mit aller Härte. Uns hatten offensichtlich Nachbarn angezeigt. Eigentlich waren meine Eltern eher durch Zufall in Opposition zur Diktatur geraten. Dabei interessierten sie sich so gut wie gar nicht für Politik. Ab einem gewissen Zeitpunkt wurden beide regelmäßig zu Verhören abgeholt und unser Telefon wurde verwanzt.

Manchmal gab es Razzien. In solchen Fällen war es meine Aufgabe, im Radio blitzschnell den illegalen ausländischen Sender umzustellen, das Marihuana vom Tisch zu wischen und es im Klo hinunterzuspülen.

Dadurch, dass ich noch so klein war, geriet ich ungewollt ins Epizentrum der Aufmerksamkeit von Seiten der Polizei. Einmal wollte mich die Staatsmacht beschützen, ein andermal tadelte sie mich. Ich war dünn, ewig unausgeschlafen, sah ziemlich ungesund aus und litt unter Appetitlosigkeit. Andere Kinder in meinem Alter schauten sich regelmäßig Märchenfilme an, ich schaute mir regelmäßig Gesichter auf Polizeifotos an. Mir waren die leeren Verhörräume der Polizei mit den runden Wanduhren und dem unaufhörlichen Klappern der Schreibmaschinen vertraut, die vollgestopften unpersönlichen Büros mit dem hellgrauen Linoleum auf dem Boden und den Schwarzweißfotos von Politikern an der Wand. Man unterzog mich Kreuzverhören, fotografierte mich, notierte meine Aussagen und ließ mich Dokumente unterschreiben.

Ich kam mir ausgesprochen wichtig vor.

Immer, wenn mich ein Ermittler etwas fragte, wiederholte ich die auswendig gelernten Sätze.

»Wer ist am häufigsten bei euch zu Besuch?«

»Weiß ich nicht.«

»Versuch dich zu erinnern! Hast du den hier schon mal gesehen?«

Er wedelte mit einem Schwarzweißfoto vor meiner Nase herum.

»Noch nie.«

Dabei hatte er am Morgen noch vor meinen Augen seinen Kater ausgeschlafen.

»Über was reden deine Eltern?«

»Ich weiß nicht, das hab ich vergessen.«

»Kriegt ihr Pakete aus dem Ausland?«

»Ich kann mich nicht erinnern.«

»Junger Mann, Sie leiden an komplettem Gedächtnisschwund.«

»Wie bitte? Ich weiß es nicht …«, sagte ich.

»Mit so einem leeren Kopf kannst du nicht studieren, das ist ausgeschlossen. Verstehst du dich gut mit deinem Vater und deiner Mutter?«

»Meine Eltern sind meine besten Freunde. Wir machen zusammen Ausflüge. Ich hab sie sehr lieb.«

»Wenn du groß bist, gehst du in eine Fabrik arbeiten. Anständige Arbeit tut dir gut, wenn du so eine hohle Birne hast. Der Wehrdienst und ein paar freiwillige Arbeitseinsätze werden dein Gedächtnis schon wieder auffrischen.«

Der Mann war zwei Köpfe größer als ich, aber ich gab nicht klein bei und konzentrierte mich darauf, meine Angst zu beherrschen.

»Das klingt überhaupt nicht wie die Aussage eines Kindes«, meldete sich jemand aus dem anderen Raum zu Wort.

»Die Arbeiterklasse hasst dich und schämt sich für dich!«, brüllte mich der Oberst an, ein Pavian in Militärstiefeln.

»Wirklich? Das tut mir leid. Richten Sie ihr bitte aus, dass ich mich entschuldige.«

»Das reicht jetzt!«

»Können Sie mir bitte Ihre Dienstnummer nennen?«, fragte ich.

Ich brachte den Ermittler ordentlich in Verlegenheit. Von meinen Eltern wusste ich, welche Angst die Polizisten hatten, dass ihre Namen an ausländische Radiostationen gelangen könnten, die sie dann in ihren Sendungen nennen würden. Sie ließen mich gehen. Zum Lügen musste ich mich nicht zwingen, ich beherrschte das perfekt. Ich war sogar versessen darauf, es immer wieder zu tun, bis mir die Geschichten völlig natürlich vorkamen. Ich hatte Spaß an der Verstellung, ich glaubte, dass ich dadurch älter und erwachsener wirkte. Die immer häufigeren Unannehmlichkeiten mit dem Geheimdienst waren erstaunlicherweise Anlass für ein Aufblühen des Treibens in unserer Wohnung. Wir spornten uns gegenseitig an, halfen und ermutigten einander. Wir bildeten eine große Familie. Einige Gäste ließen gleich einen Vorrat an sauberer Kleidung bei uns. Entlang der gesamten Wohnzimmerwand war eine große Kollektion von Schuhen aufgestellt. Leere Bierflaschen sammelten sich reichlich an.

Wenn die Polizei wieder einmal Václav Havel schikanierte oder verhaftete, wurden in New York und Paris umgehend empörte Stellungnahmen verfasst, die amerikanische Botschaft protestierte und verschiedene internationale Komitees lancierten Petitionen. Doch weder wir noch unsere Freunde und Bekannten wurden von irgendwem beachtet, weder Medien noch Menschenrechtler kämpften für uns. Sie wussten nicht einmal von unserer Existenz. Die Propaganda in den Zeitungen und im Fernsehen zeigte Dissidenten als abartige Alkoholiker und Drogensüchtige, die eine Bedrohung für den

Staat darstellten. Einige Gäste bei uns kamen mir zwar exzentrisch vor, andere faul, verzweifelt oder unglücklich, aber alles in allem völlig harmlos. Oft wurde über Religion diskutiert, mehrere unserer Besucher hatten sogar einen Glauben angenommen und waren Kirchenmitglieder geworden. Meinen Vater ärgerte das, er betonte immer wieder seine kommunistische und atheistische Überzeugung. Wo sich die Gelegenheit bot, prangerte er an, dass man ihn trotzdem Repressalien aussetzte. Jede Woche schickte er mehrere Eingaben an offizielle Stellen: die Polizei, die Regierung, das Parlament, den Präsidenten. Er ging auch zu öffentlichen Parteiversammlungen, um dort das Regime des Verfassungsbruchs zu bezichtigen. Außer uns hatte keiner der regelmäßigen Bewohner der Wohnung ein Auto, sodass uns die Polizei automatisch für die Hauptantriebskraft des Geschehens hielt. Dabei wurden in der Wohnung oft nur Bücher gelesen. Schwer aufzutreibende Romane, maschinengetippte Kopien, manchmal nahezu unleserlich, konnte man sich von vertrauenswürdigen Bekannten für eine Nacht ausborgen. Punkt sechs Uhr morgens gaben wir sie wieder zurück.

Gemeinsam mit meinen Eltern und den Gästen lauschte ich verbotenen Sendern in einem Weltempfänger russischer Produktion. Aus dem Apparat, der außer bei der tschechoslowakischen Opposition sonst höchstens noch bei mongolischen Viehhirten in Gebrauch war, tönte das Jaulen der Störsender viel deutlicher als die dunklen Stimmen der Sprecher. Die langen Ansprachen verstand ich nicht, aber ich tat so, als leuchtete mir jedes Wort ein.

An die Razzien hatte ich mich gewöhnt. Lange Zeit dachte ich, dass jede Familie das mitmachte. Zuerst wurden alle Anwesenden von den Geheimagenten durchsucht. Einer von ihnen hatte immer ein Lederfutteral am Gürtel, aus dem der schwarze Griff eines Revolvers ragte. Die Polizisten inspizierten die Papiere und die persönlichen Gegenstände, jeder wurde fotografiert und einem kurzen

Verhör unterzogen. Wenn sie mich zu Gesicht bekamen, fingen sie manchmal an zu lachen. Ein ziemlich junger Staatsfeind. Doch Wörter wie Protokoll, Verhör oder Anklage waren mir bereits bekannt. Ich wuchs in dem Bewusstsein auf, dass insgeheim irgendwer jede meiner Bewegungen beobachtete, alle Gesten filmte, alle Wörter aufnahm, meine Gesichtsausdrücke, und überhaupt mein ganzes Tun verfolgte.

Besonders gut in Erinnerung habe ich einen Oberst namens Varga. Sein riesiger kahler Schädel war bleich wie Wachs. Er hatte keine Zähne mehr und lächelte, indem er seine Lippen fest aufeinanderpresste und die Gesichtsmuskeln fast schon schmerzhaft in die Breite zog. Jedes Mal, wenn er kam, nahm er sofort auf der Couch im Wohnzimmer Platz. Für einen Moment herrschte Schweigen.

»Möchten Sie was trinken?«, fragte meine Mutter.

»Im Dienst sollte ich eigentlich nicht, aber wenn Sie so fragen …«, antwortete er.

»Ach nehmen Sie, nur einen Schluck«, ermunterte sie ihn.

Varga verwandelte sich augenblicklich in einen redseligen Burschen, vor allem nach zwei, drei Gläschen Sliwowitz. Blitzschnell, aber mit Würde goss er sich den Schnaps in den Schlund, angelte sich mit spitzen Fingern eine saure Gurke aus dem Einweckglas und grinste. Schließlich war er so betrunken, dass er fast nicht mehr nach Hause gehen konnte, und hätte beinahe bei uns übernachten müssen. Nach dem dritten Besuch fühlte er sich bei uns so gut wie zu Hause. Gern erzählte er Witze, die ich meist nicht begriff, aber ich hatte das Gefühl, dass sie staatsfeindlich waren. Sie fingen oft so an: »Streiten sich ein Amerikaner und ein Russe …«, oder: »Trifft ein Kubaner einen Westdeutschen …«. Oder sie handelten von Schwulis. Nach der Pointe wieherte Varga übertrieben laut los. Wenn mich sein Blick traf, kam ich mir verloren vor. Ich wusste, dass es unpassend war, zurückzustarren, denn das würde er hochnäsig finden. Wegzuschauen bedeutete aber, Desinteresse zu zeigen. Im Stillen hoffte ich immer, dass so viele Leute wie möglich über Vargas Witze lachen würden. Dann bekam er gute Laune, erzählte lang und breit, tat niemandem etwas zuleide und ging ziemlich schnell wieder. Doch wenn peinliche Stille herrschte, wurde er wütend und fing an, uns zu drohen. Niemand in der Wohnung ahnte, wie sein Besuch ausgehen würde.

Besonders übel sah es aus, als Varga und seine Kollegen einmal mitten in der Nacht in die Wohnung kamen und auch noch Schäferhunde ohne Maulkorb dabeihatten. Ich hatte große Angst vor dem wütenden Gebell der Hunde, die sie bis ganz dicht an mich heran ließen. Das Zimmer wurde von grellem Licht durchflutet. Die Frauen, deren Make-up-Reste ihnen über die blassen Wangen rannen, zogen sich verwirrt ihre Röcke hoch. Die Männer schafften es kaum noch, sich ihre Hosen ordentlich zuzuknöpfen. Ich lernte, dass Hunde die Angst der Menschen liebten. Die Agenten führten mit ihrer Hilfe einen der Gäste ab, der dann 48 Stunden in Untersuchungshaft zubrachte: schmutzige Wände, trübes Licht, Gefängnismobiliar, immer wieder dieselben Fragen bis zum Verrücktwerden, ein russischer Plattenspieler aus Holz, die Wände voll mit hängenden Kletterfarnen und Vorkriegsschreibmaschinen …

Ein andermal trieben sie uns alle aus der Wohnung und ließen uns zwei Stunden draußen im Frost warten, bis sie unsere Papiere kontrolliert hatten. Manchmal hatte ich das Gefühl, dass die Polizisten ein bisschen Angst vor uns hatten. Wenn sie uns beschimpften, amüsierten wir uns darüber, und anschließend beschimpften wir sie insgeheim dreimal so heftig. Ich hatte den Eindruck, dass unsere Gemeinschaft in jenem Winter, in der Stille der kurzen und dunklen Tage, wieder erstarkte. Die Bäume waren voller Raureif, an den Fenstern blühten die Eisblumen. Tiefer Schnee bedeckte den Boden.

Man könnte vielleicht sagen, dass mich das Regime um meine Kindheit betrogen hat. Wir lebten unter elenden Bedingungen und in erniedrigender Enge, wir hatten gerade genug zum Überleben. Aber trotzdem habe ich mich hin und wieder gut amüsiert.

Ich war ein Meister im Auffinden von Wanzen, nach denen wir jedes Mal suchten, wenn wir nach ein paar Stunden oder Tagen Abwesenheit nach Hause kamen. Ich durchforstete des Wohnzimmer, das Schlafzimmer und die Küche. Ich nahm den Telefonhörer auseinander und kontrollierte Radio und Fernseher. Meine kleinen Finger steckte ich auch da hinein, wo andere nicht hinkamen. Ich wühlte alles durch: die Kommode, den Sekretär, den Wäscheschrank. Fast immer fand ich etwas: ein Aufnahmegerät, einen Fotoapparat, einmal sogar eine geräuschlos filmende Minikamera.

Mit zunehmendem Alter passierte es mir immer häufiger, dass die Schwulen bei uns in der Wohnung versuchten, mich zu verführen. Ich weiß nicht, wie viele Male sie um mich herumscharwenzelten und sich bei mir einschleimten. Bekannte meines Vaters. Als Freundinnen verkleidete Freunde. Typen, die ich nicht kannte. Gefallene Engel. Kettenraucher. Sie hatten keine Geheimnisse vor mir und wollten, dass ich mich ihnen anschloss.

»Wenn du mal groß bist, dann bist du auch einer von uns. Einen Mann kann eben am besten ein anderer Mann verstehen. Glaub mir, wenn du das erst mal probiert hast, wirst du nichts anderes mehr wollen. Die Frauen haben kein Verständnis für uns, wir sind eben einfach anders. Nur ein Kerl weiß, was ein anderer Kerl wirklich braucht«, sagten sie zu mir.

Ich wusste nicht, wie ich darauf reagieren sollte, ich hatte einfach nur Angst vor ihnen. Die Nacktheit, die ich in der Wohnung sah, die beunruhigenden Geräusche, die seltsamen Anspielungen, die weißen Körperteile, das alles beschäftigte meine Phantasie ohne Unterlass und füllte ganze Tage aus, die ich in Untätigkeit verbrachte.

Damals traten bei mir zum ersten Mal Wutausbrüche auf, sobald mir jemand Avancen machte.

»Gib mir hundert Kronen, oder ich gehe zur Polizei und sage denen, was hier los ist!«, schrie ich meinen Vater an.

»Das meinst du doch wohl nicht im Ernst! Was erlaubst du dir eigentlich?«

»Ich will Kohle, sonst schwärz ich euch an.«

»Gib ihm einen Fünfziger«, rief meine Mutter.

Manchmal erpresste ich auch die anderen in der Wohnung. Einmal wollte mir ein Typ für meine Unverschämtheit eine knallen, und deshalb brüllte ich ihm ins Gesicht: »Fass mich nicht an, oder ich sag der Polizei, dass du mich vergewaltigt hast! Dann endest du im Knast!«

Er machte keinen Mucks mehr.

»Was nimmt sich das Kind denn da raus? Dass ihr euch das gefallen lasst!«, rief jemand.

»Kümmert euch nicht drum. Lasst Michal in Ruhe, oder er verrät wirklich was, und dann gibt's eine Katastrophe«, verteidigte mich meine Mutter.

Und deshalb wurde ich immer dreister. Ich wusste, dass mich nichts aufhalten würde.

Zur Sache ging es dann wieder, nachdem meine Eltern und mehrere ihrer Bekannten eine Petition unterschrieben und ins Ausland verschickt hatten. Textauszüge sollen angeblich auch in großen amerikanischen und deutschen Zeitungen abgedruckt gewesen sein. Das Politbüro war sauer und beschloss, hart durchzugreifen. Der Skandal zog immer weitere Kreise. Angeblich wurde in ausländischen Radiosendern viel über die Petition gesprochen, aber niemand wusste, was. Auf eine brutale Polizeirazzia folgte ein politischer Schauprozess. Meine Eltern schafften es wie durch ein Wunder, sich der Verfolgung zu entziehen, aber einer ihrer Freunde wurde wegen Zersetzung des Staates zu fünf, ein anderer zu dreieinhalb Jahren verurteilt. Mehrere andere wurden in abgelegene Grenzregionen im Norden umgesiedelt. Unsere Wohnung war viel zu gefährlich geworden, niemand wollte mehr dahin zurück. Außerdem hatte sich die Gruppe zerstritten. Als wir zufällig alten Freunden meiner Eltern begegneten, gingen sie uns aus dem Weg. In den Augen, die einmal Komplizenschaft ausgestrahlt hatten, lag Misstrauen und sogar Hass.

Die Verabschiedung beschränkte sich auf freundschaftliche Knuffe, einige bedeutungslose Worte, Händeschütteln. Irgendwer hob mich mit beiden Armen hoch, doch ich war schon zu schwer, sodass er mich schnell wieder absetzte.

6.

Meine Eltern beschlossen nach Bratislava umzuziehen, eine vom Rest der Welt vergessene Stadt: Es gab es deutlich weniger Leute, die nichts mehr zu verlieren hatten und sich der Opposition anschlossen, sodass eine viel friedlichere Atmosphäre herrschte. Hier veränderte sich das Verhalten meiner Eltern. Ich wusste nicht, was sie dazu brachte – vermutlich die Angst. Vom ersten Tag an waren sie wie ausgewechselt: In der Öffentlichkeit gingen sie Hand in Hand, sie küssten, umarmten und streichelten sich. Sie kleideten sich auch anders. Meine Mutter ließ sich die Haare lang wachsen. Ihre Schlaghosen wurden von klassischen Röcken abgelöst.

»Schaut her, wir haben ein Kind und kümmern uns mustergültig darum, wir leben glücklich und zufrieden, wir sind geheilt!«, erläuterten sie beim präventiven Verhör, als sie sich an der neuen Adresse gemeldet hatten.

Sofort nach unserer Ankunft waren sie von der Polizei vorgeladen worden.

»Wir haben unseren Fehler eingesehen, wir sind jetzt gesund und zufrieden«, sagten Josef und Hana immer wieder.

»Sie sind mir das Liebste auf der Welt«, plapperte ich.

Das waren nicht mehr dieselben Eltern, die mir alles erlaubten. Ich glaube, dass sie ab einem gewissen Zeitpunkt alles nur taten, um mich zu beschützen. Sie hatten den großen Wunsch, dass ich es trotz alledem wenigstens aufs Gymnasium schaffen würde, dass ich nicht in die Fabrik oder in einen Heizungskeller arbeiten gehen müsste, wo die meisten Dissidentenkinder landeten. Die beiden beschwerten sich zwar über das Regime, doch sie gaben sich zumindest die größte Mühe, dass wenigstens ich es einmal ein bisschen besser haben würde.

Allerdings nahmen die Dinge einen anderen Lauf: Meine Mutter wurde in einem konstruierten Prozess wegen Vernachlässigung der Aufsichtspflicht gegenüber ihrem Kind zu vierzehn Monaten Haft verurteilt. Sie landete in einem Gefängnis am anderen Ende der Republik. Ich hatte große Angst um sie. Nach dem Umzug hatte mein Vater den Kontakt zur Prager Schwulenszene verloren, zu der in Bratislava gehörte er nicht, und sonst hatte er auch keine anderen Freunde. Es gab niemanden, der uns helfen konnte.

Mein Gesicht hatte schon mit zwölf die Züge eines Erwachsenen angenommen. Die Münder von Frauen formten sich bei meinem Anblick oft zu einem verwirrten Lächeln. Dies verlieh mir einen aufrechten, federnden Gang. Meinen Vorfahren war es nicht gelungen, aus mir einen ihrer Nachfolger zu machen. Seit ich erwachsen wurde, zogen mich Frauen an.

7.

Ich gehörte zu den geburtenstarken Jahrgängen. Die Schulanfänger wurden auf die Klassen A bis K aufgeteilt. Meine Mitschüler und ich sammelten Spielzeug für die Kinder in Nikaragua, Stifte und Hefte für Kuba, Mehl für Äthiopien und Bilderbücher für Angola. Ich sprach die Erwachsenen mit »Genosse« an, sang Arbeiterkampflieder und quälte mich mit der russischen Grammatik herum. An den Feiern zu den großen revolutionären Jahrestagen durfte ich anfangs nicht teilnehmen, aber meine Lehrerin nahm mich trotzdem manchmal mit der Klasse mit. Ich legte sogar einen Eid ab und gelobte einer Jugendorganisation lebenslang die Treue, die es schon ein paar Jahre später nicht mehr gab.

Ferngesehen habe ich zum ersten Mal mit acht auf einem Schwarzweißgerät, mit dem man verschwommen drei Programme empfangen konnte. Wenn man es ausschaltete, blieb in der Mitte des kugelig gewölbten Bildschirms noch ziemlich lange ein kleiner Lichtpunkt zurück. Und ich schaltete oft aus, denn meist wurden nur alte Filme über den Slowakischen Nationalaufstand ausgestrahlt.

Die Epoche, in der ich aufwuchs, war angeblich die Hochzeit des Sozialismus, doch mit zeitlichem Abstand betrachtet erscheint sie mir abnorm kapitalistisch und konsumorientiert, denn jeglicher Ramsch aus dem Westen stellte für mich einen Schatz von unermesslichem Wert dar. Ich verachtete alles Gemeinschaftliche, was man sich teilen musste. Für mich zählte nur das, was ganz allein mir gehörte. Meine einzige *Bravo* behandelte ich zwei Jahre lang mit größter Sorgfalt. Für die Turnschuhe mit den drei Streifen sammelte ich bereitwillig einen Monat lang Altpapier. Französische Comics kaufte ich unter dem Ladentisch zu unverschämten Preisen. Bei der Suche nach Karottenjeans auf dem Schwarzmarkt wurde ich beinahe verhaftet. Wenn es Bananen gab, stand ich vor Obst-und-Gemüse-Geschäften in langen Schlangen, in denen sich die Leute Witze über das Schlangestehen nach Bananen erzählten. Auf Video sah ich mir grobkörnige Viertkopien von amerikanischen Actionfilmen an, die von einer einzigen Stimme laienhaft synchronisiert waren. So manche Platte kam mich aus zweiter Hand so teuer zu stehen wie ein seltenes Unikat. Wo es nichts gab, hatte alles einen Wert. Und nicht nur, dass die allgegenwärtige Mangelwirtschaft nie aufhörte – es war auch sonst überhaupt nichts los. Zu Tode gelangweilte Mütter waren dauernd am Stricken und nähten Sachen nach Schnittmusterbögen aus zerfledderten Modezeitschriften aus dem Westen, die in den Familien auf Warteliste weiterverborgt wurden. Die Frauen trugen Kleider aus bunten Kunstfasern, ihre Köpfe waren mit Dauerwellen geschmückt, und jede besaß ein Necessaire. Hausfrauen wurden zu fanatischen Anhängerinnen des Einkochens, wodurch sich die Speisekammern bis unter die Decke mit Einweckgläsern füllten. Die Väter widmeten sich entweder der Wissenschaft, dem Fußball, der Kleingärtnerei, oder sie stocherten in alten Autos herum. Nur die wenigsten wussten, was man mit der Unmenge an Freizeit anfangen sollte. Ich hatte Mitschüler, deren Väter sogar drei Arbeitsstellen hatten, wobei sie sich nie auch nur bei einer von ihnen blicken ließen, und nebenbei bekleideten sie auch noch zwei Parteifunktionen.

Wenn ich Gleichaltrigen aus anderen sozialistischen Ländern begegnete, die unsere Schule besuchten, wusste ich schon vorher, was sie anhaben würden. Wir wetteiferten darum, wem es schlechter ging. Meistens gewann ich.

Jede Woche kam es zu Gas- und Stromsperren. Die Stadt versank in der Kälte oder in tristem Dämmerlicht. Die Wasserhähne tropften pausenlos und die Spülkästen an den Klos waren undicht. Dank Schwerindustrie und Chemiefabriken regnete jede Nacht feiner, krebserregender Staub herab, sodass sich in unserem Wohngebiet morgens ein Geruch wie in der Nähe verlassener Feuerstellen ausbreitete. Nicht einmal der Schnee auf der Erde war weiß, sondern grau, manchmal fast schwarz. Die Stadtreinigung räumte sporadisch die toten Spatzen und Drosseln weg, die an den Abgasen erstickt waren. Zur Verbesserung meiner Gesundheit bekam ich in der Schule Milch zugeteilt, die in Wahrheit stärker verseucht war als die Atmosphäre. Einmal im Jahr fuhr ich zur Vorsorgekur in eine »Schule im Freien« – mitten in kontaminierten Wäldern. Jeder auffällige, nicht ausreichend befestigte Gegenstand verschwand augenblicklich. Vielleicht war deshalb das Schweißen so in Mode, denn was nicht angeschweißt war, wurde geklaut.

Zu Weihnachten wünschte ich mir irgendetwas Verbotenes. Ich freute mich immer, wenn ich unter dem Weihnachtsbaum eine aus dem Ausland mitgebrachte Platte auspackte. Dann hatte ich ein Gefühl, das wohl dem Glück ähnelte, wie es die anderen Kinder im Ferienlager erlebten, wo ich nicht hinfahren durfte und worüber ich am Ende des Sommers voller Neid immer die tollsten Dinge hörte. Ich war einer der wenigen Schüler, die weder Urkunden noch Sportmedaillen bekommen durften, und auch für meine guten schulischen Leistungen wurde ich nie ausgezeichnet.

Unser Land war von einer Armee besetzt worden, die eine fremde Sprache sprach. In dem von Stacheldraht und Wachtürmen eingefassten Staat war sogar das Wetter immer gleich. Dabei hätte es genügt, nur ein paar Dutzend oder Hundert Kilometer weiter westlich oder südlich zur Welt zu kommen, in München vielleicht, oder in Wien, und das Leben hätte vollkommen anders ausgesehen. Ich dachte an all die Menschen, die in diesen Städten lebten, die keine Ahnung hatten, dass es mich gab, wohingegen ich den Eindruck hatte, dass ich sehr viel über sie wusste. Mich rettete die deutsche Sprache. Gierig verschlang ich jede Information aus Deutschland und Österreich und verglich alles damit. Sie hatten Mountainbikes, ich hatte ukrainischen Schrott. Während ich kaum Kassetten auftreiben konnte, sammelten sie CDs. Sie aßen Kiwis, ich biss auf strohigen Kubaorangen herum. Meine Kaugummis verloren augenblicklich ihren Geschmack, die von ihnen schmeckten bestimmt noch jahrelang süß nach Apfel. Sie benutzten vierlagiges Klopapier, ich nahm kleingeschnittene Zeitungsseiten.

Meine Konsumgier blieb unbefriedigt. Alles war voll von fehlerhaften Dingen in schlechter Qualität. Die Schuhe rissen im Winter im Schnee, und ich fror an den Füßen. Die Socken dröselten nach einer Woche auf. Sogar die Zigaretten gingen wieder aus. Als Unterwäsche trug ich derbe Turnhosen, weil drei Jahre lang keine Baumwollschlüpfer aufzutreiben waren. Die Werbung im österreichischen oder deutschen Fernsehen schaute ich an wie kleine Sciencefiction-Filme, denn sie spielten in einer fantastischen Welt voller unbekannter Dinge.

Aus Anlass verschiedener Jahrestage wurde die triste Stadt jedes Mal in Windeseile verschönert. An den Laternen wurden Fähnchen, Losungen und Girlanden aus Blumen und Schleifen aufgehängt. Auf den wichtigsten Plätzen wurden Löcher ins Straßenpflaster gegraben, die wurden mit Erde gefüllt und man setzte Bäume. Keine Samen, sondern fertige Stämme mit ausladenden belaubten Kronen. Dieses Tempo faszinierte mich. In der Schule hatten sie mir nämlich beigebracht, dass Bäume Jahre brauchten, um groß zu werden, und dass man sich um sie kümmern musste, weil sie sonst eingingen. Zwei Tage später jedoch war das Grün spurlos verschwunden, die Bäume waren wieder herausgerissen und an einen unbekannten Ort abtransportiert worden. Über meinem Kopf flogen in regelmäßigen Abständen mit dumpfem Dröhnen Düsenjäger. Im Rahmen von Manövern wurden alle Jahre wieder die Straßen im ganzen Land von unheilvoll brummenden Panzern und Militärtransportern kaputt gemacht. Der viel zu weiche Asphalt wurde im Sommer fast flüssig und klebte an den Sohlen meiner Turnschuhe. Lautsprecher überfluteten in ihrer ohrenbetäubenden blechernen Akustik die Umgebung mit Vorträgen von Genossenschaftsbauern und geschmackloser Marschmusik. Wer im Konsum Brot kaufen wollte, musste sich in ein Heft eintragen. Die Kellner im Restaurant brachten die Suppe in Metallschalen und schütteten sie vor dem Gast auf den Teller. Dahingegen stellten sie den Tee schon fertig durchgezogen und ohne Teebeutel auf den Tisch. Die Geschäfte hatten andauernd Inventur, sprich: Die Verkäuferinnen zählten Waren, die es gar nicht gab, und genossen ihren freien Tag.

Ich glaubte nicht, dass ich jemals etwas anderes erleben würde. Ich konnte es mir jedenfalls nicht vorstellen.

Die Zeit verging viel langsamer.

Die Europäischen Staaten unterschieden sich noch voneinander.

Die alten Regeln galten noch.

Der Westen war im Westen.

Der Osten war im Osten.

Mit elf Jahren kam ich aufs Gymnasium. Ich hatte keine Freunde und ging nicht Fußball spielen, sondern saß im Aufenthaltsraum und blätterte in Zeitschriften, oder ich starrte, eingeschlossen in mein Zimmer, stundenlang aus dem Fenster. Meine Zuflucht wurde das Deutsche. Slowakisch sprach ich nur, weil sie mich in der Schule dazu zwangen. Mit meinem Vater redete ich deutsch. Ich las deutsche Bücher, schaute deutsches Fernsehen und hörte deutsche Radiosender. Manchmal hatte ich den Eindruck, an einem völlig anderen Ort zu leben. Die deutsche Sprache zog mich an, ihre Grammatik. Dahingegen plagte ich mich mit Tschechisch und Slowakisch ab. Außer Deutsch interessierte mich noch Biologie, denn ich glaubte, dass ich etwas mehr über meinen Körper erfahren würde. Doch der Unterricht enttäuschte mich.

Mit dreizehn absolvierte ich einen obligatorischen Kurs für Jungen in der Pubertät: »Hygiene der Geschlechtsorgane«. Der bestand darin, dass wir Zettel lasen, auf denen Merksätze standen wie »Nach dem Duschen reibt man das Glied mit dem Handtuch prinzipiell vom Körper weg und nach unten ab, niemals anders herum!«, »Das Glied gehört in die Hose, nicht in die Hand!« oder »Halte deine Hoden nicht unnötig lange in der Hand und streichle sie nicht!«. Ich erfuhr, dass Onanieren gefährlich war, der Gesundheit schadete und die Lebenserwartung wesentlich senkte. Mehr brauchte ich nicht zu wissen. Ich hielt mich an diese Empfehlungen. Manchmal war es sehr schwer, sich zu beherrschen, aber ich habe es geschafft. Die anderen Mitschüler masturbierten, was das Zeug hielt, und gaben bei jeder Gelegenheit damit an. Dieser Genuss konnte allerdings bei weitem nicht die gesundheitlichen Risiken aufwiegen. Ich freute mich darauf, mein hohes Alter später bei voller Gesundheit auszukosten, während meine Altersgenossen schon auf dem Friedhof liegen würden.

Die Lehrer überwachten mich streng. Es machte mich immer wütender, dass einige meiner Altersgenossen jedes Jahr nach Italien fuhren, täglich aus Wien importierte Kiwis aßen und in den Genuss vieler weiterer Privilegien kamen. Und das in einer Zeit, als sie uns nicht einmal nach Polen oder Ungarn in den Urlaub fahren ließen, weil wir unter polizeilicher Aufsicht bleiben mussten. Selbst wenn wir bloß innerhalb der Tschechoslowakei verreisen wollten, mussten wir das zuerst zwei Behörden melden, und deshalb blieben wir lieber zu Hause. Mein Vater versuchte mich damit aufzumuntern, dass die erfolgreicheren Väter Geheimagenten waren und deshalb auch das konnten, was wir nicht durften. Solche Erklärungen stellten mich allerdings überhaupt nicht zufrieden. In Gedanken machte ich ihm schreckliche Vorwürfe, dass er es nicht einmal geschafft hatte, die Bewilligung für eine DDR-Reise an die Ostsee zu besorgen, dass er mir nie Videokassetten mitbrachte und auch nicht jene legendäre Schokolade mit der violetten Verpackung, die ich immer in der Werbung nach den österreichischen Fernsehnachrichten sah.

Im Januar 1983 suchte mich die Polizei sogar während des Unterrichts auf. Mitten in der Geografiestunde musste ich das Klassenzimmer verlassen. Zuerst freute ich mich, aber nachdem ich den leeren Turnsaal betreten hatte, der zu einem Verhörraum umfunktioniert worden war, verging mir das Lachen. Ich trat mit schnellen, aber ungeschickten Schritten ein und blieb in ausreichendem Abstand stehen. An einem Tisch saßen ein Mann und eine Frau in grünen Uniformen. Sie befahlen mir stillzustehen. Scheu blickte ich geradeaus. Die Frau warf mir einen finsteren Blick zu und stellte die üblichen Fragen: Vor- und Zuname, Geburtsdatum, Name des Vaters und der Mutter … Dann nahmen sie meine Fingerabdrücke. Ich wurde unsicher, denn auf eine solche Situation hatten mich meine Eltern nicht vorbereitet. Der Mann fing an. In seinem Gesicht stand geschrieben, dass er sich nicht für dumm verkaufen ließ.

»So, Michal Kirchner, schreib uns hier zuerst einmal auf, was du zwischen den Beinen hast!«, befahl er.

Ich dachte, ich hätte mich verhört. Ich sah ihn an und hatte das Gefühl, dass ich ihn schon sehr lange kannte. Ein schnell und präzise arbeitender Mensch, den nichts aus der Ruhe brachte. Seine Mimik verriet, dass er Freude an der Arbeit hatte.

»Wie bitte?«, fragte ich.

»Auf den Zettel hier schreibst du, wie du das nennst, was du zwischen den Beinen hast.«

Ich begriff nicht, was das zu bedeuten hatte. Um was ging es ihnen? Ich bekam Angst. Mit zittriger Hand schrieb ich das anständigste Wort auf, das mir einfiel, ein Ausdruck, den Großmütter für diesen Teil des männlichen Körpers benutzten, wenn sie mit Kleinstkindern redeten.

»Du sollst dir hier nichts ausdenken. Das sagst du garantiert nicht!«, schrie mich der Polizist an, als er es gelesen hatte. »Bestimmt kennst du einen unanständigeren Begriff! Vielleicht hast du ihn bei einem von denen gehört, die euch immer besuchen kommen! Bei einem Kumpel von deinem Vater. Oder bei einer Freundin von deiner Mutter. Oder bei einem Mitschüler auf dem Klo. Na? Aufschreiben!«

Also schrieb ich die zweitanständigste Bezeichnung auf. Dann eine dritte. Eine vierte. Eine fünfte.

»Warum schwindelst du uns die ganze Zeit an? Willst du uns hinters Licht führen?«, brüllte der Polizist.

Ich wusste nicht, was ich sagen sollte. Schließlich schrieb ich die allervulgärste Bezeichnung auf, die ich aus meinem Gedächtnis fischen konnte. Dann bekam ich den Befehl, das Wort laut auszusprechen. Ich gehorchte.

Kaum war es verklungen, wurde ich schon wieder angemotzt: »Was fluchst du hier rum? Wer hat dir beigebracht, so zu reden? Hm? Was nimmst du dir eigentlich raus? Entschuldige dich!«

Der Mann in Uniform wischte sich den Schweiß von der Stirn und starrte mich aufgebracht an.

»Ich bitte Sie um Verzeihung, ich werde es nie wieder tun«, antwortete ich.

Ich wusste, dass ich akzeptieren musste, was mir von Autoritäten gesagt wurde. Ich hatte Angst. Man muss es mir angesehen haben, denn auf beiden Gesichtern zeigte sich größte Zufriedenheit. Darin bestand offensichtlich der Hauptzweck des Verhörs, denn die folgenden Fragen waren sehr allgemein gehalten und zielten auf nichts Konkretes ab. Sie fragten nach ganz gewöhnlichen Dingen: worüber bei uns zu Hause gesprochen wurde und wer regelmäßig zu Besuch kam. Ich antwortete ausweichend wie früher, sagte immer wieder, dass ich mich nicht genau erinnern könne.

8.

Am Vormittag desselben Tages war unsere Wohnung erneut durchsucht worden. Sie hatten zwei Männer verhaftet, deren Namen mir nichts sagten. Auch mein Vater war verschwunden, und meine Mutter saß noch im Gefängnis.

Als ich aus der Schule zurückkam, fand ich zu Hause ein unglaubliches Chaos vor, vergeblich bemühte ich mich, Ordnung zu schaffen. Zwei Nächte verbrachte ich völlig alleine. In der Schule tuschelten sie schon, dass ich im Kinderheim landen würde. Die Nachbarn hatten Angst, mich zu grüßen. Ich presste mein Gesicht gegen die Fensterscheibe und starrte auf die leeren Straßen hinunter. Ich wälzte mich im schwach erleuchteten Schlafzimmer auf dem schmutzigen Bett herum, umgeben von einer riesigen schwarzen Welt. Überall war Ruhe, nur die Tür knarrte von Zeit zu Zeit durch den Luftzug. Über Nacht zerstach jemand die Reifen an unserem Auto.

Aber dann kam mein Vater zurück. Er sah aus, als wäre er ein Jahr von zu Hause weg gewesen, irgendwo in einer sibirischen Strafkolonie. Trotzdem betrat er die Wohnung in einem blauen Anzug, an den Füßen graue Mokassins, den Rücken leicht gebeugt, den Mund verzerrt. Er hatte damals bereits glattes weißes Haar, das ihn in gewisser Weise jungenhaft aussehen ließ. Das zerschlagene rote Gesicht und die blutunterlaufenen Augen deuteten auf etwas Entsetzliches und Gefährliches hin, sicher war er verprügelt worden. Seit jener Zeit ging er am Stock.

Danach gab es keine polizeilichen Durchsuchungen mehr, und Besuch tauchte auch nicht mehr auf, denn die restlichen Freunde hielten sich lieber versteckt. Uns rief nicht einmal jemand an. In den österreichischen Nachrichten hatten wir erfahren, dass sie in Prag zwei politische Gefangene zu Tode gequält hatten. Mein Vater konnte nicht kochen, ohne meine Mutter war er hilflos, zudem versetzten ihn die schlaflosen Nächte in einen dumpfen Zustand, er konnte seinen Kopf vor Müdigkeit kaum oben halten. Wir aßen immer wieder dieselben drei Fertiggerichte. Ich begann Würstchen mit Senf und Dosensuppen zu hassen.

Die Abwesenheit meiner Mutter brachte mich meinem Vater aber auch näher, wir wurden zu stillen Gefährten. Zwar verstanden wir uns meist nicht besonders, aber unser Zusammenleben spielte sich im Lauf der Zeit gut ein. Wir zwangen uns nicht, uns zu unterhalten, meist hüstelten wir eher zum Zeichen des Einverständnisses. Zum Frühstücken setzten wir uns an den viereckigen Küchentisch, und aus Furcht vor unbefugten Ohren sprachen wir überhaupt nicht mehr, wir drehten lieber die Schlager im Radio auf volle Lautstärke und schrieben uns Nachrichten auf kleine Zettel. Die Bilder an den Wänden unserer Wohnung verblassten. Die Tischtücher und die alten Zeitungen vergilbten. Der Abfall türmte sich immer höher. Doch auch in all dem Dreck und Chaos waren Vaters immer frisch gebügelte Sachen noch zu finden. Wenn er sporadisch hinausging, legte er großen Wert auf sein Äußeres.

Meine Mutter kehrte im Alter von 45 Jahren in die Freiheit zurück, sah jedoch zehn Jahre älter aus, abgemagert und unscharf, irgendwie endgültig. Durch den Aufenthalt im Gefängnis war sie gebrochen. Als würden unbekannte Kräfte von innen her an ihr zehren. Sie betrat die Wohnung, vom Staat eingekleidet mit Sachen aus Dederon. In einer Plastiktüte hatte sie ein paar persönliche Dinge. Fast rannte sie mich um, warf den Mantel ab und umarmte mich. Zuerst schwieg sie, dann öffneten sich langsam ihre Lippen, als wolle sie etwas sagen. Doch es kam nichts. Es passierte etwas anderes,

Unerwartetes: Sie fing an zu weinen. Sie verbarg ihr Gesicht in der Beuge ihres Arms, den sie auf den Tisch gelegt hatte, und ihre Schultern zuckten. Ich beugte mich zu ihr und berührte sanft ihre Haare. Sie presste sich an mich, umfasste meinen Nacken und drückte ihr Gesicht gegen meine Schulter. Lange verharrten wir so und weinten.

Seit der Verhaftung meiner Mutter hatte ich immer mehr das Gefühl bekommen, dass ich von der Welt nur eine Sache mit hundertprozentiger Sicherheit wusste: Es gab keine Wahrheit und keine Gerechtigkeit. Die Wahrheit würde mich nicht retten, und ich würde mich danach auch nicht besser fühlen. Sie konnte mir nur schaden. Und Gerechtigkeit würde mir ohnehin nicht zuteil werden. Das wusste ich. Das allein.

Nach der Entlassung meiner Mutter machte uns der Geheimdienst überraschend das Angebot, auszureisen. Ich erinnere mich noch gut an diesen außerordentlichen Tag. Der Südwind hatte einen zeitigen Frühling in die Stadt gebracht. Auf der Donau trieb das Eis vorbei, der Schnee taute, und die feuchte Erde verströmte einen warmen Dunst. Vom klaren Himmel brannte die Sonne noch nicht, und auf den Straßen wurde noch kein Staub aufgewirbelt. Der Polizeichef brüllte uns an: »Solche wie euch werden wir mit einem präzisen chirurgischen Schnitt aus unserer Gesellschaft entfernen! Wir werden neue Gefängnisse bauen und euch alle einsperren. Begreift ihr denn nicht, dass die Menschen endlich ihre Ruhe haben wollen? Wir sind nicht mehr in den Fünfzigern, wir leben im Wohlstand. Wenn es euch hier nicht gefällt, dann verlasst die Republik.«

Andere lehnten heldenhaft das nur in besonderen Fällen gemachte Angebot zu emigrieren ab und landeten nicht selten im Gefängnis. Viele zogen aufs Land, um der Polizei aus den Augen zu sein, und vielleicht auch aus dem Sinn. Meine Eltern willigten ein. Sie waren keine Helden. So schnell wie möglich wollten sie weg. Erst später habe ich erfahren, dass sich mein Vater gleich am nächsten Tag beim Sicherheitschef meldete und anfragte, wann wir ausreisen könnten. Außerdem fing er unauffällig an, unsere Habseligkeiten zu verkaufen. Er glaubte, dass wir jeden Moment verschwinden würden. Schließlich dauerte es aber fast ein Jahr. Die Erledigung der Formalitäten zog sich hin. In der Zwischenzeit beantragte mein Vater bei verschiedenen Ländern Visa, doch aufgrund seiner Mitgliedschaft in der Partei wurde das jedes Mal abgelehnt – dabei war er schon vor mehreren Jahren ausgeschlossen worden. Dann wurden wir im dritten Anlauf doch noch von der BRD aufgenommen.

Durch die Ausreise verloren wir fast alles. Unsere persönlichen Sachen, die Möbel und die Wohnung wurden konfisziert. Wir gingen, ohne uns zu verabschieden. Über dem Fluss hielt sich an jenem Morgen kalter Nebel, und die aufgewühlten Fluten zeichneten Schlieren wie bei grünem Glas auf die Wasseroberfläche. Ich schaute nicht ein einziges Mal zurück.

Meine Eltern wollten die Gelegenheit zu einem Neubeginn in einem freieren Land nutzen. Bis dahin waren sie nicht einmal bis Wien gekommen, das nur sechzig Kilometer von Bratislava entfernt ist. Der Höhepunkt ihrer Auslandsreisen war Ostberlin gewesen. Diesmal allerdings waren wir unterwegs nach Westberlin … Für mich war es wie ein Ausflug ins Märchenland. Jedes Auto, das die Zöllner am überfüllten Grenzübergang zurückwiesen, wurde von lautem Wehklagen begleitet. Klassenfeinde hatten es da leichter. Der Grenzübertritt war wahrscheinlich der glücklichste Moment, den wir gemeinsam erlebten.

»So, und hier ist jetzt unser altes Leben zu Ende«, verkündete mein Vater pathetisch. »Von diesem Augenblick habe ich schon so lange geträumt!«

Vor uns erstreckte sich eine Straße, die durch keine Ansiedlung führte, die sich mit keiner anderen Straße kreuzte, die sich einfach nur immer geradeaus auf deutsches Gebiet vorfraß.

Das lange Warten hatte ein wenig meine Freude verdorben. Oder es lag am halluzinatorischen Nebeneffekt meiner Kinedryl-Pillen. Dieses im Prinzip völlig wirkungslose Medikament gegen Übelkeit nahm ich damals in Dosierungen ein, die einer Abhängigkeit gefährlich nahe kamen. Ich hatte solche Angst, dass unser klappriges Auto kaputtging, dass ich oft schon vor dem Einsteigen Brechreiz verspürte.

9.

Einige Wochen verbrachten wir in einem Flüchtlingslager. In der improvisierten Unterkunft drängten sich Menschen, die die Reste ihres Besitzstandes mitgeschleppt hatten. Außer dieser Adresse hatten sie nichts gemeinsam, sie waren Fremde unter Fremden. Jeder weitere bemühte sich nach der Ankunft, den Unwillen darüber zu verbergen, dass er die anderen sehen musste. Jedes neue Gesicht war ein Konkurrent für alle übrigen.

In dieser chaotischen Phase wollten uns die Behörden weiter nach Australien oder Kanada schicken, weil ihre Kapazitäten für die Aufnahme von Emigranten ausgeschöpft waren, doch schließlich gelang es uns, in Deutschland zu bleiben. Dabei waren unsere Abstammung, der Familienname und die Sprachkenntnisse hilfreich. Meine Eltern mussten einwilligen, jegliche ihnen angebotene Arbeit anzunehmen. Die größten Sorgen bereitete uns, dass wir unsere Einreisevisa, die ursprünglich nur für ein paar Tage ausgestellt waren, ständig verlängern mussten. Eine unbefristete Aufenthaltserlaubnis blieb unerreichbar fern. Doch auch das kleinste Risiko einer möglichen Ausweisung nach Prag oder Bratislava erfüllte meine Eltern mit Angst und Schrecken.

In Berlin waren die Menschen viel schneller unterwegs als in Bratislava, sogar schneller als in Prag. Wenn ich zusammen mit meiner Mutter und meinem Vater durch die Straßen ging, fiel mir immer wieder auf, dass sämtliche Einwohner von Westberlin offensichtlich ein besseres Leben führten als wir. Das wollte mir nicht in den Kopf. Womit hatten sie das verdient? Warum konnte ich mir nicht das Gleiche kaufen wie sie? Dieser Neid machte mich krank.

In der dritten Nacht im Lager wachte ich auf. Mein Bettlaken war feucht. Ich berührte die unbekannte, kalte und durchsichtige Flüssigkeit. Sie schmeckte seltsam, salzig und bitter, neuartig, nicht unangenehm. Damals verspürte ich zum ersten Mal ein intensives Hitzegefühl in meinem Unterleib. Dieses Gefühl lenkte mich in Richtung Schoß, zu meinem Glied. Mein Schambereich war noch so gut wie unbehaart. Vorsichtig strich ich mit den Fingern darüber. Das Jucken wurde stärker und steigerte gleichzeitig mein Verlangen, es war die Aufforderung, mich dem Lustgefühl hinzugeben. Das kannte ich und hatte gelernt, es zu beherrschen.

Zwei Monate später zogen wir in eine uns zugeteilte Wohnung in Kreuzberg, in der Nähe des U-Bahnhofs Schlesisches Tor. Sie war in einem Haus, das zwar von außen nicht besonders groß wirkte, im Innern jedoch weitläufig und verwinkelt war, mit mehreren Hinterhöfen und Treppenaufgängen. Die Fassade bestand aus Steinquadern, und die Erdgeschossfenster saßen so weit über dem Gehweg, dass ein großer Teil der Wand, eine helle glatte Fläche, frei blieb. Im Gegensatz zu den Wohnungen im Plattenbau, die ich kannte, kam mir diese hier fast schon verkünstelt vor: die Wände voller Nischen, Regale und Vorhänge, hinter denen sich aber keine Fenster verbargen, der Fußboden mit all seinen Schwellen und Abstufungen. Wir hatten ein Wohnzimmer mit drei Fenstern, ein Schlafzimmer und eine Küche. Alles sah so schön und gemütlich aus, dass man sich nur im Innern aufhalten wollte.

Nach Hause kam ich jedoch nur zum Schlafen. Viel besser als mein eigenes Zimmer lernte ich die Kinderparadiese der Einkaufszentren kennen, obwohl ich längst kein Kleinkind mehr war. Meine Eltern waren nach der Ankunft in der neuen Stadt von den Warenhäusern wie verzaubert, und während der ersten Monate verbrachten sie dort jeden freien Moment. Sie hatten es sich angewöhnt, mich in den Kinderparadiesen abzugeben, damit sie Ruhe vor mir hatten. Ursprünglich war das nur eine Übergangslösung, doch auch nach einer Woche und einem Monat änderte sich nichts an dieser Situation. Ich war natürlich immer der bei weitem Älteste. Manchmal kam es auch vor, dass sie mich gar nicht hineinlassen wollten. Mein Vater erledigte das aber immer irgendwie. Monatelang sah ich mir Kinderserien an oder blätterte in deutschen Comics. Ich fand Gefallen an den Heften und ihrer Sprache, die ich mir blitzschnell aneignete und die ich bestens verstand. Nur ihr hatte ich es zu verdanken, dass ich das neue Leben ertrug.

In Seen aus bunten Bällchen dachte ich nach, wie ich die Zeit totschlagen könnte. Ich rutschte Minirutschen hinunter und kletterte auf Klettergerüsten herum, die unter mir ächzten und knackten. Ich versuchte mich zu amüsieren, doch lange hielt ich das nicht durch. Der Höhepunkt meines Alltags waren die Bastelstunden »Wunder der Kreativität«. Auch nicht übel war der Malkurs »Wir zaubern mit Farben«. Meine größte Freude war, dass ich überall Deutsch hörte. Endlich konnte ich pausenlos deutsch reden – ich wusste nur nicht, mit wem.

Den Westen hatte ich mir völlig anders vorgestellt. Manchmal kam es mir vor, als sei ich in die Türkei emigriert. Viele Dinge wirkten schrecklich osteuropäisch. Jede Woche fand eine Demonstration für den Sozialismus statt. Menschen, die ihr ganzes Leben lang keinen Fuß hinter den Eisernen Vorhang gesetzt hatten, verkündeten, was dort für eine großartige soziale Gerechtigkeit herrsche. Meinen

Vater brachte das auf die Palme. Ich lernte auch neue Wörter: Hausbesetzer, Punk, Falafel und Imbiss. Und ich büßte die letzten Illusionen ein.

Es gelang mir nicht, herauszufinden, wie mein Vater nach der Ankunft in Westberlin Geld verdiente, aber ich hoffte, dass das zumindest ab und zu auf legale Weise geschah. Von seinem eigentlichen Beruf wollte er nichts mehr wissen. Eine Zeitlang arbeitete er als Bühnenarbeiter in einem kleinen Theater und in einem Konzertsaal. Er versuchte es auch ein paar Mal als Kellner. Zum gemeinsamen Nenner seiner Arbeitsversuche wurde die absolute Perspektivlosigkeit. Ich hatte das Gefühl, dass ihn ein Leben ohne Karriere immer weniger störte. Er fand Zugang zu einer neuen schwulen Szene und konnte endlich seine Begierden befriedigen.

10.

Anfangs war mir Berlin verhasst. Besser wurde es, als ich wieder in die Schule ging. Das einladend wirkende Areal bestand aus einem weitläufigen zweiflügeligen weißen Gebäude, neben dem sich ein Fußball- und ein Basketballplatz erstreckten. Bis an den Zaun heran führte eine schmale Allee.

Ich war an einer fortschrittlichen Multi-Kulti-Schule gelandet, deren Hauptziel es war, die Kinder von Einwanderern zu integrieren und auszubilden. Ein hehres Ziel, das in der Praxis bedeutete, dass einige meiner Mitschüler im letzten Schuljahr nicht in der Lage waren, auch nur einen einzigen Satz in korrektem Deutsch zu sagen. Türkisch reichte ihnen vollkommen aus – das wiederum beherrschten die Lehrer nicht. Ich wäre wahrscheinlich mit Tschechisch genauso erfolgreich bis ins letzte Schuljahr gekommen, wenn ich nur gewollt hätte. Wir wurden sehr nachsichtig benotet, da die Schulleitung panische Angst davor hatte, von der Integrationsbeauftragten des Bildungssenats Diskriminierung vorgeworfen zu bekommen.

Ich konnte machen, was ich wollte. In den Lokalen galten noch keine Rauch- und Alkoholverbote. Drogen blieben trotz der sporadischen Polizeipräsenz in den Straßen frei zugänglich. Ich fand mich vor allem in der Hip-Hop-Kultur wieder. Old School. Die Szene sah anders aus. Statt Bands kamen DJs. Der neue Trend kam vor meinen Augen zur Welt. In andere Stadtteile Berlins fuhr ich nicht, auch nicht ins Grüne. Warum auch? Und aus der Stadt raus konnte man sowieso nicht.

Fast ein Drittel der Westberliner waren Ausländer. Meine Mitschüler waren Nachfahren von Immigranten, den ärmsten Einwohnern. Jeder, den ich kannte, arbeitete irgendwo. Ich brachte auf Straßen und in Kneipen Reklamezeitungen unters Volk. Andere verteilten Flugblätter, verkauften Döner oder jobbten in Großküchen. Ich lernte ein paar Schwule kennen, die von zu Hause abgehauen waren, als ihre Orientierung herauskam. Viele waren aus kleineren Städten nach Berlin gezogen, denn sie glaubten, dass das Leben hier einfacher sein würde. Vor allem wollten sie aber der Wehrpflicht entgehen. Ich trieb mich auf den Straßen herum. Berlin war ein endloses Häusermeer, doch die breiten Hauptverkehrsstraßen erzeugten im Gegensatz dazu den Eindruck eines großen luftigen Freiraums, und nirgendwo gab es Gedränge. Um interessanter zu wirken, behauptete ich, in Deutschland geboren zu sein, was bei meinem Namen auch ziemlich wahrscheinlich klang. Jeder Türke glaubte, ich sei ein Einheimischer.

Aber so richtig gut ging es mir erst, als ich zum ersten Mal ein Microdot probierte, LSD in Pillenform. Bis dahin war ich nur selten zufrieden gewesen. Zum vielleicht ersten Mal überhaupt spürte ich Verzückung darüber, dass ich am Leben war. In der Schule hatte ich fast immer erweiterte Pupillen, womit ich nicht weiter auffiel, weil es der halben Klasse ähnlich ging. Besonders mochte ich die volle Dröhnung, die manchmal mehrere Tage anhielt: hochreines LSD, vierzigmal stärker als natürliches Meskalin. Nach ungefähr einer Stunde sah ich schärfer. Dann kamen die Halluzinationen mit Bildern und Geräuschen. Das Licht flimmerte immer schneller, auch wenn es ausgeschaltet war. Ich konnte ein Hochhaus nicht mehr vom anderen unterscheiden. Um mich herum waberten in völliger Stille Ströme aus Farben. Ich protzte nicht mit der Droge herum, vor meinen Mitschülern redete ich nicht darüber. Meine Eltern wussten offensichtlich Bescheid, aber es war ihnen egal. Von LSD konnte ich nicht abhängig werden, und meiner Gesundheit schadete es auch nicht besonders. Ich genoss es sehr. Das Geld dafür verdiente ich mir als Hilfskoch, im Lager eines Supermarkts und als Plakatkleber für einen Musikklub.

Westberlin gefiel mir jetzt besser. Ich lebte in einer eigenartig unwirklichen Welt und fühlte mich darin immer wohler. Nur die Wintermonate konnte ich nicht leiden. Die Kälte überraschte mich. Westeuropäische Länder hatte ich mir immer als fröhliche und sonnige Staaten vorgestellt, wo die Leute nicht einmal wussten, was Heizkörper waren, und das ganze Jahr in Badekleidung und Schlappen zu ihrem privaten Schwimmbecken marschierten.

11.

Meine Mutter konnte sich nicht an Westberlin gewöhnen. Die erste Eigenart bemerkte ich schon zu Beginn unseres Lebens in der neuen Wohnung. Wenn sie aus der Küche ging, zog sie ständig die Kabel aller Elektrogeräte aus den Steckdosen. Alle, außer dem des Kühlschranks. Die modern eingerichtete Küche war vollgestopft mit Technik, wobei einige Kabel sehr weit hinter den Schränken lagen.

»Warum tust du das?«, fragte ich sie.

»Damit wir nicht abbrennen«, antwortete sie.

Ich entgegnete, dass wir nicht mehr in Mitteleuropa lebten, umgeben von sowjetischer Technik. Ich erklärte ihr, dass die Familien meiner Mitschüler das auch nicht täten und dass bei ihnen trotzdem keine Brände entstünden, doch sie unterbrach mich mit gruseligen Geschichten von Menschen, die dasselbe geglaubt hatten wie ich und die dann doch von einem durch todbringendes Feuer verursachten Unglück heimgesucht worden waren. Am Anfang lachte ich noch und wollte ihr klarmachen, dass die Hersteller die Sicherheit ihrer Geräte garantierten, aber das verging mir schnell. Ich ertappte mich sogar dabei, dass ich beim Verlassen der Küche zum Wasserkocher sah, ob er nicht vielleicht leer und eingeschaltet war.

Meine Mutter rechnete jedes Preisschild von D-Mark in Kronen um. Alles kam ihr viel zu teuer vor. Essen, das nicht heiß war, konnte ihrer Meinung nach nicht als wirkliche Nahrung angesehen werden. Scheuerpulver für Geschirr betrachtete sie als vollwertigen Ersatz für Waschmittel. Sie weigerte sich, Fahrten anzutreten, bei denen sie hätte umsteigen müssen.

»Ich kann hier nicht leben, Michal. Du kriegst das hin, ich nicht mehr«, verkündete sie eines Tages.

Ihr Kopf hing seitlich herab, und sie weinte völlig lautlos.

»Mir gefällt's hier. Endlich geht es mir mal irgendwo richtig gut«, sagte ich.

Wollte sie etwa zurück? Die Namen tschechoslowakischer Städte standen für mich für den Beginn des Dritten Weltkriegs, dessen katastrophalen Verlauf ich mir sehr gut vorstellen konnte. Unser Lehrer sagte immer wieder, dass Amis und Sowjets nur auf eine geeignete Gelegenheit warteten, die Welt zu vernichten. Aber keine seiner Vorhersagen ging in Erfüllung.

Im November 1989 passierte etwas viel Schlimmeres.

12.

Die Menschen gingen auf die Straßen. Auf Holztribünen wurden Reden gehalten, überall herrschte Gedränge. Nur sehr nebelhaft bekam ich mit, was los war.

Als sie mich aus dem Krankenhaus anriefen, hatte ich mir gerade die stärkste Dosis meines Lebens verabreicht.

»Michal Kirchner? Ihre Mutter ist gestorben.«

Ein einziger weißer Punkt genügte, um Farben und Geräusche, Licht und Schatten durcheinanderwirbeln zu lassen … Wie im Traum nahm ich einen unablässigen Strom aus phantastischen Bildern wahr, seltsame Formen, die sich wie in einem Kaleidoskop veränderten.

»Wie bitte?«

Ich erfuhr, dass meine Mutter unglücklich vom Fahrrad gestürzt und nach einigen Stunden im Krankenhaus ihren Verletzungen erlegen war.

»Ihr Organismus war sehr geschwächt … Wir haben alles nur Mögliche getan.«

»Verstehe. Ich komme«, antwortete ich und setzte mich.

Nach etwa zwei Stunden wurden meine Halluzinationen teilweise wieder vom Normalzustand abgelöst. Ich war in der Lage zu erkennen, dass Nacht war. Eine große Motte flog unablässig gegen den Lampenschirm. Eine andere flatterte an der Fensterscheibe über dem Arbeitstisch herum, ein blasser gelber Fleck.

Verschwommen wurde mir bewusst, was passiert war. Ich konnte nicht aufstehen. Ich saß am Tisch und wartete. Immer wieder sagte ich zu mir, dass meine Mutter nicht wiederkommen würde, aber trotzdem wartete ich auf sie. Mein Kopf war leer. Mein Vater verbrachte seine Zeit mit seinem aktuellen Lover. Ich starrte mit weit aufgerissenen Augen in die Dunkelheit und konnte an nichts denken.

Alles ist zu Ende. Alles bricht auseinander.

Am Tag ihrer Beerdigung wehte es den Sturzregen waagerecht durch den nebligen Dunst. Die Tropfen verwandelten sich in Hagelkörner. Der Wind pfiff durch die Fensterritzen, er schnitt den Passanten ins Gesicht. Die in großen Abständen aufgestellten Straßenlaternen gerieten in leichte Schwingungen. Meine von schwarzen Ringen umrandeten Augen konnten den Sarg nicht erkennen, auch wenn ich mich konzentrierte. Im Morgengrauen hatte es sogar angefangen zu schneien. Dicke Flocken waren vom Himmel gefallen, der Wind hatte sie umhergetrieben. Sie hatten mich an Papierschnipsel erinnert.

Als ich am folgenden Morgen nach endlos langem Schlaf wieder aufwachte, lehnte ich meinen Kopf gegen die Wand, und mein Körper sackte zusammen. Die Wintersonne stand über dem Balkon, hoch hinter meinem Rücken, und wärmte mir durch die Glastür hindurch den Nacken. Es war viel Zeit vergangen.

Nie würde ich begreifen, dass meine Mutter gestorben war.

An der allgemeinen Euphorie über die politischen Veränderungen nahm ich nicht teil. Die Feierei dauerte mir zu lange. Ich hatte das Gefühl, dass sich mir gegenüber alle Menschen feindselig verhielten, dass sie extra glücklich waren, um mich zu ärgern.

Ein neues Jahr brach an, aber für mich gab es nichts, woran ich hätte anknüpfen können. Ich mied Bücher und Filme, in denen ich auch nur eine Erwähnung des Todes hätte finden können.

Mein Vater beschloss, dass wir nach Bratislava zurückkehren würden, wo sich angeblich die Verhältnisse geändert hatten. Ich protestierte. Wir stritten uns. Er hatte nicht die Absicht, seine Meinung zu ändern. Ich wartete ein paar Tage ab und probierte noch einmal, ihn zu überreden. Es half nichts.

Ich versuchte mir die Tschechoslowakei ins Gedächtnis zu rufen, aber meine Erinnerungen blieben unbestimmt, die Züge der Menschen verschwommen, die Körper seltsam formlos. Immer wieder tauchten in meinem Kopf nur triste, weitläufige Stadtlandschaften und asbestverseuchte Plattenbauviertel auf. Oder hatten sie mir das in der Schule nur eingeredet? Die Berliner Wohnung sah nach dem Tod meiner Mutter schrecklich aus. Betten aus Eisen, ein Schrank mit herausgerissenen Türen, ein paar Matratzen. In der Ecke Besen, Eimer und Putzlappen. An der Wand ein zerbrochener Rahmen ohne Bild. Ich sagte mir, dass ich, wenn ich nicht müsste, nie wieder nach Kreuzberg zurückkehren, nie wieder dieses alte Haus betreten würde. Als ich mit meinem Vater abreiste, verspürte ich den Drang, meine Hand auszustrecken und mich noch ein letztes Mal durch eine Berührung davon zu überzeugen, dass diese Mauern tatsächlich standen, dass ich tatsächlich in ihnen gelebt hatte. Doch ich tat es nicht.

13.

Wir fuhren mit dem Nachtzug nach Bratislava. Die Reise machte mir ordentlich zu schaffen.

Auf dem Bahnsteig wurden wir von einer Horde aufdringlicher Geldwechsler umringt. Als ich mich aus dem Kessel aus Trainingsanzügen befreit hatte, sah ich, dass wir am tristesten Ort gelandet waren, den ich je gesehen hatte. Es war Februar, in dem kalten und schmierigen Nebel wärmte mich nur mein eigener Atem, der wenigstens etwas Körperwärme verströmte. Kümmerliche Bäume schwankten im Wind. Die Gullys spuckten trübes Wasser aus ihrem Innern auf die Straße, statt es zu schlucken. Das graue Ambiente war aus Beton und Eisen gebaut. Nichts erinnerte an den betriebsamen Bahnhof Zoo voller Nervosität und Licht und Bewegung und Stimmen und fieberhaftem Gewimmel, wo ich vor elf Stunden in den Zug gestiegen war. Auch am Nachmittag klarte es nicht auf.

Der Nebel ging in Regen über, in dem ich nicht einmal bis zum Ende eines Häuserblocks sehen konnte. Nur ab und zu tauchte zufällig ein Licht auf: eine Ampel, eine Neonreklame, ein Blaulicht. Durch die langen Straßen fuhren kurzatmige Autos, die die Stadt mit schwärzlichen Wolken verpesteten. In der Luft hing ein säuerlicher, beunruhigender Benzingeruch.

Ich kannte niemanden in dieser Stadt, und niemand kannte mich.

»Ich will hier nicht wohnen! Lass uns zurückfahren! Alle gehen jetzt nach Berlin!«, schrie ich.

Ich bettelte. Ich flehte. Ich drohte. Nichts half.

»Hör auf, du wirst dich schon eingewöhnen«, beendete mein Vater die Diskussion.

»Werd ich nicht.«

»Du wirst sehen, es wird dir hier gefallen«, beschloss er.

»Wo übernachten wir denn?«, fragte ich.

»In einem Wohnheim.«

»Soll das ein Witz sein?«

Mein Vater hatte das mit dem Wohnheim ernst gemeint.

BRRRAATISLAVAAAA!

Ich glaubte, dass mich diese Stadt wahnsinnig machen würde. Aber nein. Die Kälte, die Feuchtigkeit, der Wind auf der Straße, das machte mir nichts mehr aus – als ginge mich das alles nichts an. Dass mir etwas Stechendes ins Gesicht regnete, Graupel oder Regentropfen, nahm eher mein Verstand wahr als meine Haut. Ich schleppte mich zusammen mit meinem unglücklichen Vater dahin und zerrte zwei schwere Koffer hinter mir her. Eine Viertelstunde später tauchte mit ohrenbetäubendem Getöse eine Straßenbahn auf und blinkte mit den Scheinwerfern. Hinter den Scheiben sah ich im strahlend weißen Neonlicht die unterkühlten Gesichter der Fahrgäste. Aus müden Augen starrten sie die grauen Fenster an, vor denen es keine Sonne gab. Alle, die sich dort drängten, die ein- und ausstiegen, waren Bestandteil ein und desselben verlorenen Traums. Langsam zuckelten wir in dem schäbigen Gefährt dahin. Der Fahrer stellte an der Tür seiner Kabine das Plakat einer nackten Frau mit schiefen Brüsten zur Schau. Ich wurde hin und her geschaukelt und beobachtete, was um mich herum geschah. Über die Parkplätze und zwischen den Hochhäusern hindurch fegte ein kalter Wind wie im Gebirge. Verwahrloste Ziegelhäuser säumten die schlecht gepflasterten Straßen. Wir erreichten eines der Plattenbauviertel. Bei mehreren Hochhäusern hingen Fenster aus den Angeln, die Mauern waren brüchig und Kabel aus den Wänden gerissen. Die triste Gegend war von Plakaten geschmückt mit Porträts von gespenstisch dreinschauenden Politikern, die ich nicht kannte. Auf mehreren Fassaden las ich die Aufschrift *Freie Wahlen*.

In einer Art Imbissbude aßen wir einen stinkenden Salat – eher eine Parodie auf etwas zu essen. Der Bedienung antwortete ich ausschließlich auf Deutsch. Mein Vater sprach slowakisch, was ich ihm übelnahm. Das Bier kam warm auf den Tisch, der Tee wiederum kalt, und die Suppe schmeckte wie ausgekochte Baumrinde. Bezahlt wurde in einer fragwürdigen Währung. Die mit Getreideähren und heroischen Figuren bemalten Banknoten sahen aus wie Spielkarten. Hier war ich nun, in einer heruntergekommenen Kleinstadt, in die ich höchstens Alkoholiker schicken würde, die vorhatten, sich für wenig Geld den Rest zu geben. Mich interessierte nur eins: das nächstbeste Verkehrsmittel, mit dem ich zurück nach Berlin käme.

Wir gingen zum Wohnheim. Die reglose, eisige Atmosphäre wurde schnell von der Dunkelheit durchdrungen. Kein einziger Stern, auch kein Mond, nur das schwache Licht von den hohen Eisenmasten, das auf dem Asphalt Flecken bildete.

In den ersten Wochen nach der Ankunft reifte mein Entschluss, mich abseits zu halten. Mein Vater mietete eine Zweizimmerwohnung im 2. Bezirk. Ich ging wieder zur Schule, aber an ein anderes Gymnasium als damals. Ich sagte mir, dass ich nicht zu den Bauern aus der Provinz passen würde, die jetzt meine neuen Mitschüler waren. Ich sprach mit keinem von ihnen, ignorierte sie und spielte den Großkotz. Wenn ich nicht musste, weigerte ich mich einfach, slowakisch zu sprechen, dieses übertrieben weiche, hysterische Geblubber. Im ersten Jahr wäre ich in Slowakisch zweimal fast durchgefallen, weil ich schlicht darauf bestand, in dieser Sprache nicht zu kommunizieren. Außerhalb der Unterrichtsstunden antwortete ich auf die sporadischen Fragen anderer ausschließlich auf Deutsch.

In Bratislava hatte ich plötzlich kein LSD mehr. Und Hip-Hop existierte hier praktisch nicht. Statt der Superhelden aus den Comics kannten die Leute nur Pfadfinderpamphlete von lokaler Relevanz, deren Helden, statt die Menschheit auszurotten, gute Taten vollbrachten.

Nach der Schule ging ich lange spazieren und versuchte herauszufinden, wo ich eigentlich hingeraten war. Ich stellte fest, dass Bratislava einst ziemlich von Macht und Reichtum gestrotzt haben muss, nur besaß es mittlerweile keinerlei Bedeutung mehr und konnte sich damit offensichtlich nicht abfinden. Ich würde noch eine Zeitlang hierbleiben, mich dann aber zurück nach Berlin verkrümeln und nie mehr zurückkommen. Doch vorläufig war ich erst einmal wieder in diesem Kaff, das von Stadtplanern und Architekten angestrichen und ausgebessert worden war, damit es einer Stadt wenigstens halbwegs ähnlich sah. In den Vororten, nur wenige Kilometer vom Zentrum entfernt, führten die Straßen aufs freie Feld hinaus und endeten in Haufen aus verwitterten Steinen oder an Autobahnbaustellen.

Mein Gymnasium zerbröckelte vor meinen Augen. Auf den Gängen breitete sich stickiger Mief aus, gesättigt vom Geruch nach Rattengift und den Ausdünstungen der Lackfarbe. Einige Türschwellen waren von Moos überwachsen. Vom Dachboden und den nackten Rippen der Dachkonstruktion hatten Vögel Besitz ergriffen. Der Putz löste sich in großen Stücken von den Wänden. Die Vitrinen waren gefüllt mit Fotos von Partisanenwaffen und mit oxidierten Medaillen. Am Giebel hatte sich in einer Mauerspalte eine Birke eingenistet. In unserem Klassenzimmer hörte ich das Rascheln ihrer Blätter. Der Speisesaal, ein langer und feuchter Raum, roch nach Schimmel. In der einen Hälfte war die Essenausgabe, in der anderen schlampig zusammengehämmerte Tische und Stühle. Das Aluminiumbesteck wurde offenbar abgewaschen, ohne Spülmittel zu benutzen. Das Unterrichtsniveau war miserabel. Deutsch gab eine ehemalige Russischlehrerin, die ich ignorierte. In Gesellschaftskunde hatten wir einen Typen, der vorher Schüler auf die Karriere als mustergültige Parteifunktionäre vorbereitet hatte. Sein rissiger Kunstledermantel knarzte.

»Ich bin nur auf Zeit hier und gehe so bald wie möglich nach Berlin zurück«, verkündete ich bei jeder Gelegenheit.

Meine Leistungen waren unterdurchschnittlich, und das war mir recht. Meine Lehrerinnen, sehr alte und unglückliche Frauen, waren wegen ihres nahenden Todes fast durchsichtig geworden. Die Hände zitterten ihnen bei ihren lahmen Ausführungen. In den Unterricht kamen sie in Stofflatschen oder Plastesandalen. Verschreckt und gebückt schritten sie die deprimierenden Flure entlang, unter den Achseln Schweißflecke und über dem Kopf eine Wolke billigen Parfums. Die Männer trugen kurze Silon-Mäntel, viel zu große Manchestersakkos, zerknitterte Hemden, und mit ihren behaarten Händen umklammerten sie ihre vollgestopften schwarzen Aktentaschen. Ihre Haare waren grau, ihre Gesichtshaut ungesund fettig, schlimm zugerichtet von stumpfen Rasierklingen. Sie stanken so durchdringend, dass einem die Luft wegblieb, ähnlich wie der Wartesaal im Hauptbahnhof.

»Das ist Michal, der hat in Westdeutschland gelebt«, sagten die Pädagogen untereinander über mich.

»Ich glaube, er ist in Prag geboren, aber dann hat er lange in Berlin gelebt.«

»Wie ist er denn hierher gekommen?«

»Seine Familie ist emigriert und nach der Revolution zurückgekehrt …«

Kaum hatte eine der Lehrerinnen erfahren, wo ich hergekommen war, wollte sie sich bei mir einschleimen. Die armen Frauen, die ihr ganzes Leben keinen Fuß aus diesem Nest hinaus gesetzt hatten, bestellten mich oft ins Lehrerzimmer. Sie stellten mir Fragen wie: »Was habt ihr denn in Deutschland in Geschichte behandelt? Wie habt ihr Weihnachten verbracht? Hattet ihr auch ein Auto und ein Haus? Wie viele Schüler sind in eine Klasse gegangen? Wohin seid ihr bei Schulausflügen gefahren?«

Es kam mir so vor, als fragten sie mich nicht nach dem Leben in Berlin, sondern nach dem auf einem anderen Planeten. Meine Antworten gab ich aus dem Bauch heraus. Ständig übertrieb ich. Sie bewunderten mich für Dinge, die ich überhaupt nicht erlebt hatte. Sie beneideten mich um einen Besitz, den ich gar nicht hatte.

Ausländer lebten in der Stadt verschwindend wenige. Wenn irgendein Farbiger oder ein Japaner hierher zog, erregte er derartiges Aufsehen wie anderswo in Europa vor zweihundert Jahren. Er wurde zu gesellschaftlichen Anlässen eingeladen, trat im Fernsehen auf und veröffentlichte CDs.

Ich konnte mich unbegrenzt herumtreiben, nahm leichte und härtere Drogen. Ich will gar nicht erst nachzählen, wie viele Nächte ich in Klubs verbrachte. Genauer gesagt: in dem einzigen Klub, den es in Bratislava gab. Die Fehlstunden wurden mir anschließend in der Schule immer entschuldigt.

Ich sagte mir, dass ich nur eine Übergangsphase durchmachte, die schon bald enden würde, und dass in meinem Leben nach der Abreise nach Berlin wieder etwas Echtes beginnen würde. Doch dann blieb ich noch einen Tag länger. Und noch einen zweiten, und noch einen dritten. Eine Woche, einen Monat, ein Jahr. Ich begann mich zu orientieren. Ich wusste bereits, dass nach der Revolution die meisten alten Kader in die neuen Strukturen übergewechselt waren, und ich glaubte, dass das wohl so sein musste. Der älteren Generation blieben bis auf Ausnahmen Funktionen und Positionen erhalten.

Dann kam es zu einer Folge außergewöhnlicher Ereignisse, die mein Leben aus den Angeln hoben. Ich zog von meinem Vater weg, den ich nicht mehr ertragen konnte, und übernachtete erst einmal auf fremden Sofas. In der Altstadt – in einer der vier kümmerlichen Straßen, aus denen sie bestand – mietete ich mir ein Zimmer mit kahlen Wänden und undichten Fenstern, durch deren Ritzen der Wind piff. Im Zentrum fand jeden Tag eine lächerliche und hysterische Demonstration statt, die dazu beitragen sollte, die Bedeutung dieses Volkes auf das Hundertfache zu vergrößern. Die Teilnehmer auf dem Platz waren in scheußlichen blauen Bussen aus dem ganzen Land herangekarrt worden. Ich begriff nicht, was das zu bedeuten hatte. Manchmal ging ich mir die Protestler anschauen. In den Augen hatten sie den Hass von Menschen, die die Sackgasse ihres eigenen Lebens erkannten. Die Zukunft hatte ihnen jemand gestohlen, und sie wussten nicht, wer. Aus den Träumen vom Reichtum, den sie eines Tages erleben würden, waren sie längst aufgewacht. Mit Plastiktüten einer neuen Supermarktkette in den Händen blockierten sie den Verkehr in der Innenstadt. Einmal übergossen sie mich mit Bier und bedachten mich mit Sprüchen wie »Wir vom Land müssen sogar für euch Bratislavaer mitdemonstrieren, weil ihr keine Lust habt!«.

Ich ließ mich nun nicht mehr auf dem Platz blicken. Ein paar Monate später hatte der Staat, in dem ich geboren war, aufgehört zu existieren. Bratislava wurde zur Hauptstadt eines neuen Staates, was mir absurd vorkam. Mittlerweile durfte ich sogar wählen gehen, aber ich hatte keine Ahnung, wen. Die Linksparteien wurden von den Großunternehmern geführt, die eigentlich ihr Feindbild sein sollten, und die rechten Parteien hatten ein linkes Programm – oder gar keins. Die Liberalen bestanden vor allem aus ehemaligen Kommunisten, und die meisten Konservativen waren religiöse Fanatiker. Ich begann gar nicht erst, mich für Politik zu interessieren. Viel mehr erregte mich, dass in der Stadt die ersten Übersetzungen amerikanischer Comics auftauchten, die ich einst verschlungen hatte, als ginge es um mein Leben.

Ich blieb in Bratislava hängen. Slowakisch konnte ich mittlerweile perfekt. Meine Flucht war gescheitert.

14.

Viele Bekannte unserer Familie machten im neuen System schwindelerregende Karrieren. Sie schnitten sich die Haare ab, rasierten sich den Bart weg, und statt ihrer früheren Klamotten trugen sie hässliche Anzüge.

Dank der Bekanntheit meines Vaters in Dissidentenkreisen schaffte ich es, an eine Schauspielausbildung heranzukommen – das wahrscheinlich schlimmste Studienfach in der ganzen Stadt. Da ich von Kindheit an gelernt hatte, zu lügen und mir Sachen auszudenken, passte ich wunderbar dort hin. Ich brauchte fast nichts zu tun und schaffte es kinderleicht von einem Studienjahr zum nächsten. Zuerst dachte ich, das nachrevolutionäre Chaos sei Schuld daran, doch schnell stellte ich fest, dass die miese Qualität ein Dauerzustand war. Manch einer beschwerte sich über die Niveaulosigkeit – ich bestimmt nicht. Ich hatte befürchtet, dass sie mich an der Akademie zwingen würden, andauernd Bücher zu lesen. Aber nein, kein einziges! Während des gesamten Studiums hat niemand so etwas von mir verlangt.

Meine Ausbilder, allesamt gestandene Schauspieler an Staatstheatern, hatten zum Unterrichten keine Zeit. Nach dem Wandel der Verhältnisse verschrieben sie sich dem Showbiz. Tagelang saßen sie bei Vorsprechen für Telenovelas oder Werbung in den Warteräumen herum, oder sie standen in Synchronstudios vor dem Mikrofon. Bühne und Schule waren für sie nur notwendiges Übel neben ihren anderen, viel lukrativeren Aktivitäten. Viel öfter als hinterm Katheder sah ich sie auf dem Bildschirm, wo sie auf Sofas herumsaßen und Anekdoten über ehemalige Mitschüler erzählten oder die gesanglichen und tänzerischen Leistungen von Amateuren bewerteten. Wenn die Schauspieldozenten dann doch einmal im Unterricht auftauchten, begannen sie herzerweichend zu jammern, der Staat hätte die Kunst ruiniert, das Land verfügte über keinerlei Visionen mehr, und irgendwelche rätselhaften geistigen Bedürfnisse könnten nicht befriedigt werden. Einmal waren sie betrübt, dass es in der Stadt eigentlich keine Kultur mehr gebe, ein andermal wieder schnieften sie, dass die Kultur, die überlebt hatte, auf ein hoffnungsloses Niveau abgesunken sei. Gern kritisierten sie auch die öffentlich-rechtlichen und die privaten Fernsehsender, genauer gesagt die, von denen sie nicht eingeladen wurden, um sich vor dem geneigten Publikum an Freunde aus dem Kindergarten zu erinnern. An die allgegenwärtigen Betrügereien und Widersprüchlichkeiten gewöhnte ich mich. Ich ging im Mittelmaß auf; ich lebte das voll aus, und gleichzeitig hasste ich mich dafür. Lediglich im Verhalten und in meiner Kleidung unterschied ich mich: Ich fluchte nicht bei jeder sich bietenden Gelegenheit, ich benutzte ein Deo, kratzte mich nicht dauernd im Schritt und schaute kein Eishockey, ich trug gern Sachen in hellen Farben und lebte eigenbrötlerisch. Regelmäßig ging ich in die Bibliothek und lieh mir Berge von deutschen Hochglanzmagazinen aus, die mich viel seltener enttäuschten als die Menschen.

Ich verzeichnete einige Quasi-Erfolge in studentischen Theateraufführungen und hatte ein paar Affären mit Frauen, für die ich überhaupt nichts fühlte. An sie zu denken bedeutete, dass, wenn der zweite Gedanke den ersten zerstört hatte, ein dritter erschien, um den zweiten zu zerstören, bis schließlich von den Gefühlen und Gesichtern gar nichts mehr übrig war. Doch wenn eine Frau auftauchte, die mit mir zusammen sein wollte, wehrte ich mich nicht.

Wen auch immer ich kennenlernte, ich erfuhr sofort, mit wem ich es zu tun hatte: was der Vater machte, woher die Mutter stammte, was für einen Einfluss die Familie hatte und über welche Kontakte sie verfügte. In Bratislava konzentrierten sich Macht und Besitz in Freundeskreisen und Seilschaften, die sich vor allem auf stürmischen Partys trafen, zu denen ich keinen Zutritt hatte. Ich hielt mich zurück, denn meine Familienbeziehungen waren auf ein Minimum reduziert. Einmal im Monat ging ich zu meinem Vater zum Mittagessen, und das genügte mir auch.

Ganz alleine feierte ich meinen zweiundzwanzigsten Geburtstag. Meine Einstellung zur Stadt rächte sich. Lange Zeit wusste ich nicht, wie die Dinge in Bratislava liefen, und ich begriff es erst viel zu spät. Ich hatte nicht die richtigen Kontakte, die man übers Bett und durch Affären herstellte, und gehörte keinem der Clans an.

Mein Studium schloss ich mit einem wertlosen Diplom ab. Diese Pseudouniversität hatte seit jeher eine Flut von unqualifizierten Absolventen produziert, an die sie zum Schluss lächerliche Zettel verteilte. Jeder Student wusste, dass ihn die Professoren nicht rausschmeißen würden, denn sonst kämen sie um ihre gemütlichen Pöstchen – staatliche Subventionen wurden nämlich anhand der Zahl von Einschreibungen vergeben. Nirgendwo sonst war ich auf eine solche Schwemme von Menschen getroffen, die ihre Stellen nur hatten, damit jemand die Kosten für Versicherungen, Fahrgeld und für weitere Ausgaben trug. Die Abschlussvorstellung, auf die ich mich zum ersten Mal redlich vorbereitet hatte, schauten sich nur zwei Lehrer an, beide sternhagelvoll. Nach der Aufführung fand im Arbeitszimmer des Jahrgangsleiters eine kleine Feier statt. Gereicht wurde ein Schnaps aus der Region, der einen seltsamen Beigeschmack hatte und von gelblicher Farbe war. Er sah aus wie Urin. Bei jedem Schluck schnürte es mir schmerzhaft die Kehle zusammen. In der Ecke des Raums stand eine komplizierte Versuchsanordnung aus durchsichtigen Röhren und Ventilen. Der durchdringende Gestank von Chemikalien löste bei mir Brechreiz aus. Einer der Professoren fragte mich, ob ich nicht schwarz Valuta umtauschen wolle.

In den vier Jahren meines Studiums hatte ich absolut nichts gelernt. Ich konnte keine gutbezahlte Stelle auftreiben, wo ich nicht hätte arbeiten müssen. Ich hoffte genau so ein Parasit zu werden, wie ich sie überall um mich herum sah, doch ich wurde bei keinem Theater angenommen, weil in diesem Jahr kein alter Schauspieler starb. Zum Synchronisieren fehlten mir die nötigen Beziehungen, denn da hatte die Mafia das Sagen. Ganz zu schweigen vom Moderieren von Firmenpartys und Konferenzen, denn die lukrativsten Jobs teilte eine Handvoll Eingeweihter unter sich auf. In meinem Umfeld kriegten Gleichaltrige mit geisteswissenschaftlicher Ausbildung einen Stundenlohn, für den Arbeiter nicht einmal Gräben ausheben gehen würden. Rechtsanwälte in Bratislava verdienten so viel wie österreichische Putzfrauen, und die in der Ostslowakei so viel wie die Gehilfinnen von österreichischen Putzfrauen.

Genauso wenig war ich scharf darauf, ans Theater zu gehen. Meine ehemaligen Kommilitonen hatten bei den Kammerspielen ein Einstiegsgehalt von 200 Euro netto, sodass sie jedem vielversprechenden Job hinterherhechelten. Schnell wurden sie zu Synchronisiermaschinen: Tagsüber brabbelten sie acht Stunden lang infantile Dialoge für Telenovelas, und abends zeigten sie miserable Leistungen in entsetzlichen Inszenierungen. Deshalb machte ich lieber gar nichts, schimpfte auf die neuen Verhältnisse und stilisierte mich als Opfer. In Internetforen titulierte ich unter einem Pseudonym stundenlang alle reihum als Versager, Schleimscheißer und arme Schweine. Statt etwas zu unternehmen, bestärkte ich mich darin, dass sich alle gegen mich verschworen hätten.

Ich hatte keine Lust zu arbeiten. Langsam begriff ich, dass die kleine, aber mittlerweile recht übervölkerte Stadt eine gut organisierte Bürokratie hervorgebracht hatte, ein unsichtbares und perfekt eingespieltes System, in das ich nicht hineingehörte. Ich redete mir ein, dass es trotz alledem nur eine Frage der Zeit sei, bis mich jemand entdecken würde. Vertreter einer japanischen Automobilfirma würden mich als Testfahrer für ihre Luxuskarossen auswählen. Ein deutscher Produzent von Hi-Fi-Designertechnik würde mich in einer globalen Kampagne auf stilvollen Werbeplakaten präsentieren. Ein legendärer Pariser Modesalon würde mich zum Gesicht des Jahres für seine neue extravagante Kollektion wählen. Stattdessen fuhr ich mit öffentlichen Verkehrsmitteln, hörte auf einem schäbigen CD-Player Raubkopien und trug erbärmliche Klamotten. Ich fantasierte darüber, dass ich durch irgendein Wunder Vorstandsvorsitzender werden würde, denn wer in Bratislava einmal einen solchen Posten erreicht hatte, konnte noch so dämlich sein – er blieb ihm trotzdem für den Rest seines Lebens erhalten.

Die lokalen Promis kamen mir entsetzlich vor, die Politiker abstoßend, die TV-Moderatoren peinlich, die Sängerinnen untalentiert, die Radiosprecher nervtötend, das Fernsehen katastrophal, die Werbung plakativ, die Taxifahrer dreist, die Rentner verbittert, die Witze obszön, die Polizisten arrogant, die Kirchen überdimensioniert, die Filme langweilig, der Alkohol minderwertig. Ich kam zu dem Schluss, dass es keine scheinheiligere Stadt gab als Bratislava, mit nur zum Schein freien Menschen, die in Wirklichkeit Sklaven von Konventionen und Snobismus waren. Ich sagte mir oft, dass ich nicht zu ihnen gehörte, dass ich schon bald von diesem schrecklichen Ort verschwinden würde, wo sie ihr ganzes Leben verbrachten und unglücklich starben. Doch es dauerte nicht lange, und ich war bratislavischer als die Bratislavaer.

15.

Jeden Donnerstag kaufte ich mir eine lächerlich dünne Zeitung – die größte Tageszeitung des Landes – samt einer Beilage, die absurderweise den Namen *Karriere* trug. Immer neue ausländische und auch einheimische Firmen suchten Fachleute, talentierte junge Menschen mit bestimmten Fähigkeiten und Kenntnissen, oder zumindest mit Geschick in irgendeinem Handwerk. Doch ich konnte mit nichts dergleichen aufwarten. Zu einem Vorstellungsgespräch lud mich niemand ein. Ich flog jedes Mal schon beim Telefon-Interview raus.

»Was für eine Ausbildung haben Sie denn, junger Mann?«

»Ich bin Schauspieler.«

»Wie bitte?«

»Sie haben sich nicht verhört. Ich bin Schauspieler.«

»Und womit würden Sie gerne zum Erfolg unseres Unternehmens beitragen?«

»Ich könnte Ihnen etwas vorspielen. Ich kann Ihren Chef ziemlich gut nachmachen. Der sieht aus wie ein Idiot und ist auch einer«, antwortete ich.

»Woher wissen Sie das denn, Sie Scherzkeks? Ich drück Ihnen jedenfalls die Daumen!«

»Vielen Dank, das wollte ich hören.«

Bratislava entwickelte sich weiter, und man konnte mittlerweile auch LSD auftreiben, obwohl es qualitativ nicht mit dem in Berlin mithalten konnte. Ich brauchte dafür aber dringend Geld. Wenn ich nicht genug für Spitzenstoff hatte, legte ich mir auch andere Sachen unter die Zunge. Das Ganze entglitt mir. Ich verlor den Boden unter den Füßen wie im Meer: Man läuft durchs Wasser, das einem schon bis zum Kinn reicht, der Sand rutscht unter einem weg, und plötzlich geht man unter.

Erst im Sommer stieß ich einmal auf eine Anzeige, die mir auffiel:

Eine gut bezahlte, zeitlich flexible, wenig anspruchsvolle und interessante Tätigkeit ist der Traum eines jeden jungen Mannes. Ein neuer Trend bietet Lösungen für Männer, die über ein sympathisches Äußeres und ein angenehmes Auftreten verfügen und mindestens zwei Fremdsprachen beherrschen, die die Welt kennenlernen und gutes Geld verdienen wollen. Vielleicht suchen wir genau Sie! Rufen Sie uns an!

Ich legte die Zeitung weg, ging ans andere Ende des Raumes und kehrte wieder zurück. Als ich apathisch ein zweites Mal auf die Seite schaute, war ich mir nicht sicher, ob die Anzeige überhaupt noch da wäre. Ich las mir den Text noch sechs- oder siebenmal durch und hakte das Ganze für mich ab. Ich hatte ohnehin aufgehört, auf Angebote zu reagieren, und die *Karriere* las ich nur noch aus Gewohnheit. Vor mir selbst redete ich mich damit heraus, dass ich sowieso keinen Job finden und also meine Zeit sinnlos verschwenden würde. Ich verließ das Haus und machte mich auf einen Rundgang durch die Altstadt, was nicht einmal 25 Minuten dauert. Von der Oper über den Hauptplatz bis zum gotischen Dom und zurück. Wieder zu Hause wusste ich, dass ich auf die Anzeige antworten würde. Als ich sie mir noch einmal durchlas, wurde mir eins klar: Wenn ich mir nicht die Mühe machen und mich dort melden würde, würde ich es später vielleicht bereuen.

Ich rief an.

Eine Computerstimme nannte den Firmennamen, den ich nicht genau mitbekam, und dann den Slogan: Der Westen ist jetzt im Osten.

Ich stellte mich vor.

»Guten Tag. Vielen Dank, dass Sie sich gemeldet haben. Na, dann schießen Sie mal los«, meldete sich eine Frau.

»Wie bitte? Und was soll ich denn so sagen?«

»Egal was. Stellen Sie sich uns vor. Woher Sie stammen, was Sie so machen, oder sagen Sie einfach, was Ihnen gerade einfällt. Erlebnisse, Witze, Geschichten. Das alles interessiert uns. Wir wollen Sie kennenlernen, Ihr Erscheinungsbild abschätzen. Gleichzeitig muss ich Sie darauf hinweisen, dass Ihre Worte zu internen Zwecken aufgezeichnet werden. Wir verpflichten uns, dass wir keinerlei Angaben Dritten zur Verfügung stellen werden. Stimmen Sie den Konditionen zu?«

»Ja«, antwortete ich und fing an.

Ich redete lange. Alles Mögliche fiel mir ein. Wenn ich für einen Moment aufhörte, forderte mich die Dame auf weiterzumachen. Sie behauptete, ihr gefalle meine Spontaneität. Für die Vermittlungsagentur war es wichtig, sich meine Stimme eingehend anzuhören. Ich erfuhr, dass es um ein Casting ging, bei dem Sprechen, Aussehen und Auftreten eine wesentliche Rolle spielen würden.

»Bevor Sie auflegen, hinterlassen Sie uns bitte noch Ihre Kontaktdaten, damit wir Sie erreichen können, um Sie über das Ergebnis zu informieren.«

Ich diktierte Telefonnummer und Adresse.

»Das ist alles. Haben Sie vielen Dank. Wir melden uns bei Ihnen«, war der letzte Satz, womit ich die ganze Angelegenheit als erledigt betrachtete.

Schon knapp vierundzwanzig Stunden später aber wurde ich überhaupt zum ersten Mal zu einem persönlichen Gespräch eingeladen. Drei Tage darauf stand ich in einem großen, strahlend hellen Saal voller Spiegel. Die Firma hatte das Foyer und die Probebühne des Musicaltheaters angemietet. So einen Ansturm von Bewerbern hätte ich nicht erwartet. Während ich auf dem Gang ausharrte, bis ich dran war, trug ich persönliche Angaben in ein Formular ein. Ich musste auch eine notarielle Erklärung unterschreiben, dass ich mit den Geschäftsbedingungen der Firma einverstanden war und im Falle des Scheiterns keine Entschädigung fordern würde.

Das saubere und gut ausgeleuchtete Studio war voll mit großen weißen Reflektoren und Kamerastativen. Hoch oben über meinem Kopf hing eine Reihe Scheinwerfer in verschiedenen Farben. Ich musste mich fast komplett ausziehen und absolvierte ein Shooting vor einer grünen Leinwand. Gleichzeitig wurde ich mit einer Digitalkamera gefilmt. Ein Mann und eine Frau inspizierten mich neugierig von allen Seiten. Aus ihrem Verhalten ließ sich einiges ableiten. Der harte Blick und das zynische Lächeln sagten mir, dass ich bei der Bewertung mit keinerlei Gnade rechnen dürfte. Ich wusste nicht, was ich für ein Gesicht machen sollte. Der Mann sagte: »Notieren Sie bitte, ich diktiere: Gesicht oval, in Höhe der Ohren schmal, unten ein wenig erweitert. Die Nase gerade in direkter Linie mit der Stirn. Volle Lippen. Beim Lachen zeigen sich regelmäßige weiße Zähne. Die Arme fest, die Hände feingliedrig, Fingernägel gepflegt, nur der Zeigefinger gelb vom Nikotin.«

Um meinen Körper kümmerte ich mich nicht groß, ich hatte nur den unbestimmten Plan, dass ich irgendwann einmal mit dem regelmäßigen Trainieren anfangen würde. Die allgegenwärtige Kamera machte mich nervös, doch noch lästiger fand ich es, dass alles von Bodyguards beobachtet und bewacht wurde, abstoßenden Eierköpfen.

»Welche Sprachen beherrschen Sie?«

»Deutsch ist meine Muttersprache. Außerdem Slowakisch und ganz passabel Englisch.«

»Ausgezeichnet. Und Russisch? Das wird nämlich von vielen unserer Klienten nachgefragt.«

»Das kann ich nicht. Aber ich melde mich gern bei einem Kurs an.«

»Worin sehen Sie Ihre Vorzüge gegenüber den anderen?«

»Ich habe jahrelang im Ausland gelebt.«

»Und wo? Falls das kein Geheimnis ist …«

»In Westberlin.«

»Ausgezeichnet. Solche Erfahrungen sind uns sehr willkommen.«

Wir gingen hinter einen weißen Paravent. Der Mann zog sich gelbe Einmal-Gummihandschuhe an. Mit der Professionalität eines Arztes tastete er mich ab, überzeugte sich von der Stärke meiner Schenkel, von der Festigkeit meines Brustkorbs und von meiner Hüftbreite. Mit seinen Fingern presste er die Muskeln an Armen und Beinen zusammen und vermaß mich dabei. Er tastete mir sogar Penis und Hoden ab. Bis er fertig war, schwieg er. Ich schämte mich ein wenig, und weil der Raum von einer leistungsstarken Klimaanlage belüftet wurde, schüttelte es mich einmal sogar vor Kälte. Ich kämpfte gegen meine Schüchternheit an und versuchte souverän zu wirken. Ich zog mir meine Boxershorts wieder an. Der Mann sagte, ich solle auf die Waage steigen, um seine Schätzung auch durch Zahlen zu bestätigen. Ich wog 75 Kilo. Am Ende der persönlichen Untersuchung nahm der Arzt noch Blut- und Urinproben. Beim Einstechen der Nadel drehte es sich in meinem Kopf, aber ich atmete tief durch und beherrschte mich. Als ich hinter dem Paravent hervorkam, umkreisten mich erneut der Fotograf und der Kameramann.

»Wie würden Sie Ihr Naturell charakterisieren: mutig oder eher ängstlich?«

»Angesichts dessen, was meine Familie in der Vergangenheit durchgemacht hat, darf ich wohl mit Recht behaupten, dass ich eher mutig bin. Aber Heldentaten habe ich mir nicht zuschulden kommen lassen, und ich habe auch nicht besonders vorzeigbar gelitten.«

»Lernen Sie gern neue Menschen kennen?«

»Ja. Ich wohne erst seit relativ kurzer Zeit in der Stadt, aber ich habe schon das Gefühl, dass ich jeden hier kenne.«

Ich nahm die Positionen ein, die sie mir während des Gesprächs vorgaben. Ich probierte unterschiedlich zu lächeln. Auf Verlangen machte ich auch ein finsteres Gesicht in Richtung Objektiv. Ich ging völlig darin auf. Erneut sah ich mich im Spiegel. Ich hielt die Luft an und bemühte mich, die Brust herauszustrecken. Ich legte mich auf eine Couch im Hintergrund des Ateliers. Der Fotograf selbst brachte meine Schultern und Beine in die gewünschten Positionen. Er tat das sehr bedächtig, berührte mich kaum. Das Ganze dauerte nicht einmal zwanzig Minuten, doch mir kam es so vor, als seien mindestens zwei Stunden vergangen.

»Wie stehen meine Chancen, wenn ich fragen darf?«

»Darauf können wir Ihnen noch keine Antwort geben. Wir müssen jeden Bewerber evaluieren, uns die Aufnahmen im Computer anschauen … Es wird eine Weile dauern. Jeder Kandidat wird von uns individuell bewertet. Wir bitten Sie also um etwas Geduld.«

»Wenn es irgendwie geht, wüsste ich es gern so bald wie möglich, weil ich mehrere offene Angebote habe.«

»Das verstehen wir natürlich. Ich persönliche finde, dass Sie, wenn Sie es wirklich wollen und Mut genug haben, Ihr Aussehen und Ihre Fähigkeiten nutzen und sich finanziell ausgesprochen verbessern können«, versprach mir die Personalchefin mit affektierter

Stimme, die sie ab und zu bei der Betonung irgendeines Wortes senkte, als würde sie mir ein Geheimnis anvertrauen.

»Wie alt sind Sie?«, fragte sie noch.

»23«, gab ich zu. Außerdem hätte sie es ja auch in meinen Unterlagen nachlesen können. Sie gab die Daten in ihren Laptop ein.

Ich verabschiedete mich, aber ich blieb noch ein paar Minuten da. Ich tat gleichgültig und gelangweilt, als wäre mir die ganze Sache irgendwie suspekt. Es waren wirklich viele Interessenten gekommen. Ich versuchte abzuschätzen, was sie gemeinsam haben könnten. Ich wusste immer noch nicht, um was für einen Job ich mich da bewarb. Ich sah entblößte Körper, wie sie sich in verschiedenen Posen vor dem grünen Stoff zur Schau stellten. Auf den durchtrainierten, männlichen Armen und Rücken zeichnete sich deutlich jeder einzelne Muskel ab. Enttäuscht ging ich nach Hause.

In den darauffolgenden Tagen wuchs meine Ungeduld. Ich war in permanenter Anspannung. Ich hatte in meinem Leben noch nichts geleistet, konnte nichts und war arbeitslos. Ständig hörte ich irgendwo, wie frei meine Generation doch sei, wie glücklich und positiv, welche unendlichen Möglichkeiten sie habe und wie sie die voll ausnutzen könne. Doch mir kam das irgendwie verdächtig vor. Die Generation meiner Eltern hatte – angeblich unter dem Druck der undankbaren Verhältnisse – so viele Gelegenheiten versäumt, hatte gelitten und nichts gedurft, doch ich gehöre zu den Kindern Fortunas, die die Erfüllung ihrer Träume tatsächlich erlebten. Ich hatte keine Ahnung, wer so etwas unters Volk brachte.

Für mich bestand die Generation aus drei Typen:

Erstens die, die beschlossen hatten, vor allem Geld zu verdienen. Sie versklavten sich in Firmen, und es ging ihnen tatsächlich ganz gut. Auf unserem winzigen Markt bedeutete das allerdings, dass alles andere für sie längst aufgehört hatte zu existieren.

Zweitens die, die versuchten, das zu machen, was sie studiert hatten oder was ihnen wirklich Spaß bereitete. Sie gaben Zeitschriften heraus, machten Theaterprojekte, organisierten Festivals, schrieben ihre Doktorarbeiten oder nahmen Musik auf. Dabei waren sie einträchtig mal mit resolutem Schimpfen, ein andermal mit machtlosem Jammern über die herrschenden Verhältnisse beschäftigt. Sie lebten am Rand des Existenzminimums.

Und drittens die, die es nicht mehr ausgehalten hatten und aus Bratislava weggegangen waren. Wenn jemand von denen mal Erfolg hatte, dann vergaßen die Zuhausegebliebenen nicht, sich damit zu brüsten. Andererseits waren die Menschen wohl nirgendwo sonst auf der Welt in der Lage, sich derartig über Misserfolge anderer zu freuen, wie in Bratislava.

Eines Morgens, als ich die ganze Geschichte schon fast wieder vergessen hatte, klingelte das Telefon. Ich erfuhr, dass ich, falls ich noch Interesse an dem Job habe, bei ihnen anfangen könne.

»Um was für eine Tätigkeit geht es denn eigentlich?«, fragte ich.

Die Frau am Telefon verriet es mir.

Ich war erst einmal still. Wie lange, weiß ich nicht mehr. Ich sagte immer wieder vor mich hin, was sie geantwortet hatte. Innerhalb weniger Sekunden wendete ich das Angebot hin und her, und es kam mir immer verlockender und realer vor.

»Also, nehmen Sie an?«, fragte sie mich.

Ich sagte zu.

Bereits am Nachmittag saß ich im Vorbereitungskurs. Natürlich hatten sie mich nicht fest angestellt, mit solchen Vergünstigungen war es längst vorbei. Sie schlugen mir vor, ein Gewerbe anzumelden. Ich würde externer Mitarbeiter sein und meine Versicherungsbeiträge auch weiterhin selber zahlen. Trotzdem war das besser als gar nichts. Viel besser. Jedenfalls sah es so aus.

Am nächsten Tag begann ich meine Arbeit bei ESKORTA.

2. DER WESTEN IST JETZT IM OSTEN

Entferne die Prostituierten aus der Welt
und du wirst sie mit Sodomie erfüllen.

Thomas von Aquin

1.

Ich setzte meine Brille auf und fing an, mich vor dem Spiegel zu rasieren. Geschickt bewegte ich den Apparat mal mit der rechten, mal mit der linken Hand, denn ich konnte mit beiden Händen gleich gut hantieren. Ich zupfte die Härchen aus Nase und Ohren, putzte mir die Zähne, schnitt und feilte meine Finger- und Zehennägel. Dann sprühte ich noch Parfum auf. Ich führte die Reinigung besonders gründlich durch, als wollte ich meinen Körper von den Sedimenten der vergangenen 23 Jahre befreien. Ich zog meinen besten Anzug an. Genauer gesagt: meinen einzigen … Zuerst zögerte ich, ob ich ihn tragen sollte. Doch dann wurde mir bewusst, dass ein wichtigerer Tag als dieser so bald nicht wieder kommen würde. Der erste Eindruck zählt, und deshalb wollte ich vorbildlich aussehen. Ich band mir eine rosa-graue Krawatte um – im Vergleich zu denen, die ich später trug, billiger Krempel, aber eine schönere hatte ich nicht. Ich stärkte mich mit einem kleinen Frühstück und machte mich um halb neun auf den Weg in die Stadt. Ich beschloss, zu Fuß zu gehen. Durch die Morgenluft trieben die Spinnweben des Altweibersommers. Hinter den Dächern hing dunkel der Smog, und ein großer Teil des Himmels war violett verhüllt, als würde gleich die Nacht hereinbrechen. Geschäfte und Ämter füllten sich, die elektrischen Jalousien vor den Schaufenstern fuhren nach oben, die Verkehrsadern der Stadt lebten auf. Ich atmete tief durch, und Energie drang in mein Gehirn und in meine Beine. Meine Unbedarftheit musste ich überspielen. Mir blieb nichts anderes übrig, als Ruhe zu bewahren. Beim Gehen wuchs die Angst in mir, gleichzeitig aber auch eine angenehme Benommenheit. Schon in ein paar Stunden würde ich die Prüfung hinter mir haben – wie auch immer sie ausfallen sollte. In Gedanken wiederholte ich, was uns in den vergangenen Wochen bei den Schulungen beigebracht worden war. Mir fielen alle Maßnahmen ein, die sie mir bei ESKORTA eingetrichtert hatten – für den Notfall beim Erfüllen eines Auftrags.

Erreichbarkeit: Haben Sie immer ein Handy dabei.

Kontakt: Teilen Sie der Agentur oder Ihrer Familie mit, wo Sie sind.

Hotline: Merken Sie sich unsere Notrufnummer.

Beförderung: Bereiten Sie die Heimfahrt vor, falls der Auftrag spät abends oder nachts enden sollte.

Bargeld: Nehmen Sie immer eine angemessene Menge Geld mit, weder zu viel noch zu wenig.

Verhalten: Provozieren Sie die Kundin/den Kunden nicht unnütz und kleiden Sie sich nicht allzu aufreizend. Falls sie/er sich aggressiv verhält, versuchen Sie, sie/ihn in ein Gespräch zu verstricken.

Ich betrat das Hotel Madison. Dabei hielt ich mich an das von der Agentur vorgegebene Drehbuch, das in meinem Kopf ablief wie ein Film. An der Rezeption nahm ich meine Keycard in Empfang, die dort gemeinsam mit der Rechnung bereits in einem gelben Umschlag auf mich wartete. Mit dem Aufzug fuhr ich in die fünfte Etage. Ich fand meine Zimmernummer und schloss die gewaltige schalldichte Tür auf. Im Innern empfingen mich Marmor und roter Stoff. Das reservierte Zimmer war noch leer, was mich ein wenig beruhigte. Ich setzte mich in einen satinbezogenen Sessel und ließ mich in die Einsamkeit des Hotelzimmers sinken, das von trockener Luft erfüllt war. Ich war es nicht gewohnt, mich an Orten aufzuhalten, wo mir nichts gehörte.

Das Schloss klickte. Die Tür öffnete sich.

Ich setzte sofort ein Lächeln auf, das ich mir in der Ausbildung antrainiert hatte, und brachte mich in Position. Im Bruchteil einer Sekunde war ich voll konzentriert.

»Guten Tag. Ich bin Michal«, sagte ich.

Ich machte die eingeübte Geste zur Begrüßung. Für Sätze und Bewegungen hatte ich extra ein Handbuch bekommen. In dieser Branche gab es keine Nachnamen, und meist wurden nicht einmal die wahren Vornamen benutzt. Doch die Agentur hatte mir den Namen empfohlen, der auch im wirklichen Leben mein Name war: Michal.

Ich erkannte mein eigenes Verhalten nicht wieder, so respektvoll und freundlich. Auch der Klang meiner Stimme war anders als sonst, viel angenehmer.

»Freut mich sehr«, war ihre Antwort.

Blitzschnell musterte ich die Frau. Sie war vollkommen blass, nicht nur ihre Haut, sondern auch die Haare, sogar Augenbrauen und Wimpern waren weiß, und das bisschen Farbe, das man erkennen konnte, hatte sie in den Pupillen und auf den Lippen, am Rand ihrer Fingernägel und im Blut, das unter ihrer Haut pulsierte. Sie war nicht ausgesprochen schön, wirkte aber einigermaßen attraktiv und einnehmend. Außerdem roch sie stark und gut.

Da stand also meine erste Kundin. Eine Deutsche.

2.

»Darf ich Ihnen das Du anbieten?«, fragte ich.

»Natürlich, Michal. Stört es dich, wenn ich dir meinen Namen nicht sage?«

»Überhaupt nicht. Heute geschieht alles nach deinen Wünschen«, versicherte ich.

Resolut stand ich neben der Tür. Sie lächelte mich an, leicht nervös. Ich küsste sie flüchtig, als sie mir die Hand gab, die ich sanft in meine nahm und kurz festhielt. Dann führte ich sie am Arm hinein. Das hatte ich mit noch keiner Frau gemacht. Mit leicht geneigtem Kopf zog sie ihren Mantel aus und legte ihre Handtasche auf den Tisch. Sie ging durchs Zimmer und betrachtete es, als habe sie sich in ihre Entscheidung gefügt und nehme weder mich noch den Ort zur Kenntnis. Sie schenkte sich selbst ein wenig Weißwein ein.

»Für dich auch?«, fragte sie.

»Danke, gerne«, sagte ich und beobachtete sie weiter.

»Wie kommt's, dass du so gut deutsch sprichst?«

»Das ist eine längere Geschichte. Willst du sie hören?«

»Warum nicht? Ich kann kaum glauben, wie viele Menschen in dieser Stadt meine Muttersprache beherrschen.«

Sie setzte sich auf einen Sessel und drehte das Glas in ihrer Hand hin und her. So versuchte sie, ihre Nervosität zu beherrschen, und presste dabei ihre Lippen fest aufeinander, bis sich ihre Mundwinkel nach unten verzogen. Sie lehnte sich zurück, hob einen Arm und fuhr sich mit den Fingern durchs Haar.

Den Wein rührte ich nicht an. Trotzdem fühlte ich mich nicht mehr so unter Druck. Eine Weile saßen wir uns gegenüber und redeten. Ich erzählte ihr von meinen deutschen Wurzeln, und dass ich meine Kindheit mit deutschen und österreichischen Radio- und Fernsehsendern verbracht hatte, in dieser Stadt, die früher einmal Pressburg hieß. Das Deutsche war für mich die letzte Verbindung zur zivilisierten Welt gewesen. Und dann waren wir emigriert.

»Oh, ich hatte ganz vergessen, dass du ja in Berlin gelebt hast. Sie haben mir das bei der Buchung gesagt. Deshalb die super Aussprache.«

»Genau, ich war sogar mehrere Jahre dort.«

Sie hörte mir zu und konzentrierte dabei ihre Kräfte darauf, auch den Rest ihrer Schüchternheit loszuwerden. Von mir war alle Verlegenheit abgefallen.

»Bist du das erste Mal mit jemandem wie mir zusammen?«, fragte ich sie.

Sie nickte nur.

»Das ist gut. Du wirst etwas Neues und Besonderes erleben«, redete ich los, als hätte ich sonst was für Erfahrungen.

»Machst du das schon lange?«

»Zwei Jahre«, log ich.

»Ach ja? Das hab ich mir schon gedacht. Das gefällt mir. So hab ich mir das vorgestellt«, sagte sie und wirkte gleich gelöster.

Am auffälligsten war ihre Blässe. Unter dem weiten Dekolleté, auf der durchsichtigen Haut mit den vereinzelten Sommersprossen, setzte sich etwas Verlockendes, Lebendiges fort. Ich hockte mich vor sie und atmete ihren Duft ein. Sie starrte mich an, als wollte sie mich hypnotisieren.

»Du hast dir einen schönen Namen ausgedacht, Michal«, sagte sie.

»Und ich bin froh, dass du jetzt gar keinen Namen hast. Da kannst du mutiger sein«, antwortete ich.

Meine Stimmfärbung hatte ich mit Sprechtrainern einstudiert. Ich hob meine Hand und strich ihr übers Gesicht, ertastete seine Form. Mit den Fingerspitzen fuhr ich von der Schläfe zur Wange, zum Kinn, zur Stirn. Ich wollte ohne Eile und Ungeduld vorgehen, wie sie es mir in der Agentur geraten hatten, aber ich ließ mich dann doch hinreißen. Ich zog ihr den Pullover aus, ließ ihn zu Boden fallen und machte ihren BH auf. Sie selbst streifte Rock und Unterhose ab, sortierte sie auseinander und legte sie zum Rest der Sachen. Im Gegensatz zu ihrem zerbrechlichen Gesicht war ihre Figur sehr weiblich: lange Beine und reizvolle, feste Brüste. Auf einen Ellbogen gestützt, saß sie mir gegenüber, die Beine seitlich ineinander gedreht. Die hellen Stellen auf ihrer Haut gingen ins Bronzefarbene, wo die Sonne sie erreicht hatte, die im Schatten waren matter, aber weicher. Ihre Brustwarzen, die Linie ihrer Achselhöhle …

Ich küsste sie, hart und schnell. Ihre Zunge drückte gegen meine Zähne, und kaum hatte ich sie geöffnet, füllte sie lebendig und neugierig meinen Mund. Von ihren Lippen arbeitete ich mich Stück für Stück nach unten vor, in Richtung Bauch und weiter. Wilde Gier packte mich. Ich rieb mich an ihr, ungestüm warf ich mich auf sie. Als würde mich eine unbekannte Kraft antreiben, die ich in mir nicht kannte, von der ich gar nicht gewusst hatte, dass ich über sie verfügte. Die Angst war weg.

Ich sah noch, wie ihre Hand langsam den BH an der vollgehängten Sessellehne zurechtlegte, damit jeder Träger zu einer anderen Seite zeigte.

Schweigend ließ sie sich rücklings auf den Teppich sinken. Sie nahm meine Hand und legte sie sich auf eine Brust. Bei dieser Bewegung öffnete sie ihre Schenkel. Mit einer sanften, langsamen, schmeichelnden Bewegung fuhr ich mit einem Finger über den geheimen Spalt. Einen Augenblick später spürte ich bereits die Hitze ihres Schoßes an meinen Lippen.

Ihr schlanker Körper. Ihr Hunger. Die Seufzer. Die fragilen Schulterblätter, die unter der dünnen Haut hervortraten. Die unerwarteten kleinen Äußerungen von Scham inmitten gieriger Hingabe. Das leichte Zucken ihrer Mundwinkel.

Sie flüsterte: »Jetzt.«

Ich drang in sie ein.

Die Wolken hingen schon fast bis auf die Häuserdächer herab, und aus der Vorstadt hörte man ein dumpfes Grummeln.

Ich hätte nicht gedacht, dass das mit einer Fremden so kinderleicht vonstattengehen würde. Wir atmeten im gleichen Rhythmus.

Ich machte ihr flüsternd Komplimente. Sie glaubte mir. Das sah ich in ihren Augen. Ihr Gesicht glühte vor Begeisterung. Sie bewegte ihre Lippen und sagte etwas, aber ich bekam nicht mit, was. Ich sagte unanständige Wörter und brachte sie zum Lachen. Ich sprach mit ihr mit einer ruhigen, freundlichen, ja zärtlichen Stimme, die ich dank der Agentur-Schulung in mir entdeckt hatte.

Nach dem Höhepunkt lösten wir uns nicht gleich voneinander, wir wurden nur langsamer. Und still. Ich lehnte mich an ein Kissen, mit glühendem Gesicht, geschlossenen Augen und vernebeltem Geist, als würde ich in Ohnmacht fallen. Sie umschlang mich mit beiden Armen, und mit ihren Fingern konzentrierte sie sich auf meinen Nacken, bis sich mir die Haare aufstellten. In ihrem Blick spiegelte sich die Glückseligkeit, die sie offenbar aus antrainierter Scham unterdrückte. In diesem Moment war ich überzeugt, dass mein neuer Job nur Genuss bringen würde.

»Es wird Zeit, dass ich gehe«, murmelte ich nach einer Weile und drehte mich auf die andere Seite.

»Ich hatte mir alles Mögliche vorgestellt, als ich dann wusste, dass ich mich mit dir treffen würde. Nur eins nicht: dass ich nicht will, dass du gehst. Kann ich dich noch mal sehen?«

»Wann immer du willst. Frag nach mir in der Agentur.«

»Du gefällst mir. Sehr.«

»Du mir auch. Sagst du mir, wie du heißt?«

»Lieber nicht«, antwortete sie.

Ich umfasste ihre Schulter mit einem Arm. Meine andere Hand rutschte unter das Laken und blieb auf ihrer linken Brust liegen. Sie wandte mir den Kopf zu. Schwarz umrandete Augen, knallroter Mund, leichtes Grinsen. Sie senkte den Blick.

»Danke«, flüsterte sie.

»Ich hab zu danken.«

»Jetzt geh«, befahl sie.

Wir verabschiedeten uns. Zehn Minuten später ging ich bereits frisch geduscht aus dem Hotel.

Ich trat hinaus ins sonnige Wetter, frische Luft nach dem Regen, gekühlt von Wolken und einem leichten Wind. Die gelben Straßenbahnen rasten scheppernd vorbei. Überall Lärm und Chaos, dichter Verkehr, doch in mir breitete sich eine angenehme Stille aus.

Einen schöneren Anfang für meine Karriere hätte ich mir nicht wünschen können. Ich habe seither viele Frauen begleitet und viel Zeit mit ihnen verbracht, ohne jede Anteilnahme, doch die erste, von der ich Geld bekommen und deren Namen ich nicht erfahren habe, werde ich nie vergessen. Ich habe oft an sie zurückgedacht und mir überlegt, was sie wohl macht, mit wem sie ihre Zeit verbringt und ob ich sie noch einmal wiedersehe. Geld hatte ich von ihr nicht erhalten, sie hatte den Betrag schon vorab auf das Konto der Agentur überwiesen, die mich ansonsten nicht mit dieser Aufgabe betraut hätte. Manchmal genügte auch das Hinterlegen einer Bankgarantie, aber bei neuen Kundinnen wurde komplett im Voraus bezahlt. Ich war froh, dass ich das Honorar nicht persönlich von ihr entgegenzunehmen brauchte, dass wir uns das Ende unserer Begegnung nicht verderben mussten.

An diesem Tag hatte ich keinen Termin mehr. Ich bedauerte das ein wenig. Die Firma hatte entschieden, dass sie mich im Verlauf der ersten Woche nicht allzu sehr belasten würde, damit ich mich nach und nach an den Arbeitsrhythmus gewöhnen könnte. Schon vor zwölf war ich wieder zu Hause. Trotzdem zog ich mir meinen Pyjama an. Ich lag auf einen Ellbogen gestützt auf der Couch und überlegte, ob ich nicht den Fernseher anschalten sollte. Ins Bett zu gehen kam noch nicht in Frage, obwohl ich in der letzten Nacht vor Nervosität nicht viel geschlafen hatte. Ich beschloss, für den Rest des Tages zu entspannen.

3.

Am nächsten Morgen genoss ich es, zu faulenzen. Ich fühlte mich keineswegs schlecht, wie ich es befürchtet hatte. Ich aalte mich noch ziemlich lange unter meiner Decke, nach langer Zeit zufrieden und glücklich. Davor hätte ich nicht geglaubt, dass ich solche Gefühle überhaupt jemals in Bratislava erleben würde.

Ich entschloss mich zu einer kleinen, aber entscheidenden Veränderung meines Äußeren: Ich würde mich nicht mehr jeden Tag rasieren. Ein glattes Gesicht kam mir auf einmal unpassend und lächerlich vor. Ich musste männlicher wirken. Auch meine Haare wollte ich mir länger wachsen lassen. Ich nahm ein ausgiebiges Bad und zögerte das Anziehen hinaus, ich brauchte schätzungsweise eine Stunde, um mein Hemd zuzuknöpfen, die Reißverschlüsse zuzumachen und meine Schuhe zuzubinden. Dann ging ich nach draußen, lässig und mit dem Gefühl, nicht mehr der Michal vom Tag zuvor zu sein, sondern ein ganz anderer. Ich ging Lebensmittel einkaufen, aber nicht in denselben Läden wie sonst. Stattdessen wählte ich ein edles Delikatessengeschäft. Ein paar Straßenecken weiter zu gehen, hatte sich gelohnt. Ich war fest entschlossen, mir jetzt endlich was zu gönnen.

Ich rekapitulierte: In nicht ganz zwei Stunden hatte ich im Hotel so viel verdient wie die meisten meiner Ex-Kommilitonen in einem Monat. Zum ersten Mal hatte ich das Gefühl, dass mein Körper etwas sei, womit man seine Ziele erreichen könne. Mich begeisterte die Vorstellung, dass nicht nur diese erste, sondern offenbar auch noch weitere Frauen bereit sein würden, so viel und vielleicht sogar noch mehr Geld zu bezahlen, um Zeit mit mir zu verbringen. Das Honorar übertraf meine Erwartungen, obwohl die Agentur davon eine 45-prozentige Wucherprovision einstrich. Andererseits: Die Kontakte wurden diskret über sie geknüpft, sodass sie sich, das musste ich zugeben, eine Beteiligung verdient hatte. Auf eigene Faust könnte ich in der Branche nicht Fuß fassen.

Am Nachmittag begleitete ich zwei Frauen und am nächsten Tag zwei weitere. Die meiste Zeit verbrachte ich in den besten Hotels der Stadt: Ritz Carlton, Radisson, InterContinental, Chateau Marmont, Crowne Plaza, Metropolitan und Hyatt. Ich mochte die Inneneinrichtungen mit den präzisen Linien, die Ordnung und die Sauberkeit, das Licht, die Stille, den Duft und die Gegenstände, die nach einer strengen Ordnung plaziert waren. In den Hotelhallen glänzten am Morgen der polierte Boden und das Mobiliar. Die Klimaanlage summte leise.

Ich fühlte mich wohl in den geräumigen und hellen, unpersönlich gestalteten Zimmern, in denen frisches Obst auf mich wartete. Akkurat zusammengelegte dicke Handtücher lagen im Badezimmer jedes Mal so viele, dass ein paar von ihnen unauffällig in meiner Tasche verschwinden konnten. Als ich noch nicht glaubte, dass dieser Zustand einmal zu einer Selbstverständlichkeit werden würde, stahl ich ziemlich oft Ausstattungsgegenstände oder Zubehör. Später hatte ich das nicht mehr nötig.

Meinen Beruf übte ich meist am Morgen oder tagsüber aus, nicht in der Nacht. Drei Viertel meiner Kundinnen waren verheiratet und mussten abends zu Hause sitzen. Manchmal ging ich nach einem Job gar nicht erst wieder in meine Wohnung, um Zeit zu sparen. Am liebsten ging ich ins Madison, wo die Agentur für mich bald ein ständiges Zimmer anmietete. Saubere Wände, glänzendes braunes Parkett, in der Mitte des luftigen Raums ein großer Holztisch und darauf ein durchsichtiger Laptop. Ein orange tapezierter Bartresen. Geschnitzte Antikmöbel, Vasen mit Blumen, Sesselgruppen, gleich daneben zwei Sofas, Teppiche in Altrosa und Rot …

»Ich mache das nur vorübergehend«, sagte ich mir immer wieder. Für das Hotelpersonal des Madison wurde ich einer von denen, für die sie jeden Morgen die Wäsche und die Zigarettenkippen wegräumten und denen sie oft ein doppeltes Frühstück vor die Tür stellen mussten. Manchmal schlief eine Frau neben mir, dann wieder leistete mir nur der stummgeschaltete Fernseher Gesellschaft. Meine Zimmernachbarn beschwerten sich gelegentlich, aber die bestochenen Hotelangestellten beruhigten sie jedes Mal.

Außer mir wohnten im Hotel noch weitere Dauergäste, doch meist waren die sehr still und zurückgezogen. Nie habe ich jemanden von ihnen oder auch von den Angestellten näher kennengelernt. Ich hörte nichts und niemanden, beobachtete nie irgendeine Bewegung. Nur die Kombination der Schlüssel an der Rezeption war jeden Tag ein wenig anders. Die Gäste erinnerten an Schatten, die mit angehaltenem Atem an den Wänden der Gänge entlangschlichen.

Ich benahm mich ungezwungen und natürlich. Viele Frauen schienen bei mir wie Pflanzen aus dem Winterschlaf zu erwachen: nicht, dass sie zu etwas Besserem werden würden, aber immerhin wurden sie mehr zu sich selbst. Beim Kennenlernen kamen sie mir verkrampft, hölzern und blass vor.

Meine Anstrengungen machten sich bezahlt. Obwohl ich nicht selten sehr früh am Morgen aus dem Bett musste oder andererseits mitten in der Nacht zur Arbeit aufbrach, fühlte ich mich zufrieden. Fast den kompletten ersten Monatsverdienst gab ich für neue Sachen aus. Mein Kleiderschrank musste komplett neu bestückt werden. Großzügig gab auch die Agentur etwas dazu, denn sie hatte beschlossen, aus mir einen Mann für eine spezielle Gruppe von Frauen zu machen. Um mir meine Beliebtheit zu erhalten, versuchte ich Trends zu erkennen. Wenn mich ein Verkäufer in einer Boutique nach meinem Krawattenwunsch fragte, ließ ich mich gern beraten.

»Zeigen Sie mir das Beste aus der neuen Kollektion«, verkündete ich.

Absichtlich hatte ich nicht »das Teuerste« gesagt, um nicht dumm dazustehen, denn ich wusste bereits, dass das Beste auch gleichzeitig das Teuerste war.

Als ich eine Dame zu einer gesellschaftlichen Verpflichtung am Abend begleitete, trug ich meinen ersten Smoking mit einer weißen Fliege. Ich hatte auch schon eine kleine Sammlung von Manschettenknöpfen sowie weißen und blauen Hemden.

Ich teilte meine neugewonnene Kraft bereitwillig mit jeder, die dafür zahlte. Wenigstens für eine Weile ließ ich diese Frauen spüren, dass sie die wichtigsten Wesen auf der Welt waren. Der Vorteil der reicheren unter ihnen war, dass sie das Erlebnis beliebig oft wiederholen konnten.

Ich konnte auch direkt übers Internet gebucht werden. Auf den Fotos war tatsächlich ich abgebildet, nur die obere Hälfte des Gesichts war aus Sicherheitsgründen verfremdet, damit mich niemand verfolgen oder erpressen konnte.

»Brauchen Sie einen diskreten Begleiter? Möchten Sie junge Männer aus Mitteleuropa kennenlernen? Gerne senden wir Ihnen umgehend per E-Mail unseren Katalog zu. Alle unsere Herren sind gesund und intelligent, haben gute Manieren und beherrschen mehrere Fremdsprachen. ESKORTA ist kein Erotikservice, aber Ihrer Phantasie sind natürlich keine Grenzen gesetzt. Geistreiche Konversation, dezente Begleitung beim Einkauf oder ein unterhaltsamer Partner für lange Winternächte«, tönte es vom Anrufbeantworter der Agentur, die mich vertrat. Ich selbst hatte den Text zum Ende der ersten Schulung aufgesprochen. Wenn man mich gut bezahlte, konnte ich sehr sanft, zartfühlend und verständnisvoll sein. Offiziell blieb ich arbeitsloser Schauspieler. Ich hoffte, dass es mir wenigstens noch für zwei Monate gelingen würde, beim Arbeitsamt zu schmarotzen, bis sie mich definitiv von der Liste der Unterstützungsempfänger streichen würden.

4.

Einige Monate später lernte ich die Frau kennen, die zu meiner ersten Stammkundin wurde. Sie stammte aus Marseille und hieß Juliette. Sie war schon über vierzig, hielt sich aber gut in Schuss und sah viel jünger und irgendwie frisch aus. Sie hatte feine, sehr regelmäßige und symmetrische Züge, einen schönen Mund und klare, blaugraue Augen, die durch ihre gebräunte Haut noch betont wurden. Zum ersten Treffen hatte sie ihre Augen ein wenig geschminkt, wodurch ihre Mandelform besonders hervortrat.

Nach und nach hatte ich neben anderen Frauen acht Stammkundinnen, die ich über Monate hinweg regelmäßig traf, manchmal auch mehrmals in der Woche. Es ging nicht ausschließlich um erotische Begegnungen; ich wurde zu einem Bestandteil ihres Lebens, manchmal auch ihrer – meist zerrütteten – Familien. Ich aß mit ihnen zu Mittag oder zu Abend, begleitete sie beim Shopping oder bei Kongressen, und für eine von ihnen holte ich sogar ab und zu die Kinder vom Kindergarten ab. Ihnen gab ich auch meine private Handynummer, was mir offiziell untersagt war.

Die Agentur vereinbarte den Termin mit Juliette im edlen Café Guantanamo, nicht weit vom Messegelände entfernt. Ihre braunen Haare hatte sie klassisch zurückgekämmt. Sie trug einen Nerzmantel. Etwas Unbestimmtes in ihrem Blick verriet mir, dass sie sich vorgenommen hatte, Eindruck zu machen. Und das gelang ihr auch.

»Eine wunderbare Frisur«, war mein Kompliment.

»Toni & Guy. 240 Euro«, antwortete sie.

Genau so reagierte sie andauernd, wie ich bald feststellen konnte.

»Eine schöne Sonnenbrille«, sagte ich, als wir nach draußen gingen und sie sich die Brille aufsetzte.

»Helena Rubinstein«, antwortete sie. »Die hat 900 Dollar gekostet.«

»Tolle Uhr …«, schob ich nach, aber eher als Witz.

»Schweizer Handarbeit, Baume & Mercier. 5000 Franken.«

Und so ging es ununterbrochen weiter. Juliette goss sich keine Milch in den Kaffee, sondern Soja-Extrakt. Sie süßte nicht mit Zucker, sondern mit Bio-Traubenzucker. In ihrer Hand hielt sie permanent ein dünnes brennendes Papierstäbchen ohne Nikotin. Sie ging ausschließlich in Cafés und Klubs mit Fair-Trade-Siegel.

An diesem Tag geschah zwischen uns nichts. Sie küsste mich nicht, berührte mich nicht einmal. Ich hielt das für kein schlechtes Zeichen. Sie brauchte mich als ihr Anhängsel. Auf gewisse Weise kam mir das noch großartiger vor. Juliette wollte, kurz gesagt, dass ich neben ihr ging, damit sie mit mir gesehen wurde. Ich sagte immer wieder zu mir: »Ich trinke guten Kaffee – und verdiene dabei. Ich gehe die Straße entlang, trage eine leichte Einkaufstüte – und verdiene dabei. Ich begleite sie – und verdiene dabei. Und zu alldem kommt sie für meine Ausgaben auf.« Ein unglaubliches Gefühl! Mir wurde klar, dass es mir, wenn ich keinen Mist baute, wahrscheinlich schon bald gelingen würde, wirklich reich zu werden.

Juliette hatte sich in den Kopf gesetzt, sich in meiner Begleitung eine Messe für Milliardäre anzusehen, die in jenem Jahr zum ersten Mal in Bratislava stattfand. Eine Firma hielt die globalen Rechte an diesen Veranstaltungen und organisierte sie regelmäßig an verschiedenen Orten der Welt. Hinein gelangte man nur mit einer Einladung, die lediglich ein kleiner Kreis von Superreichen erhielt. Das Ausstellungsgelände lag nur einen Kilometer entfernt von einer grauen Plattenbauvorstadt mit Tausenden von identischen Fenstern. Am Eingang kontrollierten sie unsere Fingerabdrücke und fotografierten das rechte Auge. Der weitläufige Ausstellungsraum wurde nur von einer Reihe eckiger Säulen in regelmäßigen Abständen durchbrochen. Die Besucher wirkten wie eine exotische Spezies, die neue Oberschicht der Stadt. Menschen mit Desinteresse an allem, was nicht mit Geld zusammenhing. Die Kaste ehemaliger Apparatschiks. Selbstbewusste Männer, die vor ein paar Jahren dank der wilden Privatisierung zu märchenhaftem Reichtum gekommen waren. Aus ihren Söhnen und Töchtern waren Finanzhaie geworden: Sie leiteten Konsortien, führten Entwicklungsgesellschaften und globale Finanzgruppen. Im Rest der Welt hatte sich diese Schicht auf natürlichem Wege über viele Generationen herausgebildet – in Osteuropa war sie von einem Tag auf den anderen entstanden, auf überwiegend schmutzige Art und Weise.

In der riesigen Halle versammelten sich ungefähr 80 Individuen, von denen 35 die eigentlichen Käufer darstellten, der Rest war Begleitung.

»Das ist Michal«, stellte mich Juliette unbekannten Männern vor, denen ich die Hand gab und ein paar höfliche Floskeln sagte. Sonst verriet sie nichts über mich, und das war mir auch recht. Juliette kannte die meisten der geladenen Gäste. Ein weißrussischer Gaslieferant. Der Chef eines französischen Energieversorgers. Der Direktor einer Telefongesellschaft mit seinen beiden exzentrischen Partnerinnen. Es kamen auch der tschetschenische Premierminister und der Wiener Bürgermeister. Der tschechische Präsident suchte sich sorgfältig einen neuen Rennwagen aus. Der turkmenische Erdölminister kaufte sich ein edles Huzule-Bergpony für zwei Millionen Dollar.

Juliette begeisterte ein Handy, dessen Tasten mit Brillanten besetzt waren. Eine Weile liebäugelte sie auch mit einem platinbeschichteten Konzertflügel. Ein Verkäufer hielt uns ziemlich lange auf, denn er versuchte ihr mit allen möglichen Mitteln ein privates U-Boot für 16 Millionen Euro aufzuschwatzen.

Es war mir in dem Moment egal, dass fast die Hälfte der Menschen Mittel- und Osteuropas in bitterer Armut lebten. Ich hoffte, dass ich es schaffen würde, auf Kosten dieser winzigen Klasse von Profiteuren zu leben. Ein russischer Oligarch erzählte Juliette einen Witz: »Trifft ein Moskauer Millionär einen anderen und gibt an: Stell dir vor, gerade hab ich diese Krawatte für dreihundert Dollar gekauft! Der andere hat für ihn nur ein herablassendes Lächeln übrig und sagt: Bist du verrückt? Ein Stück weiter um die Ecke hab ich genau die gleiche gekriegt, aber für fünfhundert!«

»Köstlich!«, schmunzelte ich professionell. Juliette bestellte sich schließlich eine kleine künstliche Insel bei Dubai; an diesem Tag wurden zwei davon verkauft. Der andere Interessent hatte sich dazu auch noch seinen eigenen Airbus mit Sonderausstattung gekauft. Großes Interesse zeigten die Gäste an Hubschraubern, zu denen der Hersteller als Bonus noch einen Heliport an die Villa anbaute. Gut gingen auch amerikanische Luxusjachten. Der Firmenchef erläuterte bei ihrer Präsentation, dass der osteuropäische Markt im letzten Jahr als einziger schneller gewachsen sei als der arabische. Seinen Laserpointer hielt er wie ein Befehlshaber, der ein Manöver dirigiert, auf eine Leinwand gerichtet. Zum Verkauf stand auch ganz Albanien, doch niemand wollte es haben. Wozu wäre ein bankrotter Staat auch nütze? Der Markt war bereits mit billigen Ländern übersättigt. Wohltätigkeit wurde ebenfalls großgeschrieben. Die Teilnehmer der Ausstellung spendeten für behinderte Hunde zwei Millionen Dollar, was dem Preis für zwei Handys entsprach.

Während der Milliardärsmesse wurden im Lauf der Woche zwanzig Partys in der Stadt veranstaltet, die auch denen zugänglich waren, die zur Ausstellung selber nicht eingeladen waren. Die Dinner Party. Die Preview Party. Die Skylounge Party. Der Chillout Club. Der VIP Casino Pool Lunch. Die Rooftop Party. Die Wellness & Spa Party. Ungefähr zehn davon absolvierte ich zusammen mit Juliette. An einem Abend nahm sie mich mit in ihr Hotelzimmer. Sie wies mich an, sie mit dem Mund zu befriedigen. Schlank und gut gebaut, in hautengen Jeans und in Stiefeletten mit sehr hohen Absätzen, die den ganzen Tag metallisch auf dem Boden klapperten. Ihre hellen Haare hatte sie zu einem Pferdeschwanz zusammengebunden, und in ihren Ohrläppchen steckten Diamantohrringe. Ich schälte sie aus ihrem kurzen Pelzmantel und machte mich an die Arbeit.

»Keine Angst, wenn ich zum Schluss schreie«, flüsterte sie.

Schon zehn Minuten später schickte sie mich nach Hause, was mir sehr entgegenkam.

Bei den Veranstaltungen galten die verschiedensten strengen Dresscodes: Business Cocktail, Upscale Casual, Festive, Chic Attire, Lounge Sportive, After Five Invited, Sparkling Chic Cocktail, Casual Elegant, Black Tie Optional. Diese Begriffe musste ich beherrschen.

In der Agentur absolvierte ich Fortbildungskurse und Tests. Ich stellte fest, dass ich anständig lernen konnte, wenn ich nur wollte. Ich hatte zum richtigen Zeitpunkt begonnen zu arbeiten. Die Stadt war in rasendem Wandel begriffen.

Die Zeit verging immer schneller.

Die alten Regeln hatten ihre Gültigkeit verloren.

Der Westen hatte sich nach Osten verschoben.

Der Osten wurde mit Hochgeschwindigkeit zum Westen.

Bratislava füllte sich mit einsamen Koreanerinnen, gelangweilten Französinnen, verhärmten Amerikanerinnen, melancholischen Deutschen und unglücklichen Chinesinnen. Ihre Ehemänner schufteten sechs Tage die Woche in Firmen, die überall im Land verstreut waren, manchmal Hunderte von Kilometern entfernt. An die Gattinnen hatte beim Unterzeichnen der Investitionsverträge niemand gedacht, weshalb die Escort-Dienstleister einen enormen Boom erlebten.

Meinem Vater log ich vor, dass ich nun doch Theater spielte, an einer winzigen unabhängigen Bühne, die noch niemand kannte, was sich aber garantiert bald ändern würde. Ich verbreitete Legenden darüber, was ich mit meiner neuen Rolle alles erreichen würde. Aber eigentlich freute ich mich auf all die Botschafter- und Direktorengattinen, die Oligarchenfrauen und Finanzmagnatentöchter. Auf immer mehr Damen, die mich buchen würden.

5.

Es gab auch Problemfälle, aber an die gewöhnte ich mich schnell. Ein superreiches belgisches Luder befahl mir erst, vierzig Flaschen eines isländischen Mineralwassers zu besorgen und auf zwei Grad Celsius zu kühlen, dann kam sie nicht zur Verabredung. Mit einer riesigen Schwedin, angeblich eine berühmte Fernsehschauspielerin, musste ich im Madison samt Gepäck umziehen, denn sie hatte von irgendwoher erfahren, dass im selben Zimmer irgendwann vor langer Zeit einmal ihr Ex-Mann geschlafen hatte. Eine Amerikanerin mit einer Schwäche für mitteleuropäische Kultur badete nach dem Sex grundsätzlich in Mineralwasser aus der Hohen Tatra und verlangte von mir, sie dabei zu beobachten, bekleidet mit der traditionellen Tracht. Ich musste vor ihren Augen wahnsinnig über Wassertoiletten und elektrischen Strom staunen und so tun, als könne ich mit keiner dieser modernen Errungenschaften umgehen. Ein australischer Musicalstar verlangte, dass das Appartement vor ihrer Ankunft in ihrer Augenfarbe neu angestrichen wurde. Eine ehemalige Abgeordnete des Europaparlaments benutzte im Zustand der Volltrunkenheit statt Toilettenpapier die Vorhänge und warf den Fernseher aus dem Fenster in den Hotelpool.

Einige Frauen wollten sich trotz des strengen Verbots mit mir filmen. Gegen ein hohes Trinkgeld stimmte ich zu und schaute beim

Sex genau ins Objektiv der kleinen Kamera. Damit verschaffte ich mir gute Zusatzeinkünfte. Ich beschwerte mich über nichts, kam meinen Kundinnen immer entgegen, löste alle Probleme sofort besonnen und verschwieg in der Agentur sämtliche Unannehmlichkeiten. ESKORTA verzeiht. Ich wurde zu einem sehr diskreten Menschen.

Zu den angenehmsten Treffen gehörten die mit Tereza, dem unmöglichsten Mädchen, das ich je bei meiner Arbeit kennengelernt habe. Aus heiterem Himmel tauchte sie bei der Escort-Agentur auf, ohne dass irgendjemand wusste, wo sie herkam. Wenn sie die Straße entlangging, fast so groß wie ich, machten die Männer einen geraden Rücken und zogen ihre Bäuche ein. Durch die wahnsinnig hohen Absätze knickten ihr fast die Fußgelenke weg. Das tiefe Dekolleté deutete an, dass sie auch im Bikini eine gute Figur machte. Die nach hinten gekämmten Haare verstärkten das Schmale in ihrem Gesicht. Sie sah immer so aus, als wäre sie gerade aus dem Bett gekommen und hätte vor, in fünf Minuten auch wieder dorthin zurückzukehren, allerdings nicht alleine. Ich hatte keine Ahnung, warum ich auch von Frauen wie ihr gebucht wurde.

Von Anfang an vertraute sie mir nach dem Sex alles an. Die Liste ihre Exfreunde war endlos lang. Später fiel mir auf, dass praktisch jeder, dem ich in der Stadt begegnete, zumindest viel von ihr gehört hatte. Wer sie einmal gesehen hatte, vergaß sie nicht wieder, was auch an ihrem exotischen Gesicht lag: Ihre Mutter stammte aus Venezuela. Tereza war beim Sex fast schläfrig, bewegte sich kaum, als wäre sie in Gedanken ganz woanders. Doch zum Schluss schrie sie leidenschaftlich, stöhnte heftig und wand sich hin und her, heiß und verschwitzt.

Sie wurde eine meiner Stammkundinnen, und obwohl ich mich dagegen wehrte, freundeten wir uns nach und nach fast an. Je besser ich sie kennenlernte, desto größere Neugier weckte sie in mir. Ich konnte nicht herausfinden, ob sie überhaupt irgendwo arbeitete oder nur – wie man so sagte – mit so einem Projekt beschäftigt war. Sie hatte nichts studiert, und wer weiß, ob sie überhaupt Abitur hatte. Dafür bewegte sie sich souverän auf universitärem Parkett und in Künstlerkreisen. Ab und zu erzählte sie etwas von einer Fernsehproduktion, sie war als Kuratorin tätig und besaß für eine gewisse Zeit eine kleine Modemarke in Salzburg. Bei Reisen in andere Städte oder Länder wohnte sie prinzipiell in Fünf-Sterne-Hotels, aber immer bei jemandem auf dem Zimmer, nie zahlte sie selber, denn das konnte sie sich schlicht nicht leisten. Vor zehn Jahren war sie auch einmal Model für eine bekannte Erotikkino-Kette gewesen. Sie sah so aus, als wäre es ihr egal, was die Leute von ihr dachten – Hauptsache, es wurde im Fernsehen ausgestrahlt. Tereza telefonierte gerne ausgiebig. Als ich sie einmal nachts um eins anrufen wollte, war mindestens eine Stunde lang besetzt. Ihr Rückruf kam früh um acht, als ich noch schlief, während sie bereits vollkommen frisch wirkte. Sie gehörte zu den Leuten, die man um drei Uhr nachts besuchen kann und die einen empfangen, als käme man am Sonntagnachmittag zum Kaffeeklatsch in der Familie.

Mit Tereza absolvierte ich meine erste Dienstreise, und die gleich nach Davos. Ich wollte nicht wissen, wo sie das Geld herhatte, wusste es aber sehr zu schätzen, dass sie es mit mir teilen wollte. Da ich nicht vorhatte, mir Skier anzuschnallen, freute ich mich auf die viele Freizeit, denn wie mit der Agentur abgesprochen, sollte ich mich nur nachts um Tereza kümmern.

Als ich das legendäre Schatzalp-Sanatorium erblickte, verfiel ich in Hochgebirgseuphorie, wie sie nur von reiner, eiskalter Luft und dem Blick auf schroffe Felsengipfel bis zum Horizont hervorgerufen werden konnte. Das war die angenehmste Droge, zudem kostenlos und legal, schade, dass sie nicht überall zu haben war. Ich atmete tief durch, um nach der sechsstündigen Reise per Flugzeug und Eisenbahn einen klaren Kopf zu bekommen. Das weiße Jugendstilgebäude, das vom Sanatorium zu einem Luxushotel umgewandelt worden war, wirkte großartig vor dem weißen Hintergrund. Im Tal breiteten sich in gleißendem Sonnenlicht die Dächer von Davos aus, die in die Geschichte der Architektur und des Kampfes gegen Schneekatastrophen eingegangen waren. So stand es zumindest im Reiseführer. Von oben sah das Städtchen aus wie ein Phantom aus der Zukunft, wenn die Tuberkulose nur noch eine seltene Erscheinung für Spezialisten sein würde.

An der Rezeption boten sie mir gleich nach dem Einchecken eine Stadtführung an, und da ich mich endlich wie ein richtiger Tourist fühlen wollte, meldete ich mich an. Eine Gruppe aus zehn Interessierten traf sich am Tag darauf um elf Uhr vormittags vor dem Hotel. Die örtliche Fremdenführerin verkündete zu Beginn des Rundgangs: »Davos ist die höchstgelegene Stadt Europas. Dieser ehemalige klimatische Kurort ist von einer herrlichen Berglandschaft umgeben. Der Kanton hat eine reiche Geschichte. Viele Gipfel, Burgen und Kirchen waren Zeugen einer großartigen Vergangenheit.«

Sofort fing ich an, mich zu langweilen. Wir machten uns über eintönige Straßen auf den Weg zwischen die niedrigen Steinhäuser. Wenn in der Gruppe wenigstens eine schöne junge Frau gewesen wäre … Aber mit mir waren lediglich vertrocknete, stinkreiche, urlaubsgeile Rentner unterwegs, die jedes Wort mit einem Nicken quittierten.

An unserer Gruppe kam eine orthodoxe jüdische Familie aus Israel vorbei, die auch zur Erholung hier war. Sie war schwarz gekleidet, die Männer trugen Hüte, und an ihren Hälsen baumelten die langen Schläfenlocken. Bei ihrem Anblick bemerkte die Fremdenführerin nur abfällig: »Das darf ja wohl nicht wahr sein, jedes Jahr kommen mehr, als ich klein war, gab es hier nicht einen von denen!«

Dann erzählte sie einen Witz: »Wissen Sie, warum Juden so große Nasen haben? Weil Luft nichts kostet!«

Sie wieherte los, als hätte sie ihn nie zuvor erzählt. Mir wurde bewusst, dass ich zum ersten Mal mit eigenen Augen eine Antisemitin sah. Solche Leute kannte ich nur aus Kriegsfilmen, aber da wurden sie meistens von Schauspielern aus der DDR gespielt, und das zählte nicht. Jetzt hatte ich endlich eine echte Schweizer Antisemitin vor mir. Sie kam mir hübscher vor, als ich gedacht hätte, ihr Gesicht war überraschend fein geschnitten, mit präzise aufgetragenem Make-up. Ab dem Punkt hörte ich ihr viel aufmerksamer zu. Ich ging dicht neben ihr her.

Doch nach einer Weile trennte ich mich von der Gruppe, die Führung ging mit dem Besuch irgendeines Kunstmuseums weiter, und die unappetitliche Bande von Snobs marschierte dorthin, als würde sie das tatsächlich interessieren.

In der Ferne sah ich auf einem Berg Tiere mit Hörnern, die ein bisschen wie Gemsen aussahen. Ich war erstaunt, dass solche Geschöpfe noch lebten, in der Hohen Tatra hatten urlaubende Industrielle längst alles Lebendige abgeknallt. Über meinem Kopf flog ein Raubvogel. Langsam ging ich zum Hotel zurück und gelangte diesmal von der anderen Seite her zur Schatzalp.

Ich traf auf ein Grüppchen aus ungefähr zwölf Jugendlichen zwischen fünfzehn und neunzehn Jahren. Ich war verblüfft über ihre Kleidung: die Jungs dunkle Bügelfaltenhosen, gestärkte weiße Hemden und weinrote Westen, die Mädchen Faltenröcke und Rüschenblusen, an den Füßen trugen sie Holzpantinen. Sie sahen eher aus wie Filmstatisten als wie reale Personen. Nicht einer der offenbar schwindelerregend reichen Gäste trug Jeans. Ich drehte eine große Runde über einen Kiesweg, und eine halbe Stunde später kam ich von der Vorderseite auf das Gebäude zu. Wieder sah ich die jungen Leute. Die Mädchen hatten es sich in Korbstühlen auf der Wiese bequem gemacht. Sie strickten Pullover, bestickten Kleider, wiederholten Lateinvokabeln. Die Jungs turnten, befehligt von einem Lehrer mit einem Zeigestock in der Hand. Die altmodische Sportbekleidung, die sie trugen, hatten bisher noch nicht einmal die gewagtesten Retromode-Trends zu entdecken gewagt. Die brutalen Übungen sahen aus, als stammten sie aus einem Schwarzweißfilm über eine Kadettenanstalt. Von irgendwo rief jemand: »Entschuldigen Sie, liebe Gäste, aber Sie müssen jetzt dieses Areal verlassen. Wir drehen den nächsten Tag.«

Da erblickte ich die erste Kamera. Sie ragte auf einem schwarzen Kranarm hoch auf und begleitete wie ein langer eiserner Arm den siegreichen Läufer ins Ziel.

»Was drehen Sie denn hier?«, fragte ich.

»Den ›Zauberberg‹«, schrie der Kameramann.

»Und was ist das? Fantasy?«

»Kennst du Thomas Mann nicht?«

»Ich bin nicht aus der Schweiz«, antwortete ich.

»Das war ja auch ein deutscher Jude«, gab der Bursche grimmig zurück.

»Und was hat der gemacht?«

»Bücher geschrieben. Und er war auf der Schatzalp zur Kur. Das Fernsehen hat eine von seinem Roman inspirierte Reality Show entwickelt. Sechzehn Teilnehmer leben in einer Welt, wie sie auf der Schatzalp um 1900 existiert hat. Wir filmen 24 Stunden täglich im Schichtdienst.«

Aus dem Tor quoll der Drehstab heraus: Kostümbildnerinnen, Tonleute, nervöse Produktionsleiterinnen und der Regisseur. Die Filmleute verteilten sich samt ihrer Ausstattung um die Mädchengruppe herum und wirkten dabei wie Außerirdische, die voller Verwunderung eine unbekannte niedere Lebensform untersuchen.

»Wie läuft es so?«

»Angeblich super. Wir haben auch einen Historiker, der alles kontrolliert. Guck's dir doch heute Abend mal an!«

»Wann kommt das?«

Er schaffte es nicht mehr, zu antworten. Genervt verbot ihm eine Produktionsleiterin das Wort, und mich jagte sie aus dem Bild.

Am Abend schaltete ich in meinem Zimmer den »Zauberberg« ein. Er gehörte zum Pay-TV-Paket, aber das störte mich nicht. Ich erkannte ein paar von den jungen Leuten wieder, die dort mitmachten. Ich schlug sogar Tereza vor, sich das Ganze mit mir anzusehen. Wir trieben es auf dem breiten Bett, und die Geschichte von 1900 lief stumm auf dem Bildschirm über unseren Köpfen. Ich schaute mir den »Zauberberg« auch noch an den nächsten drei Abenden an, dann musste ich schon wieder abreisen.

Nach der Rückkehr nach Bratislava erwartete ich, dass mich Tereza, kaum dass wir uns aus den Augen verloren hätten, vergessen würde, doch sie meldete sich regelmäßig bei mir. Später erfuhr ich, dass sie der Agentur eine beträchtliche Summe schuldete, und sie vereinbarten für mich keine Termine mehr mit ihr.

6.

Ich war in der angenehmen Situation, mir meine Kundinnen aussuchen zu können, denn die Zahl der Interessentinnen an mitteleuropäischen Männern nahm zu. Wenn ich gesund war, schaffte ich es, jeden Tag drei, manchmal auch vier Frauen zu begleiten. Von der Agentur erhielt ich höchst zufriedene E-Mails. Und wenn ich auf die Bank kam, lächelte ich. Bratislava wurde zur Metropole des mitteleuropäischen Sextourismus. Hier drohten keine Geschlechtskrankheiten wie in Asien oder Afrika, wo dieser Sextourismus seinen Höhepunkt bereits vor einem Jahrzehnt erlebt hatte. Mein Portfolio an Frauen wuchs an, und die Referenzen wurden immer besser.

Mit Karla, der Chefin eines Wirtschaftsinstitutes, gelangte ich auf eine internationale Konferenz. Ich holte sie direkt an ihrem Arbeitsplatz voller dunkler Gänge und unglücklicher, hässlicher Angestellter ab. Sie saß an einem Eichentisch, und wie die anderen im Haus tat auch sie so, als arbeite sie an etwas sehr Wichtigem, doch dabei hätte ihr eigentlich klar sein müssen, dass das überhaupt niemanden interessierte. Ich hatte keine Ahnung, woher sie das Geld für mich nahm, aber die Agentur hatte mir bestätigt, dass sie im Voraus bezahlt hatte. Sicher schmarotzte sie bei irgendeiner staatlichen Organisation.

Zwei Stunden später saßen wir bereits nebeneinander in einem kleinen Billigflieger. Die Konferenz wurde in einem seltsamen Haus in einem Wohnviertel einer süddeutschen Stadt abgehalten. Der gewaltige viergeschossige Bau mit der großzügigen Säulenreihe und der Flügeltreppe an der Vorderfront hätte eher irgendwo in den Süden Portugals oder nach Kuba gepasst. Zudem handelte es sich hier nicht einmal um einen Nachbau. Ansonsten war in dem Städtchen jede Brücke aus dem 17. Jahrhundert, jeder Palast aus dem 18. Jahrhundert und jedes Wohnhaus aus dem 19. Jahrhundert erst nach 1954 erbaut worden.

Zum Schlafen war uns ein Zimmer im obersten Stockwerk zugeteilt worden. Wir packten aus. Karla hatte Lust direkt ins Bett zu gehen, aber dann schnappte sie sich unwillig ihren Laptop und den Vortrag, und wir gingen nach unten, wo die zweitägige Mitteleuropa-Konferenz eröffnet wurde. Vor dem Abmarsch kippte sie noch zwei Fläschchen aus der Minibar hinunter.

Der Moderator führte die Kongressteilnehmer zuerst durchs Haus und gab ein paar Erläuterungen.

Karlas Aufgabe war es, über die aktuelle politische Situation in ihrem Land zu berichten, das mit den höchsten wirtschaftlichen Wachstumsraten des Kontinents aufwarten konnte. Man hatte sie als Vertreterin jenes mitteleuropäischen Ministaates eingeladen, der zwar in Europa die kürzeste Geschichte hatte, dafür aber eine unglaublich lange Liste von in der Vergangenheit erlittenem Unrecht. Beim Anblick der übrigen Teilnehmer, die ihre Großeltern hätten sein können, wurde ich das Gefühl nicht los, dass Karlas Einladung ein Versehen war.

Ihr Vortrag war ein unglaubliches Herumgefasele, von der Notwendigkeit, die Demokratie und die Zivilgesellschaft zu schützen, von der Freiheit des Wortes und von Parlamentswahlen. Sie prangerte Korruption an und schlug banale Lösungen vor. Fast schrie sie. Auf das Publikum machte das jedoch offensichtlich Eindruck, denn es unterbrach sie immer wieder mit lautstarkem Beifall. Ich überlegte, wo sie das ganze dumme Zeug hergenommen hatte. Nach fünfzehn Minuten war die flammende Rede zu Ende. Sie hatte keinen einzigen nicht abgedroschen wirkenden Satz von sich gegeben. Der Stiftungsdirektor gratulierte ihr jedoch überschwenglich und sagte, dieser gelungene Diskussionsbeitrag sei genau im Geiste der Konferenz gewesen. Karla setzte sich zu mir. Ich lobte sie voller Pathos. Es klang fast aufrichtig. Ich bestellte ihr an der Bar einen Cocktail, den ich nicht kannte.

Der Kongress lief weiter, lang, seltsam, neblig, wie im Halbschlaf. Man goss mir Wodka ein, den man für mein Nationalgetränk hielt. Ich protestierte nicht. Die Diskussion wurde unterbrochen, und alle stießen an. Dann noch einmal. Auf Mitteleuropa.

»Guten Tag, sind Sie tatsächlich aus Bratislava, Michal?«, sprach mich an der Rezeption eine Frau aus der Stiftung an, die die Veranstaltung sponserte.

»Ja genau.«

»Na so ein Zufall! Ich hab mir letztes Wochenende nicht weit von dort eine Burg gekauft.«

»Sagen Sie bloß! Wie nett! Und welche?«

»So mittelgroß, wirklich schön. Ich weiß nur nicht, wie man das ausspricht«, antwortete sie.

Ich erfuhr, dass zurzeit nirgends in Europa so billige Burgen von so hoher Qualität im Angebot waren wie in der weiteren Umgebung von Bratislava. Wahrscheinlich sollte mich das erfreuen, aber es funktionierte irgendwie nicht.

Ich versuchte mich auf die Vorträge der weiteren Gäste zu konzentrieren. Es dauerte nicht lange, bis ich feststellte, dass ich einem Haufen genau derselben Betrüger wie Karla zusah. Ihr Aufenthalt wurde von unappetitlichen NGOs oder irgendwelchen verwirrten Mäzenen finanziert.

Mich quälte der lange, unerträglich kühle und eintönige Tag. Ich stand auf und spazierte in dem verwinkelten Gebäude umher. Auch in den verschiedenen anderen Räumen, in Nischen und auf den langen Gängen zwischen dröhnenden Wänden konnte ich die Vorträge so deutlich hören, als stünde der Redner direkt neben mir. Ich nahm sogar jedes Atmen ins Mikrofon wahr. Die Vorhänge an den Fenstern wurden vom Durchzug aufgebläht. Im Arbeitsraum stand ein breiter Tisch mit einer Lampe und einem Telefon. Unten glänzte das Parkett, oben breitete ein Bronzekronleuchter seine Arme aus. In den Ecken waren Stühle im gleichen Kabinettstil plaziert, auf denen offensichtlich noch nie jemand gesessen hatte. In Gedanken verfluchte ich Karla, dass sie mich in diese Hölle aus Langeweile gebracht hatte.

Am Nachmittag, in einer Atmosphäre unerfreulicher Schläfrigkeit, ging ich mit Karla nach oben. Mein Vorschlag, eine Weile allein außerhalb des Konferenzsaals zu verbringen, rührte sie fast zu Tränen. Sie sagte mir, dass sie mich abgöttisch liebte und nicht mehr zu Peter zurückkehren würde, denn er hätte sie verraten, und sie würde ihm kein einziges Wort mehr glauben. Ich hatte keine Ahnung, von wem sie sprach.

Zehn Minuten später hockte sie auf dem Bett, nur in Höschen und BH, und kämpfte mit einem glänzenden rosafarbenen Tuch. Ihre Lippen hatten sich blau verfärbt, und auf dem Rücken hatte sie eine Gänsehaut. Überall um sie herum türmten sich Haufen von zerknüllten Papiertaschentüchern und leere bunte Fläschchen. Unter dem Fenster verstreut lagen die Scherben einer Vase und ein zerrupfter Blumenstrauß.

»Ich liebe dich auch sehr, Karla!«, sagte ich mit einem Anflug überheblicher Ironie. Ich bemühte mich, leise zu sprechen, denn ich wusste nicht, ob man mich nicht zufällig auch in anderen Räumen hören konnte. Ich wollte nicht den Verlauf des Kongresses stören. Karla jedoch stürzte sich auf mich wie eine Verrückte. Heftig umklammerte sie mein Bein. Sie biss mich ins Ohr.

»Ich bin mit dir sehr glücklich«, sagte sie.

Ich begann zu lachen, bis ich Seitenstechen bekam.

In den folgenden Minuten stellte ich fest, dass dieses fremde Individuum nicht nur betrunken und vulgär, sondern auch total spitz war. Ihr Zustand, der offenbar sexuelle Ekstase sein sollte, löste bei ihr ein unglaublich lautes Jaulen aus. Ich starrte sie mit aufgerissenen Augen an, als sie sich unter mir wild hin- und herwarf. Es lief mir kalt den Rücken hinunter, als ich mir vorstellte, in welchen Echos sich ihre leidenschaftlichen Schreie bis ins Erdgeschoss ausbreiteten. Als sie befriedigt war, atmete ich erleichtert auf. Aber auch so hörte sie nicht auf zu brüllen. Kurze Zeit später war Karla eingeschlummert.

Ein heftiges, wunderschönes Gewitter brach los. Ich ging nach unten. Die Luft im Konferenzsaal war mittlerweile nicht nur noch kälter geworden, sondern jetzt herrschte auch ordentlich Durchzug. Jemand bemerkte beiläufig, dass Mitteleuropäer noch mit Courage an die Frauen rangingen, und grinste mich schelmisch an. Deutsche Professoren erlernten einen polnischen Gruppentanz, der schon vom Aussehen her unangenehm wirkte. Ein tschechischer Gast hatte sich die Hosenbeine hochgekrempelt, baute aus Stühlen ein Tor auf und verteilte Aufgaben unter den verlangsamten Kickern auf dem Zimmerspielfeld. Ein ungarischer Referent rang die Hände in Richtung des dunklen Himmels und jaulte, bis ihm der Kopf vornüber auf die Brust kippte. Ein Slowene erklärte voller Empörung, dass er nicht aus der Slowakei komme. Besucher aus dem Baltikum unterstrichen die grundlegenden Unterschiede bei den traditionellen Fleischspeisen in Litauen, Estland und Lettland.

Ich verließ den Saal, ging auf die Veranda, wo es immer noch in Strömen regnete.

Auf dem Rückweg nach Bratislava wechselte ich kaum ein Wort mit Karla.

7.

Ich tourte im Rahmen meiner Aufträge von Ort zu Ort. Am Montag Stuttgart, am Mittwoch nach Marseille zu Juliette, Sonntag Zagreb, Dienstag München, Donnerstag Prag, danach drei Tage zu Geschäftsverhandlungen nach Frankfurt und schließlich eine Woche mit altbekannten oder neuen Kundinnen in Bratislava. Ich reiste jeden Monat mehr als meine Eltern in ihrem ganzen Leben. Manchmal hatte ich nach einer durchgefeierten Nacht ein echtes Problem, mich zu erinnern, wo ich gerade war. Und wenn ich aus dem Fenster schaute, konnte ich die Fußgängerzonen vieler Städte sowieso nicht unterscheiden. Abfliegen, Umsteigen, Ankommen. Ständige Ortswechsel. Telefonate mit der Agentur. Geldüberweisungen. Manchmal packte ich wochenlang nicht einmal meinen Koffer aus. Meine Sachen ließ ich in den Hotels waschen und bügeln. Die Tage, Monate und Jahre flossen dahin, und ich verdiente gut. Wenn ich mir etwas kaufen wollte, konnte ich es mir auch leisten. Ich hatte genug Mittel für ein neues Leben und nahm mir vor, so viel zu sparen, dass ich meine Arbeit und auch Bratislava irgendwann abhaken konnte. Doch in meiner Begeisterung dachte ich zu kurz. Ich legte mir kein Sparbuch zu, verschob das auf später. Zuerst einmal wollte ich mein Vermögen so richtig genießen.

Die meisten meiner Altersgenossen fanden sich mit einer bescheidenen Zukunft ab, bestehend aus winzigen Einzimmerwohnungen, schäbigen Autos, unsicheren Renten und lebenslangen Bankkrediten. Doktoranden an der Universität fuhren nach England Erdbeeren pflücken, Diplomingenieure ernteten in Deutschland Spargel, Psychologinnen wuschen in Wien Geschirr, nur damit sie im Monat so viel verdienten wie ich in zwei Stunden.

Das Land wurde auch weiterhin von Investoren kolonialisiert, und ich profitierte dank ihrer Gattinnen ebenfalls davon. Ich war ein Frauenversteher, beherrschte ihre Sprache, ihre Gewohnheiten und Sehnsüchte bis ins kleinste Detail. Ich wusste genau, welcher ich was sagen musste. Die eine beschimpfte ich unflätig, einer anderen machte ich Komplimente und schwor, dass sie die einzige sei, dass ich wegen ihr mit allen anderen Schluss gemacht hätte. Mein Körper suchte, fand und nahm sich, was er nur wollte. Mit einer Frau ging ich ins Theater, mit einer anderen flog ich zum Weihnachtsshopping nach Paris, wieder eine andere tröstete ich nach einer dramatischen Scheidung, und eine weitere benötigte einen Begleiter für lange Dienstreisen nach Irland.

Mindestens einmal im Monat besuchte ich die von der Agentur gemietete Loge in der Oper. Ich saß auf meinem Platz zwischen den mit roter Seide und vergoldeten Holzintarsien bedeckten Wänden, meine Hand unter dem Rock meiner Kundin streichelte ihre Spitzenstrapse. Ich sah eine lange, nebulöse Vorstellung, die ich überhaupt nicht verstand. Zwischen den Akten betrank ich mich, damit ich bis zum Ende durchhielt. In der Oper ließen sich die

Bratislavaer Besucher im Rentenalter, die immer graue, schäbige Sachen anhatten und muffig rochen, leicht von den österreichischen Zuschauern im gleichen Alter unterscheiden, die teure Kleider und goldenen Schmuck trugen, nach Parfum rochen und frischer und gesünder, gleichzeitig aber auch abstoßend bäuerlich aussahen. Die Österreicher kamen mit Doppelstockbussen mit Wiener Kennzeichen zu den Vorstellungen gefahren, und im Foyer jubelten sie über die niedrigen Preise.

»Hier ist es wenigstens nicht so teuer wie in Wien. Es lebe Bratislava-Gratislava!«, riefen sie und tranken Champagner, den sie sich zu Hause niemals leisten würden. Ich ging davon aus, dass sie nicht aus Wien stammten, sondern aus irgendwelchen Dörfern. Ich konnte sie nicht ausstehen, doch wenn ihre Töchter für mich zahlten, ließ ich mir selbstverständlich nichts anmerken. Sobald die Österreicher etwas getrunken hatten, bekamen sie rote Ohren und ihr Akzent wurde stärker, sodass sie noch provinzieller wirkten. Aus einer Zeitschrift erfuhr ich, dass ich als Bratislavaer neun Jahre eher sterben würde als sie.

Wenn ich nur von Ausländerinnen gebucht wurde, sprach ich manchmal monatelang überhaupt nicht slowakisch. Im Fernsehen sah ich nur ausländische Programme und las ausschließlich deutsche Lifestyle-Zeitschriften. Ich musste sie mir auch nicht mehr ausleihen, ich kaufte sie mir einfach, wenn ich sie nicht ohnehin abonniert hatte. In die Agentur ging ich nur einmal im Jahr, immer Ende Januar. Mit einer Unterschrift verlängerte ich meinen Exklusivvertrag. Ansonsten kannte ich weder die Eigentümer noch die Angestellten näher, und das fehlte mir auch nicht. Außerdem kotzte mich der Anblick dieser Eierköpfe an, von denen es im Büro nur so wimmelte.

Bratislava erlebte einen Boom. Die *Vogue* und die *Vanity Fair* widmeten der Stadt ihre Mai-Sonderausgaben mit den Reisebeilagen.

Und ich kannte mittlerweile diese prosperierende Stadt, die ich früher einfach ignoriert hatte, bis in den kleinsten Winkel. Ich besuchte exklusive Geschäfte, die im Zentrum oder in den neuen Einkaufspalästen dicht an dicht lagen – es sah so aus, als würde sich jede Boutique dem Verkauf ausschließlich eines einzigen Gegenstandes widmen, der vereinsamt im Schaufenster thronte: hier eine goldene Handtasche, dort ein Damenschuh oder ein Diamantarmband auf einem Samtkissen. In der Flut von Luxusartikeln trainierte ich mich darauf, Schönheit zu erkennen. Meine Finger waren nicht mehr so verkrampft wie früher, sie hatten sich an Seide und Pelz gewöhnt, an geschmeidige Frauenkörper und polierten Marmor, an Gold und Chinaporzellan.

Die Welt war in Veränderung begriffen, und ich wollte dabei sein. Das beschleunigte Lebenstempo kam mir sehr entgegen. Noch kam ich mit jeder Art von Druck klar. Nach einer Viertelstunde Schlaf fühlte ich mich wie neugeboren. Die Frauen mochten mich, ich bekam viele Aufträge und erlangte in der Agentur Sonderkonditionen. Ich konnte meinen Terminkalender entsprechend meinen Vorstellungen abändern und meine Bedingungen diktieren. Morgens wusch ich mich, putzte mir die Zähne und zündete mir meine erste Zigarette an. Dann las ich meine E-Mails und hörte die Mailboxen ab. Ich sah nach, wer mich für wann gebucht hatte. Und sofort stürzte ich mich in den neuen Tag.

Ich arbeitete für eine anspruchsvolle Klientel, die viel mehr Geld ausgab.

Die Veränderungen geschahen sehr schnell.

Der Westen war neidisch auf den Osten und dessen Reformen, die anzugehen sich der Westen fürchtete.

Die Wirtschaft war im zurückliegenden Jahr um den Rekordwert von vierzehn Prozent gewachsen.

Der Westen war Vergangenheit. Der Osten war die Zukunft.

Die Bewohner des Westens standen vor dem demografischen Kollaps. Der Osten erlebte eine Bevölkerungsexplosion und entdeckte den Glauben an sich selbst neu.

Im Westen war alles schön, aber nichts funktionierte.

Im Osten war alles entsetzlich, aber es fing an, wunderbar zu funktionieren.

Der deprimierte Westen wurde immer älter. Jedes Jahr reisten mehr verzweifelte Deutsche in die Gebirge Osteuropas, um dort Selbstmord zu begehen.

Die Stadt wuchs ungezügelt weiter, bis es mir sogar schien, als höre ich sie unter meinen Füßen brodeln. Wo sich früher Fuchs und Hase Gute Nacht sagten, wurden mittlerweile im Jahr mehr Personenwagen hergestellt als in Deutschland und mehr Laptops als im Silicon Valley. Es wurden mehr Werbespots gedreht als in Sydney. Der Technologiepark in der Vorstadt wuchs zum zweitgrößten der Welt heran, nach dem in Bangalore.

Das Ende des Westens brachte den Anfang des Ostens.

Die Phantasien der Architekten schafften in schwindelerregendem Tempo den Sprung von den Computerbildschirmen in die Realität. Planierraupen quetschten sich durch die Straßen, sie schoben die alten Bauten wie Streichholzschachteln vor sich her, und auf dem plattgewalzten Boden blieben von ihnen nur die Kettenabdrücke zurück. Alte Häuser und auch junge Bäume machten schwarzen Schneisen Platz. Auf Brachflächen wurden sofort neue Gebäude errichtet: Multifunktionsbauten, Wolkenkratzer, Hotels. Der Stadtrat investierte in den Imagewechsel der Stadt 75 Millionen Euro. Die noch nicht lange zurückliegende Diktatur verschwand offiziell aus den Straßen. Eine globale Kampagne lobte Bratislava als offenes und vielfarbiges Bindeglied zwischen der germanischen und der slawischen Welt. Ausländische Journalisten bekamen kostenlos Voucher für die Unterbringung in sanierten Lofts und zu Rundfahrten auf der Donau und durch den neuen Hafen. Für eine positive Erwähnung in der Weltpresse wurde mit Immobilien gezahlt. Die Demokratie war verpfuscht, aber die Ökonomie startete durch wie eine Rakete. 80 Prozent des Bankensektors kamen aus dem Ausland. Multinationale Versicherungen und Investitionsfonds entdeckten das neue Steuerparadies. Das Geld vermehrte sich in atemberaubendem Tempo. Chinesen, Koreaner und Araber strebten die Staatsbürgerschaft an, um ihre Ersparnisse vervielfachen zu können.

Diesem Kaff ging es dreimal besser als der französischen Hauptstadt, und es entwickelte sich fünfmal dynamischer als Spanien. Anderswo wanderten die Menschen in Massen ab, in Bratislava herrschte aufgrund des Wirtschaftswachstums Einwanderung aus der ganzen Welt. Ausländer strömten in Massen herbei und füllten die Innenstadt. Auch Ausländerinnen. Auf die freute ich mich. In Rekordzeit wurde eine U-Bahn gebaut.

Der Osten verspürte das allererste Mal Stolz. Das Schimpfen auf den Westen wurde zur Mode.

Die totale Ökonomie übertraf auch die gewagtesten Träume.

Der Osten war zum Westen der Zukunft geworden.

8.

Schon am Ende des darauffolgenden Jahres kaufte ich mir einen robusten Geländewagen, blau metallic, mit Allradantrieb. Wenn ich für ein Abendessen zweihundert Euro zahlte, kam mir das bereits günstig vor. Ganz Europa war für mich erreichbar geworden, ich durchreiste es mit einem Koffer aus Krokodilleder. Ich zog in eine größere Dreizimmerwohnung direkt an einer Ecke des Hauptplatzes, im dritten Stock eines massiven Hauses aus dem 18. Jahrhundert. Die gigantische Miete störte mich nicht. Der Eingang wurde von einem Concierge bewacht.

Draußen herrschte Stadtsommer: Straßen mit ewig geschlossenen Fenstern, Autos, die auf der schattigen Seite parkten, wobei der gegenüberliegende Fußweg komplett leer blieb. Der Asphalt bekam unter der sengenden Sonne kleine Risse. Nicht ein Windhauch bewegte die reglosen Bäume. Ich ließ mir eine Klimaanlage einbauen und saß nach der Arbeit gern zu Hause, in kalter Luft. Ich wusste nun, dass sich die Welt mit Geld nach Belieben ändern ließ. Ich setzte mir einen gewissen Verdienst zum Ziel, und daran hielt ich fest.

Noch immer konnte ich all das nicht so recht glauben. Der elegante junge Mann auf dem kuschelweichen Autositz, die Hände am Lenkrad – war ich das? Die Frisur aus einem exklusiven japanischen Salon, ein professionell zufriedenes Lächeln, strahlend weiße Zähne? Arbeitete ich wirklich, wenn ich an einer Bar aus Stroh auf einer heißen azurblauen Halbinsel das zweite Glas Bacardi trank? Diäten und Heilbehandlungen, Thai-Massage und Hautpeeling, eine Garage mit ferngesteuertem Tor. Eine Haushaltshilfe kam zum Fensterputzen, eine andere zum Bügeln.

Für die meisten Frauen war ich ein Mann für eine Nacht, eine kurze Belebung der langjährigen Eheroutine. Ich gab ihnen Liebe ohne Liebe, oft noch halb angezogen und im Dunkeln, damit sie sich mich schöner und besser vorstellen konnten – genauso wie ich es bei ihnen tat. Ich zerbrach mir höchstens den Kopf darüber, welches Hemd und welche Krawatte ich tragen sollte. Jede Sekunde zählte. Der Idealfall war eingetreten. Ich hatte mein Ziel erreicht. Alles hatte sich schließlich zu meinen Gunsten gewendet.

Zu jener Zeit jedoch verschlechterte sich die Beziehung zu meinem Vater. Es reichte, dass ich, wenn ich mit dem Auto ankam, das Hochhaus sah, in dem er wohnte, und schon spürte ich einen bitteren Widerwillen.

Mein Vater hatte schon so viel erleiden müssen, dass er die Fähigkeit zu leiden verloren hatte. Nach wie vor sah er attraktiv aus, sein Auftreten war forsch und gelegentlich auch witzig, doch er machte keinen sorglosen Eindruck. An seinen gierigen Augen sah man deutlich, wie stolz er war, dass das verhasste Regime weg und er immer noch da war, doch etwas in seinem Innern war abgestorben. Und daran hatte ich kein Interesse.

Ich ging immer noch an einem Sonntag im Monat zum Mittagessen zu ihm. Danach blieb ich jedes Mal noch ein Weilchen und hörte mir immer wieder dasselbe, altbekannte Gerede an. Er sprach nur von zwei Sachen: von der Enttäuschung über die Politik und von viel jüngeren Männern, die ihm gerade gefielen. Meinem Vater wäre es lieber gewesen, wenn ich ihn öfter besucht hätte und auch zu anderen Zeiten, zum Beispiel, wenn er seine Freunde zu Besuch hatte, doch nachdem ich seine Einladungen mehrmals entschieden abgelehnt hatte, fand er sich mit meinen gelegentlichen Besuchen ab. Mich verband mit ihm lediglich noch die frappierende äußerliche Ähnlichkeit.

Einsamkeit bedeutete mir alles. Ich schloss die Tür hinter mir nie anders als in dem Bewusstsein, mir etwas Gutes zu tun. Zu Hause wanderte ich immer erst einmal durch alle Räume, als wollte ich mich überzeugen, dass in meiner Abwesenheit kein Eindringling hineingekommen war. Ein Reflex der Angst vor Geheimagenten, der mir aus meiner Kindheit geblieben war und den ich wohl nie wieder loswerden würde.

Ich wurde natürlich nicht ausschließlich von jungen und hübschen Frauen gebucht. Es gab auch solche, die unangenehme, unschöne Gesichter hatten und zudem einen unbeteiligten oder gelangweilten Eindruck machten. An einige Kundinnen konnte ich mich schon nach kurzer Zeit überhaupt nicht mehr erinnern, sie wirkten auf mich wie Striche und Punkte, die man beim schnellen

Überfliegen einer Zeitschrift nicht einmal registriert. Vom Aussehen der Frauen, die ich begleitete, wurde ich aber weder besonders gequält noch erregt. Sehr schnell hatte ich es gelernt, an jeder von ihnen auf den ersten Blick eine attraktive Seite zu finden, die die gemeinsame Zeit erträglicher machen würde. Im schlimmsten Fall hielt ich fast die ganze Zeit die Augen geschlossen, aber dazu kam es ausgesprochen selten.

An ihren Körpern suchte ich Stellen, die mich garantiert erregten, meist Details wie ein leicht behaarter Schoß, eine Brustwarze, die weißen Streifen des Badeanzugs zwischen Rücken und Beinen oder lange Finger.

Meine starke Seite – hervorgehoben sowohl von den Kundinnen als auch von der Agentur – war die Kommunikation. Ich konnte zuhören. Fragte nach Kleinigkeiten. Erkundigte mich. Lobte den Geschmack. Manchmal widersprach ich, dann wiederum stimmte ich zu, um Entgegenkommen zu zeigen. Deutschen erklärte ich anständig und geduldig, dass Bratislava nicht die Hauptstadt von Slowenien ist. Und noch eine Sache musste ich oft erläutern.

»Wissen deine Eltern, was du machst?« Das interessierte einige der Frauen.

»Natürlich.«

»Hast du eine Freundin?«

»Nein. Ich bin Single.« Etwas anderes hätte ich auch gar nicht sagen dürfen. Und außerdem war es die Wahrheit.

»Und wenn du eine hättest, würdest du ihr es sagen?«

»Bestimmt. Ich bin stolz auf meinen Job.«

Das Ausfragen stellte für viele Kundinnen einen Teil des Spiels dar und steigerte das Abenteuer. Wenn einigen am Ende sogar Tränen in die Augen schossen, hatte ich größte Lust, laut loszulachen. Aber natürlich unterdrückte ich diesen Reflex.

9.

Mit Juliette verreiste ich öfter als mit anderen Frauen. Ich übernachtete mit ihr in Designerhotels. Auch deshalb war ich jedes Mal außerordentlich erfreut, wenn sie mich buchte. Sie nahm mich mit auf Ausflüge, die sie Dienstreisen nannte, obwohl es in Wirklichkeit ums Shoppen ging.

»Ich muss dienstlich nach Düsseldorf, und du kommst mit!«, verkündete sie.

Das bedeutete, dass ich mich durch ihre teuren Lieblingsboutiquen schleppen würde. Im Lauf von drei Jahren hatte ich mit ihr halb Europa bereist: London, Barcelona, Paris, Rom, Köln, Brüssel, Dublin, Hamburg. Dank ihr gehörte ich sogar zu den privilegierten Fluggästen, weil Juliette ausschließlich First Class buchte. Mein erstes Mal in der Hochpreiskategorie verbrachte ich ganz alleine, als ich nach Berlin musste, um dort auf Juliette zu warten. In Begleitung einer charmanten Stewardess wurde ich als Erster ins Flugzeug gelassen und als Einziger im vorderen Teil des Flugzeugs plaziert. Die Schar von ärmeren Reisenden schob sich nach hinten durch, wo sie sich gegenseitig ins Genick atmeten und die Beine anziehen mussten.

Ich fühlte mich wohl. Und ich hatte keine Ahnung, warum Juliette das alles für mich tat. Winzige Indizien verrieten hin und wieder, dass ihre Zufriedenheit trügerisch war. Mein Verdacht bestätigte sich, als wir einmal auf dem Flughafen von Amsterdam hängenblieben. Es passierte beim Umsteigen, als wir aus Helsinki zurückkamen. Dichter Nebel war aufgekommen, sodass die Fluggesellschaft die nächsten drei Maschinen nach Bratislava annullierte. Also hatten wir zwanzig Stunden Wartezeit vor uns. Das brachte Juliettes und auch mein Programm völlig durcheinander. Schnell verschob oder stornierte ich mit Hilfe der Agentur die vereinbarten

Treffen mit meinen Kundinnen. Mit der Zeit hatte ich meine Rechte als Passagier kennengelernt, ich forderte eine Entschädigung, und wenn schon nicht finanzieller Art, dann zumindest ein Bett und etwas zu essen.

Nach hartem Kampf bekam ich schließlich eine Übernachtung und ein Päckchen mit der Aufschrift »Beauty & Health For You«.

Uns wurde ein Hotel zugeteilt. In die Empfangshalle hätte bequem ein Fußballfeld gepasst. Überall um mich herum dudelte »Wonderful World« in der Panflöten-Version. Wir hatten schon drei anstrengende Tage miteinander verbracht, und ich freute mich aufs Schlafen. Juliette starrte mich lange Zeit an und lächelte eigenartig. Ihre Augen wirkten tot, und ihre Lippen zitterten ein wenig. Die Konversation bei Tisch lief nur schleppend, aber wir redeten auch so meist nicht viel. In ihr Privatleben hatte sie mich nie eingeweiht. Ich blieb ihr Anhängsel bei den Shoppingstreifzügen, und das war mir nur recht. Sie hatte sogar zwei Zimmer gebucht, also rechnete ich damit, mich in der Nacht erholen zu können. Der Mond schien so hell, dass man in seinem Licht hätte lesen können. Das Telefon klingelte.

»Ich kann nicht einschlafen«, flüsterte Juliette.

»Ich hab schon geschlafen«, log ich.

»Darf ich zu dir kommen?«

»Dienstlich?«

»Nein … Doch. Ich bezahl dich, wenn's dir darum geht …«

»Also gut«, seufzte ich.

»Ach, ich weiß auch nicht … Also eigentlich … überhaupt nicht dienstlich. Ich würde dir gerne was erzählen.«

»Hat das nicht Zeit bis morgen?«

»Es ist wichtig.«

»Dann komm.«

Wenige Augenblicke später klopfte es an der Tür. Ich machte auf.

Sie kam barfuß, in einem fast durchsichtigen, luftigen Nachthemd aus glänzender Seide, unter dem sich die hängenden Brüste abzeichneten. Sie umarmte mich heftig.

»Wart mal kurz«, sagte ich.

Ich holte zwei Fläschchen aus der Minibar. Ich goss ihr ihren Lieblingsdrink und mir einen Whiskey ein.

»Dank dir. Du kennst mich schon so gut …«, antwortete sie und nippte an ihrem Glas.

»Hübsches Nachthemd«, schmeichelte ich wie üblich.

»Das Oberteil ist von Nuala, die Hose von La Crasia«, antwortete sie.

Sie enttäuschte mich nicht.

»Kostenpunkt?«

»Hab ich vergessen.«

»Wie kommt's?« Ich musste lachen.

»Mach dich nicht über mich lustig.«

»Du wolltest mir was Wichtiges erzählen, du hast mich sogar aufgeweckt.«

»Ja, genau. Ich wollte dir sagen, dass wir zwei uns einigen müssen.«

»In welcher Hinsicht?«

»Ich liebe dich, Michal«, antwortete sie hastig, »sehr sogar, wirklich! Hör auf zu arbeiten, zieh um, und ich kauf dir alles, was du willst. Du weißt, dass ich dir gerne Geschenke mache. Teil dein Leben mit mir! Ich erfülle dir jeden Traum. Andere versprechen das nur, und danach ist alles anders, aber ich meine es ernst.«

Sie war vollkommen außer sich, als das alles aus ihr heraussprudelte. Die Worte kamen wirr zwischen ihren Lippen hervor, die seltsam reglos blieben. Sie setzte sich auf die Bettkante und stierte mich an. Es geschah in der Tat oft, dass sie mir etwas schenkte. Ich hoffte nur, dass sie das nicht der Agentur mitteilte.

»Nur deswegen bist du gekommen?«

»Nur? Ist dir das nicht genug?«

»Bist du nicht verheiratet?«

»Und wenn schon, das ist völlig egal.«

»Ich darf nicht. Auch wenn ich noch so sehr wollte, ich darf das auf gar keinen Fall tun. Das steht in meinem Vertrag.«

»Scheiß auf den Vertrag, das hier ist viel wichtiger als irgendein Fetzen Papier. Wie kannst du das überhaupt miteinander vergleichen?«

Ich war völlig baff und wusste nicht, was ich sagen sollte. Ich sah in Juliette nur eine von vielen Frauen, die sich vom Reiz des Abenteuers hatte mitreißen lassen und das alles noch steigern wollte. Ich stand nur da, in den Händen ein Glas Single Malt, und versuchte zu erraten, was sie dazu gebracht hatte.

»Meine Arbeit ist mein Leben. Ich habe nichts anderes. Und ich habe nicht vor, das aufzugeben. Wegen niemandem. Auch nicht wegen dir. Ich kann mir das nicht leisten, ich würde auf der Straße enden.«

»Dann bleib unabhängig und geh! Irgendwann wirst du ohne einen Cent dastehen. Verachte mich ruhig. Aber sag mir wenigstens den wahren Grund! Bin ich dir zu alt? Gefalle ich dir nicht mehr?«

»Du bist nicht alt. Und du gefällst mir. Aber mehr als bisher kann zwischen uns nicht sein und wird es auch nicht.«

Danach gab sie keinen Mucks mehr von sich. Für einen Moment hatte ich das Gefühl, ich hätte sie nicht so abkanzeln sollen, hätte weniger streng und mit mehr Feingefühl antworten müssen. Juliette erhob sich wie elektrisiert und schleuderte ihren Arm durch die Luft. Durch die Anstrengung war ihr Gesicht gealtert und hässlicher geworden. Wütend rannte sie ins Bad. Die Gürtelschnalle klimperte, als sie in die Wanne rutschte. Juliette zeigte sich wieder, aber nur der Kopf, der Körper blieb ins Dunkel getaucht. Ich ging immer näher an sie heran. Eine Weile wehrte sie sich. Einen Moment später flochten sich jedoch unsere Finger bereits wieder fest ineinander.

Ich war fest entschlossen, das sehr schnell zu erledigen. Ich suchte ihren Mund. Wieder stand sie nackt vor mir, mit all ihren Rundungen. Sie sah tatsächlich weder besonders jung noch schön aus. Sie bemühte sich, ihre Mängel zu betonen, um sie zu etwas Schmückendem zu verwandeln, aber es half nichts. Ihre Beine und ihre Brüste erregten mich nicht mehr. Ich hatte sie über. Wir lehnten uns gegen das Kopfteil des Betts, und sie saugte sich an mir fest.

Plötzlich stockte sie und riss sich los.

»Was ist los, Juliette? Ich will Sex mit dir«, sagte ich.

»Aus Mitleid.«

»Nein. Ich will dich.«

»Vögeln und vergessen? Ich bin kein Tier. Ich könnte nicht vergessen.«

»Wollen wir so tun, als wäre heute Nacht nichts gesagt worden?«

»Ich nicht«, erwiderte sie. »Einen Tag extra zahl ich dir. Und überhaupt ist es dir ja schon immer um nichts anderes gegangen.«

Sie lag auf dem Bett, schlaff, die Augen zu, die Lippen aufeinandergepresst und blutleer. Das alles hatte sie arg mitgenommen. Hart drückte ihr Kopf gegen meine Schulter. Ich hielt sie immer noch umschlungen, küsste sie auf den Scheitel. Wir blieben liegen. Ein paarmal streichelte ich ihr über den Rücken. Ich umarmte ihre Schultern und zog sie ein Stück näher zu mir heran. Einen Moment später riss sie sich von mir los. Sie zog sich Höschen und Nachthemd wieder an. Augenblicklich schlief ich wieder ein.

Am nächsten Morgen begegnete ich ihr nicht noch einmal. An der Rezeption teilte man mir mit, sie habe das Hotel bereits vor dem Morgengrauen verlassen. Sie hatte mir sogar meinen Flug umgebucht, damit wir nicht gemeinsam in Bratislava ankämen.

10.

Nach dem Erlebnis mit Juliette ging ich zu den Frauen auf Distanz. Bei ähnlichen Ausbrüchen konnte ich mich dann aber schon besser herausmanövrieren, ohne vor allem eine solvente Kundin zu verlieren. Von meinen beruflichen Begegnungen in den Hotels blieben mir immer weniger konkrete Details im Gedächtnis, eher unbestimmte Erinnerungen, Farben, Gerüche, Gefühle.

Mein Körper arbeitete mechanisch und zielsicher. Wenn mich irgendeine Frau um vier Uhr früh sehen wollte, musste ich ihren Wunsch erfüllen. Danach schlief ich zwei Stunden, und halb acht klingelte schon wieder der Wecker, weil ich die nächste Kundin zum Flughafen bringen musste. Ein paar Minuten später wartete ich bereits auf die dritte – geduscht, rasiert und in einem teuren Seidenanzug mit Perlmuttknöpfen. Von einem Ort zum nächsten, von einem Hotel zum nächsten, von einem Taxi zum nächsten, das durch die Nacht raste und mit seinen gelben Scheinwerfern die Dunkelheit zerschnitt. Ich freute mich auf die Zukunft. Doch in mein Leben kehrte unerwartet die Vergangenheit zurück.

Im Verdrehen der Geschichte waren die Bratislavaer und die Prager Weltklasse. Die Bewohner beider Hauptstädte litten an einer besonders starken Form der historischen Sklerose. Vom alten Regime wollte keiner mehr etwas hören. Regelmäßig kandidierten korrupte Parteiführer erneut mit Erfolg. Die Medien wurden von denselben Leuten kontrolliert, die auch über ihre Unabhängigkeit wachen sollten. Die Kriminalität nahm zu, und niemand kümmerte sich darum. Alle Affären und Skandale der Mächtigen liefen ins Leere. Nirgendwo gingen so wenige Leute zu den Wahlen – viel mehr gaben ihre Stimme bei Fernsehshows ab. Das politische Geschehen verfolgte ich so gut wie gar nicht mehr. Ich hatte angenehmere Sorgen.

Ein Bericht im Fernsehen fesselte mich jedoch außerordentlich:

Es wurden Listen von Agenten und Mitarbeitern des Geheimdienstes veröffentlicht. Ich stutzte. Aufgeschnappt hatte ich diese Neuigkeit im März, als es draußen für ein paar Tage warm geworden war. Dann war der Winter zurückgekehrt. Die Kälte hatte überall Frost gesät. Würde ich in den Listen auch Menschen finden, die früher immer zu uns gekommen waren?

Ich konnte nicht widerstehen, und als ich das nächste Mal frei hatte, studierte ich detailliert alles, was die Forschungskommission im Internet publiziert hatte. Eigentlich hatte ich nur vor, auszuprobieren, wie die Suche funktionierte und was alles zu sehen war. Schon nach kurzer Zeit hatte mich das Netz so in seinen Bann gezogen, dass ich ein paar Stunden damit verbrachte.

Auf der ersten Seite stand: »Widerrechtliche Taten eines Staates gegen seine Bürger dürfen weder durch Geheimhaltung geschützt noch vergessen werden.«

Vor meinen Augen rauschten Namen, Zahlen und Daten vorbei. Ich vergaß zu essen, verschob alle Verpflichtungen und starrte gebannt auf den Bildschirm. Ich war überrascht, eingescannte Seiten aus den Originaldokumenten zu finden, nicht nur die Abschriften. Ich stieß tatsächlich auf Leute, die ich als Kind gekannt hatte und denen ich oft begegnet war. Es war verblüffend, wie schnell sich meine Mutmaßungen bestätigten. In meinen Erinnerungen wurde das Bild meiner Kindheit immer detaillierter. Begriffe wie Devisenumtauschbewilligung und Ausreiseantrag, Zivilverteidigung und Kampfgruppen. Wartelisten für ein Auto. Tage, an denen der Schüler, der für seine Lehrerin Klopapier besorgen konnte, ein Lob bekam. Der Abend, an dem im slowakischen Fernsehen mal wieder »Unbezähmbare Angelique« lief, weil im ORF zur Hauptsendezeit der verbotene »Doktor Schiwago« auf dem Programm stand.

Am Anfang hatte ich Probleme, mich an die Namen einiger Mitschüler aus der Grundschule zu erinnern, doch nach und nach tauchten sie auf, einer nach dem anderen. All jene umtriebigen Väter, die jede Urlaubsreise ermöglichen konnten und alles nur Denkbare besorgten, auch in den Zeiten größter Versorgungskrisen, fand ich in den Listen wieder. Auch bei Oberst Varga konnte ich nachlesen, wer ihn wann mit Bespitzelungen beauftragt hatte. Den Begriffen Informant, Agent oder konspirative Wohnung konnte ich nun konkrete Gesichter und Adressen zuordnen. Das verschaffte mir eine gewisse Erleichterung, und ich hatte den Eindruck, dass ich jetzt das seltsame System, in dem ich aufgewachsen war, ein bisschen besser verstand.

Ich kam auf die Idee, auch den Namen Kirchner in die Suchmaske einzugeben, eingeschränkt auf die Regionen Prag und Bratislava. Ich konnte der Versuchung, Einsicht in die Akten meiner eigenen Familie zu nehmen, nicht widerstehen.

Auf dem Bildschirm erschien ein Dokument mit vielen Verweisen. Ich brauchte eine Weile, bis ich mich in dieser Flut von Fakten orientieren konnte. Protokolltexte, Transkriptionen von Gesprächen, Geständnisse aus Verhören. Ich wusste nicht, wo ich anfangen sollte. Ich war gebannt, und gleichzeitig wuchs die Unruhe in mir. Die Zeilen hüpften vor meinen Augen auf und ab. Immer neue Artikel, Tabellen und Stempel tauchten auf. Dann musste ich aufhören zu lesen.

Ich traute meinen Augen nicht. Aber ein Irrtum war ausgeschlossen. Vor- und Zunamen, Geburtsdaten – alles passte. Auf den beigefügten Scans entdeckte ich sogar ihre Unterschriften. Über meinen Vater gab es im Archiv Dutzende von Seiten. Über meine Mutter ebenfalls. Beide waren als inoffizielle Mitarbeiter tätig gewesen, und unsere Wohnung wurde vom Staat als konspirativer Treffpunkt geführt. Ihre Namen tauchten in detaillierten Listen auf, die die einzelnen Geheimdienstabteilungen untersuchten. Den Dokumenten zufolge hatten sie regelmäßig über ihre Bekannten Bericht erstattet, sie hatten über die Tätigkeit der Szene referiert und Hinweise zur Verhaftung von Regimegegnern gegeben.

Ich zuckte heftig zusammen, als würde etwas brutal auf mich einschlagen. Ich lehnte meine Stirn gegen die Wand, um mich zu beruhigen, aber diese Kraft zerrte nach wie vor an meinen Innereien, raste nach oben, in die Lungen, in die Kehle. Ich verspürte Brechreiz. In der Küche drehte ich den Wasserhahn auf und trank gierig direkt aus der Leitung, um die Energie, die nach draußen drängte, wieder zurückzutreiben. Ich versuchte mich irgendwie zu beruhigen, aber nichts half. Meine Hände zitterten. Ich hatte das Bedürfnis zu schreien, auf irgendetwas einzuschlagen.

Die Geschichte meiner Eltern erschien mir nach nur einer Sekunde in völlig anderem Licht. Ich dachte, dass ich endlich alles begriffen hatte, und eine Minute später verstand ich plötzlich überhaupt nichts mehr. Wie ist es wirklich gewesen? Wo lag die Wahrheit? Waren die Dokumente echt? War das alles nicht bloß Betrug? Ein Trick des neuen Geheimdienstes, von dem man sagte, dass er erneut den Staat beherrschte, nur weniger auffällig? Was war bei uns zu Hause in all den Jahren eigentlich vor sich gegangen?

Mir schwante, dass die Akte authentische Dokumente enthielt. Ich durchforstete sie stundenlang, Wort um Wort, Buchstabe um Buchstabe. Mir wurde bewusst, dass sie in manchen Dingen vielleicht auch direkt mich betraf. Was, wenn sie mich nur dank der Unterschrift meiner Eltern am Gymnasium angenommen hatten?

Meine Vorstellungskraft war blockiert. Die Vergangenheit fiel auf mich herab wie ein Stein. Ich war innerlich leer und völlig kraftlos. Ich spürte, wie ich den Boden unter meinen Füßen verlor. In Gedanken sah ich Bilder aus unseren Wohnungen in Prag und in Bratislava. Bis heute weiß ich nicht, was all die Leute, die immer zu uns kamen, eigentlich wollten. Offenbar steckten sie wie meine Familie in einem Dilemma.

Erneut saß ich am Rechner und starrte auf den Bildschirm. Mich quälte ein sinnloser körperlicher Schmerz. Ein jeder konnte nun nachlesen, was meine Eltern getan hatten. Am liebsten hätte ich nie etwas über meine Familiengeschichte erfahren, denn ich verstand sie sowieso nicht. Ich versuchte mich an die Leute zu erinnern, die bei uns ein- und ausgingen, aber ihre Namen und Gesichter waren aus meinem Gedächtnis gelöscht. Ich las im Diskussionsforum. Die Leute dort analysierten die Listen. Jeder, der unterschrieben hatte, wurde als Feigling, Verräter und Waschlappen bezeichnet. Viele forderten harte Strafen für die Schuldigen, andere wieder verkündeten, dass die Veröffentlichung der Geheimdienstarchive zu spät erfolgt sei. Die Akten waren angeblich nicht mehr viel wert, sie enthielten zahlreiche unvollständige oder gefälschte Informationen, und es waren Seiten herausgerissen worden. Von vielen Dokumenten waren nur Fragmente und geschredderte Schnipsel übrig geblieben. Das Ganze betraf angeblich die nächste Generation überhaupt nicht mehr.

Ich begann zu verstehen, warum mein Vater in dem großen politischen Prozess letzten Endes wie durch ein Wunder doch noch straffrei ausgegangen war und warum wir ausreisen durften.

Mein Vater hatte ein paarmal versucht, in der Kommunalpolitik Fuß zu fassen, aber jedes Mal hatten sie ihn wegkomplimentiert. Er vegetierte genauso armselig dahin wie früher – dafür war ich um Klassen aufgestiegen. Vielleicht hatten sie ihn ja betrogen. Erpresst. Oder sogar gefoltert. Und er hatte deswegen unterschrieben. Solche Fälle hatte es gegeben.

Der erste Anfall von Schmerz und Wut verflog. Wie hätte ich wohl auf ein Angebot des Geheimdienstes reagiert? Ich wusste darauf keine Antwort. Zum Glück bin ich spät genug geboren. Ich lief nicht mehr Gefahr, dass ein Kerl mit einer Flasche französischen Cognacs und einem druckfrischen Reisepass, auf meinen Namen ausgestellt, zu mir käme, um mir eine für beide Seiten vorteilhafte Zusammenarbeit anzubieten. Oder um mich brutal zu erpressen.

Ich löschte mit einem Klicken den Verlauf der von mir besuchten Webseiten. Nie wieder in meinem Leben würde ich Einsicht in das Archiv nehmen. Ich schaltete den Computer aus.

Ich begann, den Regimewechsel mit anderen Augen zu betrachten, und war froh, dass ich in anderen Zeiten lebte als meine seltsamen und unglücklichen Eltern. Mir war klar, dass ich nie erfahren würde, was damals tatsächlich passiert war.

An jenem Tag begleitete ich zwei Kundinnen. Ich dachte, dass mir das helfen würde, die Angelegenheit zu vergessen. Am Ende des Tages spürte ich jedoch, dass etwas in meinem Innern zerbrochen war. Mein Genuss bei den Begegnungen mit den Frauen war schon seit längerer Zeit bloß noch eine Illusion, die ich ausgiebig nährte, denn in Wirklichkeit fühlte ich nichts mehr. Ich redete mir ein, dass ich zu einem selbstbewussten Mann geworden war und dass mich nichts überraschen könnte. Um nicht an die Vergangenheit zurückdenken zu müssen, ließ ich mich in meine Arbeit fallen.

11.

Im März des darauffolgenden Jahres feierte ich meinen dreißigsten Geburtstag. Allein. Niemand rief mich an, und ich bekam auch keine SMS. Nur mein Vater gratulierte mir per Telefon, auf seine pedantische, formelle Art: »Heute wirst du nun also dreißig Jahre alt, Michal. Von ganzem Herzen wünsche ich dir viel Glück und Erfolg.«

»Danke, dass du mich daran erinnerst, wie alt ich geworden bin!«, schnauzte ich ihn an. Ich beschloss, ab sofort das Mittagessen am Sonntag ausfallen zu lassen, und teilte ihm das auch gleich mit. Doch sofort bedauerte ich es auch schon wieder. Ich sagte mir, dass es mir doch gutgehe. Dreißig Jahre – und ich war nicht durchgedreht und hatte mich nicht umgebracht. Das kam mir in Bratislava wie ein mittleres Wunder vor.

An meinem Geburtstag hatte ich frei und lümmelte faul auf meiner Couch herum. Ich betäubte mich mit Videoclips und versuchte mir Gleichgültigkeit vorzuspielen. Es gelang mir nicht. Ich schaltete den Fernseher ab, setzte mich auf und presste mir die Hände gegen die Ohren. Ich hatte mich an das langfristige Alleinsein gewöhnt, aber immer rechnete ich damit, dass mich jemand Unsichtbares heimlich beobachtete. Irgendwer, der Interesse an mir hatte.

Ich stand auf und ging nach draußen. Ich sehnte mich nach irgendeinem, wie auch immer gearteten Kontakt mit der Welt. Zu einer Kundin musste ich nicht, ich hatte heute keinen einzigen Termin. Ich dachte, dass sich vielleicht eine Stammkundin bei mir melden würde, um zu gratulieren, aber gleichzeitig wusste ich, dass die meisten meine Nummer gar nicht hatten und sie auch nicht haben durften. Die Verhaltensregeln der Agentur waren mit der Zeit immer strenger geworden.

Männliche Freunde hatte ich nicht. Ich war es auch nicht gewohnt, meine Freizeit mit Frauen zu verbringen, zu denen ich kein berufliches Verhältnis hatte. Was könnte ich an ihnen entdecken? Wonach würde ich Verlangen haben? Längst kannte ich jedes Geheimnis. Über Frauen wusste ich alles, was man nur wissen konnte.

In den folgenden Monaten gab es immer häufiger Tage ohne Termine. Ich schrieb das erst einmal dem Zufall zu. Als Escort hatte ich bereits 1213 Frauen begleitet. Ich hatte sie gezählt – für die Steuererklärung. Meine Arbeit wurde von den Behörden streng kontrolliert. Ich zahlte Sozial- und Krankenversicherung. Und auch die Agentur musste genaue Zahlen angeben, für die behördliche Statistik.

Das Herumreisen fiel mir immer schwerer. Ich hatte das Gefühl, dass sich das Wetter verändert hatte, dass es im vorigen Jahr den letzten richtigen Sommer gegeben hatte. Danach würden nur noch Sommer folgen, die anders, trügerisch waren, die sich beispielsweise auch im Dezember oder im März zurückmeldeten. Die Übelkeit durch die Zeitverschiebungen machte mich fertig. Von den Klimaanlagen war ich oft krank: Halsschmerzen, Schnupfen, entzündete Bronchien. Ich begann Flughäfen und Hotels zu hassen.

Selbst der Frühling schlug mir auf die Gesundheit. Die Wolken jagten über den grauen Himmel. Der Wind heulte und die Bäume bogen sich. Ich verbrachte die kühlen Tage schlecht gelaunt zu Hause, bemühte mich, meine Krankheit zu überwinden. Kundinnen in diesem Zustand aufzusuchen, war mir von der Agentur aus streng verboten. Bei der geringsten Anstrengung bekam ich unangenehme Schweißausbrüche und fing an zu keuchen. Ich konnte mich auf nichts konzentrieren. Mein Bart wurde immer härter und dichter. Mein Bauch war weich und hing leicht herab. Wenn ich mich im Spiegel sah, hielt ich die Luft an und blähte mit schmerzvoller Anstrengung den Brustkorb auf. Gleichzeitig bemühte ich mich, den Bauch möglichst weit nach innen zu saugen. Für einen Moment wirkte das auch, aber sobald ich die Spannung löste, kehrte alles in den ursprünglichen Zustand zurück. Ich wusste, dass mein Gesicht nicht jünger werden konnte und ich zusehends mehr Haare verlieren würde. Schon bald würde ich auch keinen frischen Teint mehr haben. Meine Augen wurden immer schlechter, und damit ich keine Brille mit dicken Gläsern tragen musste, kaufte ich mir Kontaktlinsen.

Jeden Tag entdeckte ich an meinem Körper einen weiteren Makel, ich konnte mich selbst nicht mehr ohne Ernüchterung anschauen. Ich hatte weniger Kundinnen als zuvor. Aber was noch schlimmer war: Die Treffen mit ihnen erschöpften mich. Auch ein großzügiges Trinkgeld konnte in mir nicht das kleinste Gefühl von Dankbarkeit wecken. Nach unangenehmen Aufträgen lag ich in meiner Wohnung auf dem Sofa, rauchte, bis die Packung leer war, sah fern oder starrte stumpfsinnig an die Decke. Das Gefühl, dass ich einen Haufen Geld verdiente, half mir aus irgendeinem Grund auch nicht weiter. Wenn ich nicht arbeitete, wusste ich nichts mit mir anzufangen. Ich hatte keine Hobbys. Von den Nachbarn über oder unter mir war nicht einmal das Schlurfen eines Schritts zu hören, nichts störte die Reglosigkeit der Luft.

Schon wenn ich mir am Morgen vorstellte, dass ich im Lauf des Tages wieder mehrmals sagen sollte: »Guten Tag, ich heiße Michal«, um danach die einstudierte Geste zur Begrüßung zu machen, fühlte ich mich todmüde. Ich ertrug den Tonfall meiner Stimme nicht, wenn ich diese Worte aussprach. Tausendmal musste ich erklären, warum ich so gut Deutsch konnte, und der Zorn in mir wurde immer größer. Jeden Morgen musste ich enorme Kraft aufwenden, um aufzustehen und mich anzuziehen. Ich betrank mich mit billigem Alkohol und nahm Drogen von minderer Qualität.

Der gesamte Genuss verdichtete sich auf die paar Sekunden des Orgasmus, aber auch der wirkte längst nicht mehr so berauschend wie früher.

12.

Meine privilegierte Stellung in der Firma wurde jetzt von einem neuen Mitarbeiter eingenommen. Er sah sehr jung aus, er konnte maximal zwanzig sein. Auf den Eins-A-Fotos fielen ihm seine braunen Haare weich bis auf die Schultern. In seinem länglichen, hübschen Gesicht wirkte jeder Zug ebenmäßig. Sein muskulöser Körper verriet sorgfältige Arbeit im Fitness-Studio. Aus seinem Profil erfuhr ich, dass er vier Sprachen beherrschte. Ich konnte es nicht mit ihm aufnehmen. Ich verlor meine Position. Sie verschoben mich vom Hauptangebot im Katalog auf die zweite, später sogar auf die dritte

Seite. An meine Stelle rückten jüngere und besser aussehende Männer. Und auch auf der Webseite der Agentur geriet ich immer weiter nach unten und wurde auch immer billiger. Ich hatte nicht geahnt, dass man in dieser Branche so schnell alterte.

Die Arbeit als Escort hatte in den vergangenen Jahren an Anziehungskraft gewonnen, immer mehr junge Leute interessierten sich dafür. ESKORTA hatte sich im Wettbewerb unter den Agenturen durchgesetzt. Die Macht des Unternehmens über seine Mitarbeiter und Kunden war gewachsen.

Ich las die neuen Texte auf der Homepage:

Intelligenz, Charme, Verlangen, Stil und Niveau – genießen Sie alles in einer Person.
Unser Hauptaugenmerk liegt auf der Erfüllung individueller Wünsche.
Absolute Diskretion ist garantiert.
Vergessen Sie einmal Ihren stressigen Alltag!
Die Langeweile in Mitteleuropa hat ein Ende – der Spaß zu zweit beginnt.
ESKORTA *– die Escort-Agentur der Luxusklasse.*

Ich wollte laut loslachen, aber es ging nicht. Ich rief mal wieder die 0800-Hotline an und stellte fest, dass bei der automatischen Ansage nicht mehr meine Stimme zu hören war.

Die Agentur war verkauft worden und hatte jetzt einen amerikanischen Besitzer, der innovative Arbeitsmethoden einführte. Eine Woche nach der Ankunft des neuen Managements wurde ein *Evaluation Day* veranstaltet. Die Kundinnen bekamen Fragebögen, auf denen sie uns bewerten sollten, und falls sie sie detailliert ausfüllten, erhielten sie von der Firma einen Bonus. Die Ergebnisse wurden von einer Unternehmensberatung ausgewertet.

Meine Ratings waren katastrophal.

Auf Anweisung der Agentur musste ich mich seit diesem Tag auch älteren Damen widmen, die zu betreuen die Spitzenmitarbeiter ablehnten. Ich nahm alle Jobs an, um meine Einnahmen wenigstens ansatzweise auf dem bisherigen Niveau zu halten. Jede Gelegenheit, die sich bot, nahm ich wahr. Mir wurde außerdem angeboten, mit der Begleitung von Männern etwas dazuzuverdienen, doch ich lehnte ab.

Ich stellte fest, dass das größte Problem für ältere Frauen Toiletten waren. Nie gab es für sie irgendwo genug davon. Die dicken Matronen in ihren glänzenden Kostümen brauchten ständig eine, und wenn sie keine fanden, wurden sie sehr nervös.

Ich nahm vor den Verabredungen LSD und riss mir für die alten Frauen kein Bein aus. Ich machte nur die unabdingbarsten Bewegungen und verkürzte die Treffen auf ein Minimum. Ich hörte ihrem aufgeregten Schwadronieren nicht zu, ihre flehentlichen Bitten und unappetitlichen Seufzer regten mich auf. Ich dachte darüber nach, wie ich schnellstmöglich fertig werden könnte. Ich haushaltete mit meinen Kräften. Ich musste mit den Fingern die Furchen entlangfahren, und ich ekelte mich davor. Ich konnte nichts an ihnen finden, was anziehend gewesen wäre und die ganze Sache erträglicher gemacht hätte. Zwar unterhielt ich mich mit ihnen, hörte aber überhaupt nicht zu. Ich halluzinierte.

Mein Körper kam immer schlechter mit dem Alkohol und der Chemie zurande. Mein Organismus verkraftete die unterstützenden Mittelchen nicht mehr, durch die ich den eigentlichen Genuss ersetzte. Nach einer durchgemachten Nacht brauchte ich schon mal zwei Tage, um wieder auf dem Damm zu sein. Über Alkohol wusste ich mittlerweile viel. Ich trank Calvados, Tequila, Ouzo, Pernod, Grappa, Barackovica, Wodka, Sliwowitz sowie alle möglichen guten Sorten Whisky und Weinbrand, diverse Liköre und natürlich Bier.

In windigen, regnerischen Nächten schleppte ich mich hin und wieder um zwei oder drei Uhr morgens im Pyjama und mit starken Kopfschmerzen in die Küche.

Die Agentur machte mich sowohl im Katalog als auch auf der Webseite etwas jünger, und mein Foto wurde von einem Grafiker gründlich retuschiert. Sie gaben auch ein geringeres Gewicht an, als ich es tatsächlich hatte. In den Rubriken »Fremdsprachen« und »persönliche Interessen« war keine einzige neue Angabe hinzugekommen. Ich war gerade einmal in Englisch ein bisschen besser geworden und hatte ein paar unanständige französische Ausdrücke aufgeschnappt. Nicht mehr die Frauen waren es, die sich mir anpassten. Die Situation war jetzt genau umgekehrt. Vergeblich bemühte ich mich um einen regelmäßigen Tagesablauf. Ich kämpfte um jeden Moment Schlaf. Fast durchwegs fühlte ich mich müde. Durch meinen Lebenswandel und die Tonnen von ungesundem Essen nahm ich immer mehr zu.

Sporadisch bekam ich mit, dass einige meiner ehemaligen Mitschüler mittlerweile in den Vorständen internationaler Unternehmen saßen. Andere, mit Doktortiteln in der Tasche, die sie an Universitäten überall auf der Welt erworben hatten, hielten als Dozenten Vorlesungen und schrieben einflussreiche Artikel. Meine Mitschülerinnen hatten erfolgreiche eigene Firmen gegründet, sie waren jetzt Ehefrauen und Mütter. Finanziell war ich ihnen bei weitem nicht mehr so überlegen. Meine Einnahmen gingen kräftig nach unten, und Ersparnisse hatte ich keine. Die Kundinnen wählten mich so selten aus dem vielfältigen Angebot an Männern aus, dass ich kaum genug für meine astronomische Miete verdiente.

Zum ersten Mal passierte es, dass sich eine Frau über mich beschwerte, weil ich versagt hatte. Wenn ich halluzinierte, dachte ich an alles Mögliche, schaute mir jedes Ding im Hotelzimmer an, das mir ins Auge fiel: die Buchattrappen in der Einbauwand, der graue

Himmel vor dem Fenster, die Fernbedienung. Ich vertiefte mich allzu sehr in meine Tagträume und nahm weder die Berührungen noch die Steigerung des Rhythmus wahr. Ich vergaß vollkommen, wo ich war und mit wem.

Ich bekam eine Abmahnung: So etwas durfte sich nicht wiederholen. Als sie mir das in der Agentur sagten, mussten sie gesehen haben, was mit meinen Pupillen los war. Ich ging durch die Stadt, fuhr mit dem Taxi zu meinen Kundinnen, ich kümmerte mich um sie, hatte Sex mit ihnen, und das alles wie im Halbschlaf. Ich hoffte, dass dies nur eine kurze Krise sei, die Folge von Müdigkeit und ewigem Unausgeschlafensein. Mit ein bisschen Erholung und den richtigen Medikamenten würde ich das schon wieder hinkriegen. Den Juni, den Juli und die anderen warmen Monate verbrachte ich in mich selbst versunken, wie ein Tier im Winterschlaf, das nicht wusste, dass der Frühling bereits gekommen und schon wieder gegangen war. Im gesamten August, noch vor drei Jahren wegen der Touristinnen der beste Monat des Jahres, begleitete ich lediglich drei Frauen. Von allen dreien verlangte ich dreist ein übertrieben hohes Trinkgeld.

Der Herbst wollte kein Ende nehmen. Über der Stadt hielt sich die Warmluft. Das Laub wurde nur langsam gelb, es sträubte sich gegen das Abfallen. Tag für Tag zeigte sich die Sonne, wenn auch immer schwächer.

Zeitweise hatte ich nicht einmal mehr genug Geld, um meine Miete zu zahlen. Ich ging nicht mehr in die teuersten Restaurants in der Altstadt, sondern in Kantinen, wo einfache Mahlzeiten für die Mitarbeiter der staatlichen Behörden gekocht wurden. Zwischen den hässlichen, durchschnittlichen und erfolglosen Kreaturen schmeckte mir das Essen nicht.

Mit meinem Vater zerstritt ich mich vollends und hörte endgültig auf, ihn zu besuchen. Ich fand einen guten Vorwand: Ich hielt ihm seine Vergangenheit vor. Er wollte es mir erklären, aber ich gab ihm dazu nicht die Gelegenheit. Ich brauchte mir in seinem engen Flur nur meinen Mantel auszuziehen und meine Schuhe gegen Pantoffeln zu tauschen, und schon war ich genervt von ihm, konnte ihm nicht einmal mehr in die Augen sehen. Ich glaubte, dass der definitive Bruch mit ihm mir helfen würde, mich von Bratislava zu lösen. Ich wollte nicht der Sohn eines Spitzels sein. Wieder einmal träumte ich vom Weggehen und dem Beginn eines neuen Lebens mit einem anderen, besseren Beruf.

Der Herbst ging ohne größere sichtbare Veränderung in den Winter über. Dafür stand mein Leben völlig kopf. Zum ersten Mal hatte ich einen ganzen Monat lang nicht einen einzigen Auftrag. Ab November wurde es empfindlich kälter. Um vier wurde es dunkel, und oft wehte ein kalter Wind. Ich wusste, dass es bald anfangen würde zu frieren. Dunkle Wolken erschienen als Vorboten des ersten Schnees.

Früher hatte ich zwar trotz meines großzügigen Lebenswandels nicht besonders auffällig gewirkt, doch jetzt war ich verbittert, dass die Passanten mich überhaupt nicht mehr wahrnahmen. Niemand beachtete mich. Ich hatte keinerlei Beziehungen zu meinem Umfeld geknüpft, abgesehen von den beruflichen.

Morgens dachte ich jedes Mal, dass dies möglicherweise der letzte Morgen war, an dem ich noch fähig war aufzustehen. Bei jeder Bewegung über einem nackten Körper hatte ich das Gefühl, dass ich keine weitere schaffen würde. Beim Sex litt ich unter Panikattacken, dass ich erneut versagen und meine Stelle einbüßen würde. Meine Nervosität wurde immer größer.

Ich ging sogar wieder zum Arbeitsamt, weil ich hoffte, dass ich nach all den Jahren wieder am System schmarotzen könnte und Sozialhilfe bekommen würde. Doch ich stellte fest, dass der Sozialstaat mittlerweile aufgehört hatte zu existieren. Arbeitslosen wurde umgehend ein anständiger Job aufgehalst. Angewidert schüttelte ich mich.

Weitere drei schlimme Monate vergingen. Ich redete mir weiterhin ein, dass es sich nur um eine vorübergehende Veränderung handelte. Der tatsächliche Ernst der Lage wurde mir erst klar, als ich Anfang Dezember in eine winzige Wohnung an der Grenze zum dritten Bezirk umziehen musste.

13.

An dem Tag, als ich meine Sachen packen und aufräumen wollte, rief mich am Morgen eine englische Kundin an.

»Es freut mich sehr, dass Sie sich für mich entschieden haben«, sagte ich, als wir uns trafen.

»Ich tu das nicht nur für mich. Mein Hund hat Depressionen.«

»Ach was. Der auch?«

»Kommt Ihnen daran irgendwas komisch vor?«

»Mir? Nein, verzeihen Sie.«

Sie wollte keine Begleitung für sich selbst, sondern für ihren Langhaar-Chihuahua. Sie holte das Hündchen aus einem Korb heraus, und da begriff ich, warum sie mich angerufen hatte. Dieser Hund weinte. Noch nie hatte ich so etwas gesehen! Große Tränen liefen ihm übers Gesicht, und in den Augen zeichnete sich eine derartige Traurigkeit ab, dass es mir im Herzen wehtat.

Um die Schwermut der braunen Hündin zu zerstreuen, schleppte ich sie den ganzen Tag durch Schönheitssalons. Ich ließ ihr Fell bordeauxrot färben, und nach dem Mittagessen brachte ich sie zur Pediküre, zu einem privaten Hundezahnarzt und in ein exklusives Heilschlamm-Spa. Mit seinem Strickanzug sah das Hündchen seiner Besitzerin sehr ähnlich. Die Chihuahua-Hündin wirkte auf den ersten Blick unschuldig, doch sie kratzte und biss mich unentwegt.

Wenn ich am Steuer saß, schlug sie ihre Krallen am liebsten ins Lenkrad oder in meinen Arm. Ich hatte keine Ahnung, wo dieses kleine Tier so viel Energie und Boshaftigkeit hernahm. Erst im Schneidersalon kam die Bestie zur Vernunft, scheinbar hatte ihr die nervöse Modedesignerin eine Beruhigungsspritze verpasst. Das winzige Stück Stoff, das ich dort entgegennahm, ein neuer Wintermantel aus Brokat, kostete zehnmal so viel wie meine Schuhe. Dann konnte ich den Chihuahua endlich zurück zu seiner Besitzerin bringen. Die Frau bedankte sich nicht einmal bei mir und behandelte mich wie einen Dienstboten. Sie legte nicht einen Euro drauf. Doch ich hatte den Eindruck, dass wenigstens der Hund ein wenig lächelte. Ich lächelte nicht zurück.

Schon seit einigen Tagen hatte ich mich sehr geschwächt gefühlt, und dieses Erlebnis hatte mir den Rest gegeben. Auf dem Nachhauseweg sah ich ins Schaufenster einer kleinen Boutique. Mein Spiegelbild war seltsam verkrümmt, im Gesicht blitzte der Wahnsinn. Ich sah meine Augen nicht, nur die tiefen Augenhöhlen und darin dunkle Löcher. An meinen Fingern roch ich das ekelhafte Parfum des Chihuahuas. Mir wurde schlecht. Ich konnte mich nicht mehr auf den Beinen halten und musste mich hinknien. Dann übergab ich mich. Der Würgereiz hielt lange an, ich hatte schon Angst, meine Innereien mit auszuspeien. Mit Ach und Krach richtete ich mich wieder auf, wischte mir den Mund mit Papiertaschentüchern ab und rieb mir meine feuchten Augen. Niemand kam mir zu Hilfe, erst eine ganze Weile später fragte mich ein kleines Mädchen: »Entschuldigung, fehlt Ihnen etwas? Brauchen Sie Hilfe?«

Ich schüttelte den Kopf und bemühte mich um ein Lächeln. Es passierte mir mittlerweile ständig, dass mich Teenager, die ich in Klubs kennenlernte, siezten. Mir war schon klar, dass auch ich älter wurde. Doch nach wie vor hatte ich noch nicht gelernt, mein Alter ernst zu nehmen.

So konnte das nicht weitergehen. Mein Körper wollte keine Frauen mehr. Ich redete mir ein, dass sich mit einer neuen Wohnung die Situation verbessern würde. Ich fand etwas zur Untermiete in einem der letzten Häuser, die noch nicht von Investoren privatisiert worden waren, sondern der Stadt gehörten.

Das Haus befand sich in einem berüchtigten Viertel, und sein verzweifelter Zustand fiel deutlich ins Auge. Zum letzten Mal war es vor ungefähr fünfzig Jahren renoviert worden. Risse in den Wänden, Ruß und Dreck. Der Eingang sah aus wie eine Müllkippe. Über meinem Bett prangte an der Decke ein großer Fleck, und wenn es regnete, tropfte das Wasser manchmal direkt auf mich. Die Fenster waren von abblätternden grauen Rahmen eingefasst. Fast alles war illegal: Strom, Kabelfernsehen, Internet und vor allem die Mieter selbst.

»Wie steht's denn hier mit Drogen? Haben Sie damit keine Probleme?«, fragte ich einen Nachbarn beim Kennenlernen.

»Nein, die gehen hier ganz gut«, antwortete er mit entwaffnender Aufrichtigkeit.

In der neuen Wohnung, die mir sehr klein und eng vorkam, wartete nur Luft wie in einem Keller auf mich. Ich ging im einzigen Zimmer auf und ab, und mir wurde schwindlig. Es kam mir absurd vor, mich an so einem Ort wiederzufinden, nach allem, was ich erlebt hatte. Mein Auto, das draußen abgestellt war, wirkte teurer als die ganze Wohnung. Die Designer-Stereoanlage, die ohne ein einziges Kabel auskam, passte zu diesem Loch wie die Faust aufs Auge. Im Hausflur sprangen die ganze erste Nacht über dauernd die Sicherungen heraus, und die Heizung funktionierte auch nicht richtig.

Im folgenden Monat ging es drunter und drüber. Ich stieß mit meinem Auto in einem Parkhaus gegen einen anderen Wagen, und obwohl es dabei meiner Meinung nach nur um einen Blechschaden ging, kam die Polizei. Sie maßen in meinem Blut ein Promille Alkohol, nahmen mir den Führerschein weg, und ich sollte absurd viel Strafe zahlen. Auch die Versicherungsangelegenheit musste ich aus meiner eigenen Tasche begleichen. Ich betrank mich bis zur Besinnungslosigkeit.

Einer Kundin, die ich zweimal im Leben gesehen hatte, schlug ich, vom Koks ermutigt, die Ehe vor und meinte das auch vollkommen ernst. Sie lachte mich aus. Ich konnte von Glück reden, dass die Kundin mein Fehlverhalten nicht dem Sicherheitsdienst der Agentur meldete. Es gab Gerüchte von anderen Begleitern, die nach ähnlichen Verfehlungen bestraft wurden.

Im Badspiegel stellte ich fest, dass im Verlauf einer Nacht die Haare an meinen Schläfen grau geworden waren. Ich schnitt sie mir eigenhändig ab. Schief. Meinen Körper beklebte ich mit Nikotinpflastern und rauchte trotzdem eine nach der anderen. Ich nahm acht Kilo zu.

Um mein jugendliches Äußeres zu retten, legte ich alle Ersparnisse zusammen und ließ mir an der Innenseite der Schenkel, an den Knien, am Bauch, an den Oberarmen und unter dem Kinn das Fett absaugen. Nach dem Eingriff musste ich drei Wochen lang geschmacklose Spezialunterwäsche tragen, die wie die ausgeleierten Liebestöter meiner Großmutter aussahen. In die Stirn und um die Augen ließ ich mir Botox spritzen. Das kostete mich ein Vermögen. Meine Mimik büßte ich vollkommen ein. Ich wurde von Einsamkeitsanfällen heimgesucht. Nächtelang machte ich kein Auge zu. Ohne Tafil konnte ich nicht mehr einschlafen. Einmal wachte ich auf und hatte Hals und Brustkorb voller Blut, das aus meinen kaputten Nasenlöchern floss.

Drogen wirkten auf meine Verzweiflung sehr effektiv. Sie steigerten sie nämlich noch. X-mal umarmte ich mit trüben Augen die Kloschüssel. Nach dreißig Tagen im Delirium fand ich mich mitten in der Nacht im Dunkeln in meinem Bett wieder und konnte mir nichts vorstellen. Ich begriff weder, wo ich da hingeraten war, noch wo der Fehler passiert war.

Ich fühlte mich sehr müde, konnte aber kaum schlafen. Ich hatte Angst, mein Gedächtnis zu verlieren, und bibberte unter meiner Bettdecke in der stechenden, bis ins Mark dringenden Kälte. Die Wände neigten sich zu mir herab. Obwohl mir der Schweiß übers Gesicht strömte, war ich wie ein Stück Eis. Dabei hätte ich schon längst mit Juliette in ihrem Haus wohnen können. Ich hätte an so vielen großartigen Orten sein können.

Meinen Job hatte ich einstmals wirklich gern gemacht, und ihm hatte ich es zu verdanken, dass ich ein gutes Stück Welt bereist hatte. War es denn überhaupt möglich, dass ich das alles selber vermasselt hatte?

Ich schaute zu den Regentropfen, die aus der Dachrinne herabrannen, und versetzte mich in Gedanken zurück in die Luxushotels, die ich besucht hatte. Mein Kontostand war bei null, und ich hatte keine Ahnung, wie es weitergehen sollte. Was würde ich dafür geben, wenn ich noch einmal ganz von vorn anfangen könnte, irgendwo, tausend Kilometer weit weg!

Zum ersten Mal nach langer Zeit träumte ich in der Nacht überhaupt nichts.

3. DIE FRAU

In den letzten 50 Jahren ist der Puls der Männer so geworden wie der von Frauen. Da mir das auffiel, verwendete ich für die Behandlung von Augenerkrankungen die sonst nur bei Frauen übliche Behandlung auch für Männer und hatte damit Erfolg. Wenn ich es mit der Behandlung für Männer probierte, blieb das Resultat gleich null. Dadurch erfuhr ich, dass der Geist der Männer schwächer geworden war. Sie waren nun so schwach geworden wie Frauen, und das Ende der Welt war gekommen.

Tsunetomo Yamamoto: Hagakure

1.

Alle Instruktionen hatte ich bereits im Voraus bekommen. Wir trafen uns wie verabredet auf dem Miniflughafen von Bratislava. Ich stand im Durchzug. Mit einem Kater. Der Regen trommelte nervtötend gegen die Plastikfenster und aufs Dach. Jeder Tropfen schien direkt auf mein Hirn aufzuschlagen.

Juliette kam. Schöner, als ich sie mir vorgestellt hatte, und in ihren Stiefeln noch größer als sonst. Ihre aufrechte Gestalt war in einen dicken, weinroten Mantel gehüllt, dessen weißer Kragen das scharf geschnittene, schmale Gesicht unterstrich. Der schöne Kopf saß auf einem schlanken, festen Körper. Das Make-up hob die weit oben sitzenden Wangenknochen noch hervor. Die Formen gingen geschmeidig ineinander über, ihr Gang vermittelte den Eindruck zurückgehaltener Kraft.

»Hallo Juliette! Ich freu mich, dich zu sehen. Schön, dass du mich wieder mal gebucht hast«, begrüßte ich sie.

Sie antwortete nicht. Lange maß sie mich mit Blicken, und ihr Gesicht zeigte überhaupt keinen Ausdruck. Weder ängstlich, noch erfreut, noch überrascht. Starr sah sie mir in die Augen, als würde sie abschätzen wollen, was jetzt käme. Ich bewegte mich nicht, lauerte auf ein Zeichen, das die Stille brechen würde, wartete auf irgendeine Geste von ihr, auf das Runzeln ihrer Augenbraue. Ich wartete. Wartete, und mein Körper spannte sich an. Dann reichte sie mir doch noch ihre Hand mit den sehr langen Fingern. Beim

Zudrücken verursachten mir die riesigen Ringe Schmerzen. Sie war mit dem Taxi gekommen, ich mit dem Bus. Die Dämmerung setzte gerade ein, es war der 19. Dezember, und im Radio sang ein rührseliger Chris Rea, der sich mal wieder auf den Weg machte, *Driving home for Christmas*.

Dieselbe Juliette wie eh und je, bloß puderte sie sich inzwischen gründlicher das voranschreitende Alter vom Gesicht. Gestern hatte ich von der Agentur erfahren, dass sie mich doch noch einmal geordert hatte. Das hatte mich so aus der Fassung gebracht, dass ich fast nicht geschlafen hatte. Ich ärgerte mich über mich selbst, dass ich mich wie der blutigste Anfänger in der Branche benahm.

»Damit zwischen uns Klarheit herrscht: Du bist nur hier, weil du einer der Billigsten im Katalog bist. Ich hab dich nicht für mich bestellt. Du bist die Weihnachtsüberraschung für meine fünfzehnjährige Tochter. Sie hat sich einen Kerl gewünscht. Sie nimmt an einem Schüleraustausch der internationalen Schulen von Bratislava und Lissabon teil. Seit einem Jahr habe ich sie nicht gesehen. Die wird Augen machen!«

»Du hast eine Tochter?«, fragte ich, doch als ich ihren Gesichtsausdruck sah, fügte ich hinzu: »Natürlich, ganz wie du wünschst, Juliette.«

Ich durfte niemals widersprechen. In keiner Situation. Vor zwei Monaten musste ich eine ältere italienische Dame alle zwei Stunden oral befriedigen, und wenn ich das nicht binnen zwei Minuten geschafft hatte, schlug sie mir mit einer *Vogue* auf den Kopf. Ich war von Kundinnen ja so einiges gewohnt, aber das Heft war noch in Plastikfolie eingeschweißt, und zu beiden Seiten ragten harte Probepackungen von irgendwelchen Cremes heraus.

»Das ziehst du jetzt an, Michal«, befahl Juliette und reichte mir eine Einkaufstasche.

»Natürlich, sehr gern. Vielen Dank«, antwortete ich.

Da ich verpflichtet war, allem zuzustimmen, streifte ich mir auf der Toilette die Kostümierung über: rote Hosen und eine Zipfelmütze, einen unglaublich weiten Mantel mit weißen Knöpfen, einen langen weißen Bart und riesige Stiefel mit Schellen daran. Ich verriet ihr nicht, dass ich mittlerweile ein wenig Französisch verstand, um mir wenigstens einen Vorteil zu bewahren.

»Halt durch, es ist ja bloß Theater für ein Kind. Und es wird mich die nächsten drei Monate ernähren«, sprach ich mir Mut zu.

Während der Weihnachtsfeiertage stieg das Interesse an männlicher Begleitung auf das Fünffache. Und da ich niemanden hatte, mit dem ich Heiligabend verbringen könnte, war mir das Angebot sehr gelegen gekommen.

Ich spritzte mir kaltes Wasser ins Gesicht und schlug mir gegen die Wangen, damit sie eine frischere Farbe bekamen. Bloß gut, dass ich mein Gepäck auf ein Minimum begrenzt hatte. Mein ganzes Zeug passte in eine mittelgroße Tasche und einen kleinen Koffer. Juliette und ich gaben unsere Sachen auf und gingen durch die Zollkontrolle. Wir stiegen ein. Ich reiste nicht mehr First Class. Juliette thronte nur zwei Meter vor mir in einem Luxussessel. Viele Kundinnen wollten sich in diesen Momenten unterhalten, einem ihr Herz ausschütten, sich über ihre Ehemänner beschweren. Wenn ich wollte, konnte ich ein sehr guter und aufmerksamer Zuhörer sein, doch Juliette brauchte mich nicht. Sie setzte massive silberne Kopfhörer auf und sah sich das weihnachtliche Fernsehprogramm an. Um die neugierigen Blicke unserer Mitreisenden besser ignorieren zu können, tat ich es ihr gleich, allerdings mit billigen Wegwerf-Ohrstöpseln. In meinen Gehörgängen echote es: *Last Christmas, I gave you my heart, but the very next day, you gave it away, this year, to save me from tears, I'll give it to someone special …*

Juliette wurde von einem ganzen Schwarm Stewardessen umsorgt, sie brachten ihr Campari Orange und verschiedene Leckereien. Mir boten sie eine kleine Flasche klares Wasser für sechs Euro an. Kaum war ich aufgestanden, um mir eine Zeitschrift aus der Tasche über meinem Kopf zu nehmen, begannen die blendend gelaunten Feiertagspassagiere zu frotzeln: »Wo hast du denn deine Rentiere und den Schlitten gelassen, du Armer?« – »Her mit den Geschenken!« – »Guckt mal, ein schwuler Weihnachtsmann!« Im Hinblick auf meine schlechte Position in der Agentur konnte ich es mir nicht mehr leisten, mich aufzuregen. Deshalb antwortete ich mit einem gezwungenen Lächeln nach allen Seiten. Doch in Wahrheit verfiel ich in absolute Verzweiflung. Noch vor zehn Jahren hatte man mir versichert, ich sei ein talentierter Schauspieler, und man hatte es zu schätzen gewusst, dass ich nicht in Berlin geblieben, sondern nach Bratislava zurückgekommen war. Jetzt war ich dreißig und machte mich hier zum Weihnachtstrottel.

Beim Umsteigen nach Lissabon auf dem Frankfurter Flughafen durchlebte ich die Hölle. Kinder bauten sich vor mir auf, rezitierten Gedichte, sangen Lieder und sagten Sprüchlein auf, und in ihren Augen funkelte die innigste und erwartungsvollste Hoffnung, dafür auch belohnt zu werden. Ich entschuldigte mich bei ihnen auf Tschechisch, damit sie begriffen, dass ich arm war und nichts zu verschenken hatte.

»Mami, warum ist der Weihnachtsmann da so böse und hat mir nichts gegeben?«, fing ein Mädchen an zu weinen.

»Das ist nicht der Weihnachtsmann, dass ist ein armer Onkel aus Osteuropa. Komm schnell, wir wollen weiter«, sagte die Mutter zu ihrem Kind. »Wenigstens irgendeine Kleinigkeit hätten Sie ihr geben können. Arme Kinder.«

Ein kleiner Junge klammerte sich an meinem Bein fest, er ließ nicht locker und flehte mich regelrecht um eine Belohnung für das Lied an, das er gesungen hatte. Ich schenkte ihm wenigstens das Käse-Sandwich und das weiße Plastikbesteck, das ich von der Stewardess bekommen hatte, und er beruhigte sich für eine Weile. Dafür begann sein jüngerer Bruder herzzerreißend zu heulen. Juliette ignorierte mich von ferne aus ihrem Sessel heraus, sie las im Bordmagazin und hörte Musik. Dafür hasste ich sie.

Beim Landeanflug auf den verschneiten Flughafen von Lissabon war ich vor Angst wie gelähmt. Die Boeing stürzte sich kopfüber in die grauen Wolken. Der Pilot verkündete, dies sei der kälteste Winter, den Portugal in diesem Jahrhundert erlebt habe. Durch das Fenster konnte ich kaum die Umrisse des beleuchteten Towers am Ende der Landebahn erkennen. Wir setzten hart auf. Als die Tür aufging, drangen der eiskalte Wind und wirbelnde Schneeflocken in die Kabine ein.

Meine Ankunft verursachte durch das Schellengebimmel ein derartiges Aufsehen, dass ich von Polizisten umstellt wurde. Zuerst erschrak ich, aber dann stellte ich fest, dass sie mich nur fotografieren wollten. Auf unser Gepäck warteten wir absurd lange. Als es dann tatsächlich auf dem Band auftauchte, griff ich es mir und schleppte es zum Ausgang. Unangenehm stießen die Taschen gegen meine Beine.

Ich fuhr mit der Rolltreppe. In dem schweren Kostüm schwitzte ich wie verrückt. Ich kam inmitten einer kreischenden Menschenmenge heraus. Alle warteten in dem Gewühle auf ihre Verwandten. Unter der Decke rotierten langsam Ventilatoren.

»Von wo kommst du denn, Pai Natal?«, fragte mich ein Portugiese.

»Aus Tschechoslowenien. In meinem Land tobt ein schlimmer Bürgerkrieg. Ich bin ein Flüchtling, ein mit Vogelgrippe infizierter Roma. Ich bin mit einem Gummiboot hier gestrandet. Meine Wunden bluten noch«, antwortete ich völlig entnervt.

Da sah ich Juliettes Tochter. Sie stand ganz allein mitten in der Halle und riss den Mund auf, und mir war klar, dass vor einer Weile noch eine Zigarette darin gesteckt hatte, die jetzt von einem Kaugummi abgelöst worden war. Sie hatte kein kindliches Gesicht mehr, aber auch noch nicht ganz das einer Frau. Nur ihr Gesichtsausdruck – an der Grenze zum Gähnen – dämpfte ein wenig die Überraschung angesichts dessen, dass ich sie einfach so erkannte. Ihre funkelnden hellblauen Augen wirkten, umrahmt von den getuschten Wimpern, fast schwarz und verstärkten noch die Schmächtigkeit ihrer eingefallenen Wangen und des ganzen Körpers. Sie hatte herrliches, dichtes braunes Haar, das sie im Nacken zusammengebunden hatte, und schwenkte eine riesige rosa Tasche, in die sie selbst hineingepasst hätte.

Sie bemühte sich vergeblich, einen strengen und verächtlichen Gesichtsausdruck zu wahren – als sie ihre Mutter erblickte, fing sie an zu lachen und jauchzte auf, wie es sich für Töchter nach langer Trennung eben gehört. Eine ganze Weile sagte ich gar nichts, ich schaute sie nur an, und meine Verwirrung wurde immer größer. Ich konnte solche Mädchen nicht ertragen. Sie erinnerten mich allzu sehr daran, wie alt ich geworden war.

Jetzt wusste ich, wie ich mich an Juliette rächen würde. Ich würde ihre Tochter verführen. Sie war meine einzige Chance auf ein Geschenk: Wenn nicht sie, dann würde ich zu Weihnachten wieder nichts bekommen.

»Das hier ist Michal, dein persönlicher Père Noël«, stellte Juliette mich in einem Ton vor, in dem man mit dreijährigen Kindern redet. Sie begriff absolut nicht, dass ihre Tochter im Verlauf eines Jahres zu einem vollkommen anderen Menschen geworden war.

»Hallo, ich bin Sophie«, sagte das Mädchen mit glockenklarer Stimme. Wir gaben uns die Hand. Ihre forschenden ernsten Augen begegneten meinen. Ich fürchtete, in ihrem Blick Verachtung für die Rolle zu finden, die ich spielen musste.

»Willst du dem Weihnachtsmann nicht ein Gedicht aufsagen? Vielleicht bekommst du eine Belohnung von ihm«, fragte Juliette.

»Mama, bitte! Weißt du, wie alt ich bin?«

»Ich hab eh keine Geschenke dabei«, antwortete ich. »Ich hab schon halb Europa enttäuscht, und jetzt komm ich hierher.«

Draußen attackierte uns von einer Ecke des Empfangsgebäudes her ein heftiger Sturm. Mir gefiel, dass er immer stärker wurde, der Schnee knirschte unter den Füßen. Im schäbigen Taxi setzte sich Juliette nach vorn und fing an, auf Französisch mit ihrer Tochter zu plaudern. Noch ehe ich es schaffte, auf dem Rücksitz eine Position für meine unmöglichen Schuhe zu finden, drückte Sophie für einen Sekundenbruchteil meine Hand. Und dann noch einmal. Das heiterte mich auf. Ich musste also gar nicht erst meine üblichen Geschütze auffahren. Es würde leichter werden, als ich erwartet hatte.

Nach ein paar Kurven wurde mir klar, dass der Fahrer mit Sommerreifen unterwegs war. Die Ampeln hingen an Kabeln über der Straße und schaukelten so heftig, dass ich nicht einmal erkannte, was sie anzeigten.

Das Schneegestöber erschien mir zunehmend schöner. Draußen vorm Fenster war nichts zu erkennen, nur die Halluzination von Schneeflocken, Wind und Nebel. Lissabon zerfloss – dafür nahm Sophie in meinem Kopf immer mehr Raum ein. Ihr Zeigefinger bewegte sich auf sehr neugierige Weise. Als ich mich ihr zuwandte, zuckte sie mit dem Kinn und glitt aus ihrer Jacke. Die Bluse aus hauchdünnem Stoff, durch den Flecken ihrer nackten Haut hindurchschienen, hatte lange Ärmel, eine schmale Taille und einen hohen Kragen. Sie wirkte solide, allerdings trug sie, wie ich feststellte, nichts darunter.

»Es hat keinen Sinn, jetzt spazieren zu gehen. Wir werden uns die Stadt von oben angucken, und dann gehen wir zu unserem Festmahl. Bringst du uns zu dem Aussichtspunkt, von dem du mir geschrieben hast?«, fragte Juliette auf Englisch.

»Na klar, Mama, und später zeig ich euch zwei tolle Lokale«, antwortete Sophie.

Ihre winzige Hand presste sich mit erstaunlicher Kraft gegen die Innenseite meines Oberschenkels.

In der Altstadt wurde der weiße Glanz des Schnees von Kaskaden gelben Leuchtschmucks überstrahlt. Wir blieben in einem Stau stecken, zahlten und wateten zu Fuß durch das Gassenlabyrinth der Baixa. Mein Kostüm weichte vollkommen durch, trotzdem war mir heiß. Uralte schmale Straßenbahnen rasten unbeeindruckt vom schneebedingten Verkehrschaos an uns vorbei. Wir gingen bergab. Streckenweise schmiegten Sophie und ich uns aneinander. Oder redete ich mir das nur ein? Einmal rutschte sie mit der Hand unabsichtlich in meine Achselhöhle. Beim Gehen ließ sie es zu, dass sich unsere Hüften berührten. Dieser heimliche Kontakt kettete uns mit jedem Schritt fester aneinander. Würde sie sich jetzt umdrehen und mir sagen, ich solle sie in Ruhe lassen? Sie tat es nicht. Warum signalisierte sie Zustimmung? Sie wurde ein wenig langsamer, und für einen Moment, als die Entfernung zwischen uns geringer war, fanden sich unsere Füße im gleichen Rhythmus.

Wir erreichten unser Ziel. Der Aufzug in die weiße Hölle über unseren Köpfen hieß Elevador de Santa Justa und ragte inmitten der gleichnamigen Straße vor uns auf.

»Ich freu mich schon«, log ich.

»Das hat 1902 irgendein Franzose gebaut, neogotisch. Ich liebe diese Anhöhen, ich war da schon so oft, das ist echt ein Erlebnis«, erläuterte Sophie.

Sie berührte das mit den Jahren schwarz gewordene Geländer, das sich an der Wand entlangzog. In einiger Entfernung blieb ich stehen. Sie machte eine unbestimmte Bewegung, dass ich ihr folgen sollte, und drehte sich um. Wir standen am Ende einer langen Schlange und betraten den Lift ganz zum Schluss. Im letzten Moment vor der Abfahrt zog sie mich wieder hinaus. Durch das sich schließende Scherengitter konnte ich Juliette sehen. Sie rang ihre

Hände hinter der Scheibe. Schneeflocken schlugen gegen das Glas und blieben kleben.

»Merry Christmas!«, rief ich, und die Kabine stieg mit Juliette in die Höhe, bis auf fünfundvierzig Meter über Straßenniveau.

Sophie fing plötzlich an mich zu küssen.

»Warum hast du das getan?«, lachte ich los.

»Damit du weißt, wozu ich in der Lage bin«, antwortete Sophie. Mit ihr stimmte etwas nicht.

»Hast du was genommen?«, fragte ich.

»Oje – den Weihnachtsmann darf man wohl nicht anlügen«, sagte sie.

Ich weiß bis heute nicht, was das eigentlich gewesen ist, denn sie schob es mir mit ihrer Zunge in den Mund. Es wirkte wie der Übergang aus stickiger Hitze in eisige Kälte und wieder zurück. Meine Aufmerksamkeit wurde vaporisiert und verteilte sich auf jede der herumfliegenden Schneeflocken. Mir war, als kenne ich Lissabon seit eh und je: Rossio, Rua Garrett, Tejo, Torre de Belém. Ich spürte, wie sich meine Pupillen weiteten. Ich nahm den unermüdlichen Schnee schon gar nicht mehr wahr. Meine feuchten Sachen wurden immer schwerer und behinderten mich beim Gehen.

»Warum bist du mir gefolgt?«, fragte Sophie. Ihre Augen funkelten wie zwei kleine Spiegel.

Wir gingen auf eine Party von Freunden von ihr. Dort löste ich ein großes Hallo aus. Jugendliche in Sophies Alter und in ähnlicher Verfassung schrien mir zu: »He, Santa, komm und lass uns was rauchen! Hast du kein Dope aus Norwegen mitgebracht?«

»Das hab ich leider alles schon an die Kinder verteilt, die das ganze Jahr artig gewesen sind«, antwortete ich.

Manche Dinge konnte ich überhaupt nicht mehr erkennen, andere nahm ich verkleinert wahr, wie beim Blick durch ein verkehrt herum gedrehtes Fernglas. In der dröhnenden Dunkelheit und

Hitze ging von den Kugeln und dem Lametta an dem hohen Weihnachtsbaum ein schwindelerregender Glanz aus. Auf einem riesigen Flachbildschirm liefen Videoclips. Und schon wieder diese zwei Typen und die beiden Frauen, die eingeschneite Hütte in den Bergen, die Party mit Kerzen und Lichterketten, Moonboots an den Füßen und stahlblaue, von einem Gürtel zusammengehaltene Ski-Overalls am Leib. *I wrapped it up and sent it, with a note saying I Love You, I meant it. Now I know what a fool I've been, but if you kissed me now, I know you'd fool me again …*

Sophie blieb so nah bei mir stehen, dass sich unsere Nasen beinahe berührten. Auf der Welt gab es nur ein Paar solcher Augen. Sie funkelten heftig. Mir wurde bewusst, dass ich nicht die leiseste Ahnung hatte, wie ich mich gegenüber Frauen verhalten sollte, die nicht für mich zahlten.

Mein Mund war von der Pille ein wenig angeschwollen und taub geworden. Ich konnte mich kaum noch auf den Beinen halten.

»Ich hab Durst«, sagte ich.

Ich wiederholte es mehrfach und deutete auf meinen Hals. Sophie schüttelte den Kopf. Vielleicht verstand sie mich nicht. Ein junger Bursche trat zu mir. Eine Weile kramte er in seiner Hosentasche, dann beförderte er eine weiße Tablette zutage und gab sie mir.

Meine Müdigkeit war weg. Eine Diskokugel drehte sich hoch oben unter der Decke und strahlte unbarmherzig. Die Leute hatten ihre Köpfe zurückgelegt, sie schwitzten und rempelten mich an. Die meisten Tänzer, die noch nicht aufgegeben hatten, waren total zugedröhnt und tanzten gefangen in ihrer eigenen Welt. Ein Paar lümmelte inmitten von Geschenkpapier auf dem Teppich herum. In der Ecke lagen zerdrückte Dosen von Energy Drinks herum. Die Paare kamen sich beim Tanzen immer näher, bis sie zum Schluss so dicht aneinander klebten, dass sie keine Musik mehr brauchten und irgendwo im Dunkeln verschwanden.

Ich starrte immer auf denselben Punkt vor mir, mitten in die vom Stroboskop zerfetzte Dunkelheit hinein. Ich schleppte mich hinter Sophie her. Die Leute gingen uns aus dem Weg. Um mich herum drehte sich die Zimmerdecke. Ihre Silhouette verwandelte sich unter den weißen Blitzen. Benommen kniff ich die Augen zusammen. In meinen Trommelfellen spürte ich ein Stechen. Die verschwitzte und erregte Sophie lächelte unbestimmt. Schnee und Wind hatten ihre Frisur durcheinandergebracht. Ihr Gesicht verlor sich unter den schwarzen verfilzten Haaren, die auf ihren Wangen klebten. Ihre Nägel hatte sie silbern lackiert. Unter ihrer Bluse glühten die schönen Brüste.

Für einen Moment verlor ich Sophie aus dem Sichtfeld. Ich irrte wie hypnotisiert in der Menge herum, um sie zu suchen. Meinen Kopf schüttelte ich im Rhythmus. Der Rauch brannte in meinen Augen, die Kontaktlinsen schmerzten. Meine Klamotten schlugen beim Laufen unmögliche Wellen.

»Also gehn wir jetzt endlich ins Bett, oder was?«, brüllte mir Sophie auf einmal ins Ohr.

Ich kapierte überhaupt nicht mehr, wo ich war und was hier vor sich ging. Ich versuchte mich zu konzentrieren, aber ich vergaß gleich alles wieder.

Als ich mich im Schlafzimmer hinlegte, hatte ich das Gefühl, als täte das jemand anderes an meiner Stelle. Auf dem Sofa nebenan wälzte sich ein anderes Paar herum, auf dem Fußboden noch eins, und auf dem Teppich türmte sich ein respektabler Haufen aus Slips, Jeans, Turnschuhen und anderen Kleidungsstücken. Am meisten kam mir entgegen, dass es hier ein bisschen ruhiger war als im Wohnzimmer. Sophie zwang mich, den größten Teil meiner Kostümierung anzubehalten. Das Ganze muss ewig gedauert haben.

Sofort im Anschluss schnappte sich die noch nackte Sophie ihr Handy und klemmte es sich gegen die Schulter. Ihre Hüften waren symmetrisch gerundet, ihre Haut gebräunt und mit einem violetten Netz aus Äderchen überzogen. Ihre Beine waren fast rosa, ein wenig feucht und weich, als würde sie nur auf Zehenspitzen gehen. Die Brüste spitz zulaufend, die Brustwarzen groß und violett. Mit dem Zeigefinger berührte ich ihre linke Brust. Dann umfasste ich sie mit der ganzen Hand und presste sie zusammen. Sie schlug mir auf die Finger.

Als ich sie ansah, hatte ich das Gefühl, als würde sich alles in mir lösen und aus der Höhe eines vierzigstöckigen Wolkenkratzers herabfallen. Mir wurde übel, ich hatte das Gefühl, gleich umzukippen. Ihre Perfektion erfüllte mich mit Entsetzen. Ich war wieder so erregt, dass ich nicht einfach so dasitzen konnte. Außerdem verspürte ich den Drang zu rauchen. Sophie war auf einmal die Beherrschung in Person. Sie wartete ziemlich lange auf die Verbindung. Dabei beachtete sie mich gar nicht.

»Danke für das Geschenk, Mama«, sagte sie auf Französisch. »Ein bisschen ungeschickt und grob, aber ansonsten ging's. Scheint ein Russe zu sein. Ich schick ihn dir zurück, okay?«

Die Antwort bekam ich nicht mehr mit. Ich rannte aus dem Zimmer. Zum ersten Mal nach fünfundzwanzig Jahren musste ich unterm Weihnachtsbaum wieder heulen.

A face on a lover with a fire in his heart, a man undercover, but you tore me apart, now I've found a real love, you'll never fool me again.

Dann war ich draußen. Mich wieder dem Schneesturm auszusetzen, war ausgeschlossen. Ich sprang einem plötzlichen Impuls folgend in die erstbeste Straßenbahn. Das Versprechen von Wärme lockte mich an. Ohne nachzudenken stieg ich die drei Stufen hinauf. Der überraschend gut geheizte gelbe Wagen fuhr irrsinnig schnell und halsbrecherisch. Er raste die ansteigende Straße entlang und verstärkte den Wahnsinn der Schneeflocken noch. Meine Freude war unermesslich groß. Die Häuser kamen auf mich zugeschossen. Unbarmherzig schmiss es mich von einer Seite auf die andere. Erschöpft ließ ich mich auf eine harte Holzbank fallen. Ich hielt mich an einem Griff am Fenster fest, um nicht gegen die Wand zu knallen. Mein Körper wärmte sich schnell auf. Die oberste Schicht meiner Kleidung legte ich ab. Diese Art von Escort-Service reichte mir vorerst. Ich schloss die Augen.

Ich weiß nicht, wie viele Stunden ich in dem scheppernden wackligen Wagen sitzend verbrachte. Ohne Schlaf, der mir die ersehnte Erholung gebracht hätte, sondern nur in einem fiebrigen Dämmerzustand. Ich hoffte, dass mich ein Kontrolleur erwischen und mich mit dem Auto zur Polizei bringen würde.

Als ich die Augen aufmachte, sah ich sie wieder.

Die funkelnden grauen Augen. Das schmale Gesicht mit den eingefallenen Wangen. Tagträume konnte ich mir jetzt nicht erlauben. Ich musste mir etwas einfallen lassen. Abreisen. Nach Hause zurückkehren. Vielleicht könnte ich die Geschäftsführung der Agentur noch überreden, mich nicht rauszuschmeißen. Ich würde um Verzeihung und um eine letzte Chance bitten.

Der Traum hörte nicht auf.

Ich sah alles völlig klar.

Auf dem Kopf trug sie ein weinrotes Seidentuch, das ihr dreieckiges Gesicht fest umspannte. Ihre weit aufgerissenen Augen starrten in meine. Sie lächelte, und ihre kleinen scharfen Zähne blitzten auf. Ihre Augenlider flatterten.

Ich war im Delirium. Ein Alptraum. Die Person, die ich hasste, die Schuld an meinem verzweifelten Zustand trug, saß mir gegenüber.

»Sophie? Was machst du hier?«, stammelte ich.

»Wir fahren irgendwohin«, antwortete sie.

Danach kam nur noch ein blechernes Kichern aus ihrem Mund. Ihre Augen wurden um mehrere Nuancen dunkler. Das Funkeln in den erweiterten Pupillen verlosch. Über ihr Kinn kroch eine Spur aus Schaum.

»Sophie? Kannst du mich hören? Sophie …?«

Sie sagte keinen Mucks. Ich gab ihr eine Ohrfeige.

Sie blinzelte und hörte auf zu lachen. Ich ohrfeigte sie noch einmal.

Die Schläge störten sie kein bisschen, sie nahm sie gar nicht wahr.

Plötzlich stand sie abrupt auf. Ein schwarzäugiges, das Becken schwingendes Wesen. Geschmeidig verbog sie sich, aber nur den Oberkörper, ihre Beine rührte sie überhaupt nicht. Die Arme baumelten schlaff neben den Hüften. Dann sank sie in sich zusammen. Hätte ich sie nicht im letzten Moment aufgefangen, hätte sie sich den Schädel angeschlagen. Ich setzte sie wieder hin und stützte sie, aber ich wusste nicht, was ich mit ihr machen sollte. Sie rülpste mehrfach, dann kicherte sie los. Ihre silbernen Fingernägel presste sie in ihre Knie. Sie zupfte sich am Ohr. In Windeseile zog sie sich aus.

Ich knallte ihr noch eine.

»Was soll denn das!?«, kreischte sie, aber sie konnte sich nicht aufrecht halten und kippte auf die Sitzbank wie eine Puppe.

Eine Hand, an der matt ein Ring glänzte, hielt am Hals den Kragen ihrer Bluse fest umklammert. Sie war so dicht bei mir, dass ich die Haut und ihre Textur sah, das kästchenförmige Geflecht, zusammengezogene und erweiterte Poren, weiche und gesträubte Härchen. Neben eingetrocknetem Schweiß und Zigarettenrauch konnte ich noch etwas anderes riechen, schwächer, aber trotzdem sehr intensiv. Einen seltsamen, herrlichen Duft, kein Parfum, sondern den zarten Geruch ihrer Haut, der ein wenig an den Duft einer Pflanze oder Blüte erinnerte, nur viel schöner. Er drang betörend in meine Nase. Bis mir die Augen von diesem Ansturm wieder zufielen.

Dann war ich wahrscheinlich wirklich kurz eingenickt. Als ich verschwitzt aufwachte, raste die Straßenbahn immer noch in atemberaubender Geschwindigkeit auf und ab durch die Metropole, von einem Hügel zum nächsten. Der Wagen wand sich in Krämpfen. Wir fuhren die Strecke immer wieder hin und zurück. Ich sah die Scheinwerfer der morgendlichen Autos. Die Schneemenge nahm zu. Die Hitze im Wageninnern wurde immer größer und die Fenster blieben geschlossen. Man hätte dringend lüften müssen.

Offenbar waren nur ein paar Minuten vergangen, aber ich erkannte Sophie kaum wieder. Schweigend saß sie da und schaute in den Spiegel ihres Puderdöschens. Sie pinselte sich die Male einer Fünfzehnjährigen ins Gesicht: Aus einem Fach malte sie ihre Lippen an, aus einem anderen legte sie Rouge auf. Mit Kajal zog sie die Augenränder nach, färbte die Lider weiß und sprühte sich Parfum auf den Hals.

Als sie fertig war, schaute sie mich an. Auf ihrem Gesicht zeichnete sich Apathie ab.

»Mein Gott, was war denn? Was hab ich denn gemacht?«

»Du bist in Ohnmacht gefallen.«

»Oh, entschuldige.«

»Wie geht's dir?«

»Ganz gut – eigentlich richtig gut. Du bist dieser Stricher?«

Ich glaube nicht, dass ich jemals jemanden so gehasst habe wie sie in diesem Moment. So etwas hatte noch keine Frau zu mir gesagt.

»Ich bin Schauspieler!«, protestierte ich, aber ich kam mir bei diesen Worten selber peinlich vor.

»Klar. Lass uns zu mir gehen, Santa! Es hat keinen Sinn, wenn wir hier bleiben.«

»Ich bin kein Santa! Und auch kein Stricher!«

»Okay, okay. Lass uns aussteigen. Was machen wir eigentlich in der Straßenbahn?«

»Wir fahren irgendwohin.«

2.

Wir stiegen aus, und den einzigen Taxifahrer weit und breit bezahlte ich für die ewig lange Fahrt mit meiner Uhr. Er brachte uns in ein frostiges Stadtrandviertel mit Plattenbauten, das sehr osteuropäisch wirkte. Riesige Supermärkte mit Blechdächern, ausgestreckte Parkplätze mit schäbigen Autos, das Heulen der LKWs, die über die Hochtrasse der Autobahn rasten. Unfreundliche Hochhäuser drängten sich inmitten eines ausgestreckten Wohngebiets zusammen. Schwere Wolken hingen bis fast zum Boden herab.

Die Wohnung war im fünften Stockwerk: eng und leer, mit einer kleinen Küche, die man zwischen das Zimmer und das obskure Bad gequetscht hatte. In dieser Behausung musste man sich vorsichtig bewegen. Drei Leute hätten nicht hineingepasst. Das verblüffte mich. Als Kind ihrer Eltern hätte sie sich ohne weiteres eine Villa am Meer leisten können. Während die Dusche rhythmisch tropfte, zog ich meine Sachen aus und Sophies warme, viel zu kleine Hausklamotten an. Aber immer noch besser als das nasse Santa-Claus-Kostüm, das schon auf den beiden Heizkörpern hing. Das einzige Zimmer, sechzehn Quadratmeter groß, hatte sie sich schlicht eingerichtet. Etwas Genießbares fand ich im Kühlschrank nicht. Um all ihre Sitcom-DVDs anzuschauen, hätte ich bis an mein Lebensende zu tun gehabt. Die Bücherregale waren voll mit zerlesenen Taschenbüchern. Die Reihen von Buchrücken erstreckten sich durch den Flur bis zur Wohnungstür. In einer Ecke leuchtete eine kleine Lampe. Der Schnee vorm Fenster fiel bereits langsamer. Es war Tag, aber fast so dunkel wie nachts. In der Zentralheizung knackte es in regelmäßigen Abständen.

Sophie setzte sich zuerst, dann lehnte sie sich zurück, und innerhalb von zehn Sekunden war sie eingeschlafen. Mein Blick glitt über ihre Waden und Schenkel nach oben. Ich bewunderte die

Linie der dünnen, symmetrischen Beine. Ihr Körper räkelte und streckte sich. Die Brüste mit den dunklen Spitzen bewegten sich unter dem hauchdünnen Stoff mal hierhin, mal dorthin, als würden sie an die Oberfläche drängen. Als ich ihre Brustwarzen betrachtete, spürte ich ein Kribbeln in meinen eigenen. Das Verlangen breitete sich von meinen Lenden aus aufwärts in mir aus. Ich war sehr erregt und wurde rot. Meine Hose begann zu spannen. Das anschwellende Glied fing auch bald an zu schmerzen. Als ich versuchte, meine Knie zu heben, kam es mir so vor, als hätte ich bei Sophie den Anflug eines Lächelns registriert. Fast hätte ich auch gelächelt, ich war mir bloß nicht sicher, ob ich es tatsächlich gesehen oder mir alles nur eingebildet hatte.

Wenn ich Sophie ansah, war es, als atmete ich reinen Sauerstoff ein. Ich hatte Verlangen nach ihr. Großes. Ich verlor die Kontrolle über mich. Von einem solchen Gefühl hatte ich bisher nur gehört und gelesen. Ich hatte geglaubt, dass es Wochen und Monate dauern würde, bis es sich einstellte, aber es kam plötzlich, auf einmal, mit voller Wucht.

Ich erwartete, dass mich die starke Müdigkeit überwältigen würde, aber nein. Meine Nase war verstopft, und ich musste niesen. Ich suchte Zuflucht in Tagträumen: Ich bin ein erfolgreicher Schauspieler. Endlich wird mein Können gewürdigt. Sophie vergöttert mich. Wir heiraten. Die Kinder kommen. Wir bauen uns ein Haus. Meine Eltern werden politisch rehabilitiert. Ich habe ein Engagement am Nationaltheater. Sophie sitzt in der ersten Reihe. Nach der Premiere haben wir in der Garderobe Sex.

»Hör auf!«, befahl ich mir. »Du hasst sie! Sie ist oberflächlich, ignorant, rücksichtslos, vorlaut, kleinlich, aufdringlich, egoistisch, dummdreist, eingebildet, unsympathisch und ein Flittchen. Sie ist ein Teenager und außerdem die Tochter einer ehemaligen Kundin. Im Leben bist du Hunderten von viel attraktiveren und faszinierenderen Frauen begegnet, für die du dich nicht die Bohne interessiert hast, und nun lässt du dich von dieser hier aus dem Konzept bringen.«

Ich ignorierte meine eigenen Warnungen. Ich wollte in diesem kleinen Zimmer bleiben, in dem Lissabonner Plattenbau, mich nicht rühren, nur endlos lange schauen. Sie war eingeschlafen, nun zweifelte ich nicht mehr daran. Ein Arm umrahmte ihren Kopf. Die Beine waren gespreizt, das Kissen war zur Seite gerutscht. Sie hatte sich umgedreht, sodass ich sie jetzt im Profil sah. Sie war vernichtend schön.

Bestimmt war bereits eine Stunde vergangen. Ich hatte immer größeres Verlangen, Sophie zu berühren. Wenigstens ein Mal. Ich kann nicht. Ich darf nicht. Ich will nicht.

Geräuschlos stand ich auf. Ich bewegte mich leise, vorsichtig, auf Zehenspitzen. Überall Halbdunkel und seltsame Stille. Ich spitzte die Ohren. Sophie atmete gleichmäßig. Zum Klo musste ich durch den winzigen Flur, es war direkt neben der Wohnungstür.

Nur noch ein paar Schritte. Die Tür quietschte beim Aufmachen.

Als ich drin war, zog ich mir sofort die Hose herunter.

Ich packte mein Glied fest mit der rechten Hand.

Wie in Hypnose bewegte ich meine Faust immer schneller.

Reiß dich zusammen, bestimmt hört sie dich!

Auf der ganzen Welt kannte ich nur ein Paar solcher Augen.

»Ich liebe diese Anhöhen, ich bin schon so oft dort gewesen.«

Kein Kindergesicht mehr, aber auch noch nicht ganz das einer Frau.

Ich spannte meine Muskeln an und erhöhte die Frequenz meiner Handbewegungen. Es war wie in einem Stummfilm. Kein einziger Laut. Oder etwa doch? Was, wenn Sophie über alles Bescheid wusste?

3.

Ich wischte mir die Hand ab. Mit Klopapier putzte ich dann auch noch die Toilette. Bevor ich die Tür wieder hinter mir zumachte, versprühte ich zur Sicherheit noch Zitrus-Raumspray. Ich kehrte genauso unauffällig zu meinem Schlafplatz zurück, wie ich von dort weggegangen war.

War Sophie wach? Hatte sie mich gehört? Nein. Sie schlief augenscheinlich weiter. Ich beruhigte mich wieder und suchte mir eine bequemere Position. Die Müdigkeit übermannte mich. Ich war schon am Einschlafen, als ich Sophie rascheln hörte. Sie gähnte laut. Kalte Schauer liefen mir über den Leib. Ich machte die Augen auf. Sophie schaute mich verwirrt an. Sie zog sich eine Haarsträhne zu einem Mundwinkel und knabberte gedankenverloren darauf herum. An der linken Wange hatte das Kissen einen streifenförmigen Abdruck hinterlassen. Auf der Couch war ein kleiner Speichelfleck zurückgeblieben.

»Hast du geschlafen?«

»Ja, tief und fest«, log ich.

Ich streckte mich, als hätte ich Stunden in derselben Position verbracht.

»Und du?«

»Super. Entschuldigung, wie heißt du eigentlich?«

»Michal.«

»Und weiter?«

»Früher hätte ich das nicht verraten dürfen, aber jetzt geht's. Kirchner, ich heiße Michal Kirchner. Und dein ganzer Name?«

»Sophie. Ich dürfte ihn dir zwar verraten, aber ich will nicht. Das hier ist eh unsere letzte Unterhaltung. Kann ich dich was fragen?«

»Klar«, antwortete ich verunsichert.

Wenn sie sprach, enthüllte die angehobene Oberlippe eine kleine Lücke zwischen den Vorderzähnen.

»Auch wenn das vielleicht eine seltsame Frage ist?«

»Natürlich.«

»Sagst du mir, wann du dir's das letzte Mal selbst besorgt hast?«

Meine Kehle trocknete aus.

»Wieso fragst du?«

»Und warum guckst du mich so komisch an? Ich hab gehört, dass Männer das andauernd machen, manche jeden Tag. Du nicht?«, fragte sie wieder.

»Klar … doch … schon …«, stotterte ich.

»Echt? Und wann war das letzte Mal?«

»Ungefähr vor zwanzig Minuten«, gab ich zu.

Das brachte sie zum Lachen.

»Das hab ich mir gleich gedacht, dass du mich jetzt auslachst.«

»Ich lach doch gar nicht«, kicherte sie. »Und wo? Hast du's hier gemacht? Und warum?«, fragte sie, und anschließend wurde ihr bewusst, wonach sie da gefragt hatte.

»Sophie, ich geh meine Sachen packen. Ich hau ab. Entschuldige, aber das wird das Beste sein«, sagte ich, rührte mich aber nicht vom Fleck.

»Du bist doch gerade erst gekommen.«

»Ich hab hier nichts verloren. Wir verstehen uns nicht, wir haben uns nichts zu sagen und …«

»Warum sagst du nicht einfach, dass du zu einer anderen musst? Dass du dienstliche Termine hast?«, schrie sie mich an.

»Wenn du wenigstens recht hättest! Hast du aber leider nicht«, antwortete ich.

»Wie meinst du das?«

»Kann ich bei dir meine E-Mails checken?«, fragte ich.

»Meinetwegen.«

Ich schaltete Sophies Laptop an und ging auf die Agenturseite. Innerhalb weniger Sekunden überflog ich die Listen mit Männernamen. Noch einmal. Und zur Sicherheit nochmals. Zwei Minuten später wusste ich bereits, dass in einer Escort-Agentur der Spitzenklasse das Ende schnell vonstatten ging. Ich war von der Homepage verschwunden. Ich fand mich nicht einmal mehr bei den Sonderangeboten. Man hatte mich aus dem Verzeichnis junger, attraktiver Mitteleuropäer gelöscht.

Die Seite wimmelte nur so von Werbebannern, zwischen denen schrill die neuen Fotos hervorleuchteten. Die meisten Namen kannte ich nicht. In der Phantomgalerie sah ich keine Gesichter, sie waren grafisch unkenntlich gemacht worden, so wie früher auch meines. Selbst mein Passwort für registrierte User galt nicht mehr.

»Deine Mutter hat sich offensichtlich beschwert«, sagte ich.

»Die beschwert sich dauernd über irgendwas.«

»Ich bin nicht mehr das … was du gedacht hast.«

»Was willst du jetzt machen?«

»Zuerst muss ich nach Hause kommen. Dann seh ich weiter.«

Das Ende meiner Karriere brachte mich weniger aus dem Konzept, als ich erwartet hätte. Als ich das Mädchen vor mir ansah, erschien mir das Problem läppisch und lächerlich. Ein neues, unbestimmtes Gefühl bemächtigte sich meiner, es war da und veränderte alles. Aus dem Chaos in meinem Kopf entstand etwas Greifbares, nahm immer deutlicher Gestalt an: Sophies Gesicht.

»Du kennst viele Frauen. Du kannst mir Sachen erzählen, die ich wissen will. Ich werde nämlich nicht mehr lange leben, ich muss bald sterben«, sagte sie.

Die kleine Sophie. Anständig, bescheiden, jungfräulich. Kein Vergleich zu dem frühreifen Mädchen, das ich am Tag zuvor kennengelernt hatte. Und auf einmal fing sie an, blödes Zeug zu reden. Ich wurde wieder wütend.

»Was redest du da?«

»Manchmal hab ich das Gefühl, ich warte nur darauf, dass mich jemand überfällt und umbringt«, flüsterte sie.

»Du weißt überhaupt nicht, was du sagst.«

»Denk doch, was du willst.«

»Du hast noch nie etwas Schlimmes erlebt. Du hast keine Vorstellung, was wirklicher Schmerz ist. Noch nie hat dich jemand erniedrigt. Also beschrei's nicht, damit's dir nicht noch mal leid tut …«

»Wissen deine Eltern von deiner Arbeit?«

»Bis jetzt habe ich darauf immer geantwortet: na klar. Aber in Wirklichkeit habe ich keine Mutter mehr. Sie ist gestorben. Ist lange her. Und mein Vater weiß nichts von meinem Job.«

»Hast du eine Freundin?«

»Nein, ich bin Single.«

»Und falls du eine Freundin hättest: Würdest du ihr's sagen?«

»Auf jeden Fall. Ich bin, genauer gesagt: Ich war auf meine Arbeit stolz. Aber eigentlich … Ich weiß nicht … Ich hatte noch nie eine richtige Freundin.«

»Im Ernst? Und was hat eine Stunde mit dir gekostet?«

»In der Agentur wird nicht nach Stunden berechnet. Es gibt einen festen Satz für ein Treffen. Es ging allerdings nicht immer nur um Sex, auch wenn alle das glauben.«

»Also wie viel?«

Ich sagte ihr den Betrag. Ihr blieb die Luft weg.

»Hast du's schon mal umsonst gemacht?«

»Das ist lange her«, gab ich zu. »Warum fragst du?«

»Lass uns jetzt nicht reden. Wir zwei haben uns nichts zu sagen. Verschwenden wir nicht unsere Zeit. Wir sollten einfach miteinander schlafen«, sagte Sophie nachdrücklich.

Einige unendliche Sekunden der Unsicherheit.

»Ich will mich mit dir unterhalten«, sagte ich.

»Nein, willst du nicht«, flüsterte sie.

Egal, was sie gesagt hätte – ich hätte eingewilligt. Ich wollte aufstehen, die Weihnachtsmannklamotten suchen und abhauen. Aber ich blieb reglos sitzen.

Dafür bewegte Sophie sich. Sie öffnete den Reißverschluss an ihrem Rock. Schnell zog sie sich aus.

Ich konnte meine Augen nicht von ihr losreißen. In meinem Brustkorb spürte ich die heftigen Schläge meines Herzens. Meine Gedanken spielten verrückt wie durchgedrehte Mäuse im Käfig. Ich war mir nicht sicher, ob ich nicht vielleicht halluzinierte. Ihre entblößten Brüste überwältigten mich. Wenn sie sich nach vorn beugte, rundeten sie sich dermaßen, dass an den oberen Rändern Grübchen entstanden. Sie kuschelte sich dichter an mich heran. Ich ergab mich ihr. Ihre Fingerkuppen ertasteten die kurzen Haare in meinem Nacken. Ich schob ihr die Hand unters Knie. Sie hob ihr Becken um ein paar Zentimeter an. Zwischen ihren kegelförmigen Brustwarzen glänzten Schweißtropfen. Auf den geraden weißen Schultern spielten die Schatten. Ihre Haare schwangen über den Hals vor und zurück. Eine Hand ruhte auf dem flachen, weichen Bauch. So eine junge Kundin hatte ich wohl noch nie. »Aber das ist keine Kundin«, sagte ich immer wieder zu mir. »Das ist Sophie.« Ich hatte keine Ahnung, wer sie eigentlich war.

Ich hörte auf, so zu tun, als wollte ich nur Konversation betreiben, und umarmte sie. Ihre Lippen und Oberarme waren heiß und ihre Haut wunderbar samtig wie bei manchen Obstsorten. Ich schnupperte an ihr.

»Bin ich dir nicht … zu alt?«

»Sei endlich still!«

Ich streifte ihr das weiße Höschen herunter und trug sie hinüber aufs Bett – eine mittelgroße Matratze auf dem Fußboden. Ich drehte sie herum. Auch ihr Rücken erschien mir vollkommen. Vor Wonne schloss ich die Augen. Ich atmete ihren Schoß ein, den warmen

Duft, den er aussandte. Sie schloss ihre Schenkel fest um mich, sodass ich für einen Moment taub war. Als sie den Höhepunkt erreichte, hatte sie mich total vergessen. Ihr Gesicht flackerte hitzig.

»Besorg mir's noch mal«, flüsterte sie.

Ich gehorchte. Sophie drückte sich zwei längliche gelbe Kapseln aus einer Tablettenpackung auf die Hand und schluckte sie. Auch mir gab sie eine. Meine Zunge wurde pelzig, und der Kopf versagte mir den Dienst. Ich war plötzlich auf irgendeiner Wiese, vor meinen Augen stoben Funken auf.

Vollkommen verklebt wachte ich auf. Unsere beiden Schatten waren von den Spalten der Jalousie mit Streifen versehen worden. Ich wischte ihr Blut und Speichel ab und wusch sie. Ich küsste sie ungefähr tausendmal und kriegte doch nicht genug. Sie umgab mich wie eine Wolke, mit der ich mich vollsog. Jede Regung, jedes Zittern kehrte in Form von Lust zu mir zurück. Bei den Berührungen lud sie sich mit Energie auf und reagierte augenblicklich, viel verwegener als jede andere Frau, der ich bis jetzt begegnet war.

»Noch mal.«

4.

In der folgenden Nacht schlief ich elf Stunden. Als Sophie meine Stirn mit ihrer Hand berührte, wachte ich auf und stellte fest, dass ich vollkommen nass war. Ich rührte mich nicht und tat so, als schliefe ich weiter. Sie schnappte sich mit beiden Händen meinen Penis und begann ihn sanft zu kneten. Mit ruckartigen Bewegungen nahm sie Besitz von mir. Sie leckte. Saugte. Fuhr mit der Zunge über meine Haut. Ich streichelte ihre Hüften.

Gemeinsam verbrachten wir den ganzen folgenden Tag und sprachen dabei kaum. Wir tauschten unsere Namen: Sie sagte zu mir

Sophie und ich zu ihr Michal. Im Bett spielte ich die Frau und sie den Mann. So hatte ich das bisher noch nie probiert.

»Wie alt bist du? Seit wann leben deine Eltern in Bratislava? Warst du schon oft dort?«, fragte ich, aber Sophie wollte nicht mit mir reden.

Im Lauf des Tages konnte ich ihr zumindest entlocken, dass ihre Mutter 42 war. Ich tat so, als sei das neu für mich. Ihr Vater war ein hohes Tier in einem französischen Automobilkonzern, der am anderen Ende des Landes eine neue Produktionshalle baute. Ihr vierjähriger Bruder hieß Pascal.

Sophie war viel jünger als ich. Aber sie war keineswegs zimperlich. Der Altersunterschied kam mir manchmal sehr auffällig vor, dann wieder nahm ich ihn überhaupt nicht wahr.

»Seit ich Kind war, langweile ich mich. Meine Eltern und Freunde sagen mir immer, dass ich hübsch bin und ausgezeichnete Voraussetzungen für ein Studium mitbringe. Aber ich will weder Bildung noch Schönheit. Ich hab immer alles absichtlich versaut. Meine ganze Kindheit lang hab ich im Bett gelegen, ich hab mir die unterschiedlichsten Krankheiten ausgedacht. Letztes Jahr hab ich mir eine Glatze geschnitten, um hässlicher auszusehen. Beruhigen konnten mich nur unfreundliche, regnerische Tage«, erzählte sie. Nach einer Weile verstummte sie wieder.

Auf der Welt gab es nichts außer uns beiden. Ich wusste, dass ich verloren war.

»Los, pinkel mich an, bitte«, flüsterte Sophie.

Ich dachte, ich hätte mich verhört.

»Wie bitte? So was hab ich noch nie gemacht.«

»Echt nicht? Hast du Lust?«

Wir gingen ins Bad, und dort habe ich es zum ersten Mal im Leben getan. Wir umarmten uns in der weißen Wanne. Wir bissen und kratzten uns. Ich begann zu fallen und wusste nicht, wohin.

Die Zeit verging rasend schnell. Wir blieben noch eine Stunde im Bad. Sophie stand barfuß auf den Fliesen. Die Silhouette ihres elastischen Körpers sah aus wie ein bewegliches Zeichen. Die Muskeln angespannt. Der Mund stumm. Wir duschten uns gegenseitig ab. Sophie stützte sich beim Abtrocknen auf das Waschbecken. Das Licht funkelte in den Tröpfchen, mit denen die Haut auf ihrem Bauch und die feinen Härchen an den Schenkeln benetzt waren. Ich umarmte sie, und auf Knien ließ ich meine Zunge über ihren Körper wandern. Dann stand ich auf und trug sie wieder zum Bett.

Ich hatte immer das Gefühl, dass ich mit Frauen schon alles erlebt hatte. Doch ich musste feststellen, dass ich gar nichts über sie wusste.

Es vergingen drei Tage, in deren Verlauf wir keinen Fuß vor die Tür setzten. Sophie hatte auf dem Grund ihrer leeren Augen etwas, das ich in den Augen einer Frau noch nie gesehen hatte. Sie gab sich große Mühe, meine Wünsche zu erraten. Sie beugte sich über mich und gewährte mir auch das, was ich nicht kannte, wonach ich bis dahin noch gar kein Verlangen haben konnte, es aber seitdem permanent hatte. Wir verständigten uns meist nur noch durch Zeichen.

Zeigefinger. Daumen. Kleiner Finger.

Auf welche Weise wir auch miteinander rangen, wie zufällig auch immer das ausgehen mochte – die letzte Position war immer die gleiche. Mein linker Arm steckte zwischen uns beiden, die Hand lag ruhig auf ihrem Schenkel. Ohne die Absicht, beunruhigend zu wirken, lag sie einfach nur da, besitzergreifend.

Zweimal rief Juliette an. Sie debattierten zusammen darüber, wie sie Weihnachten feiern sollten. Zu mir fiel keine einzige Bemerkung. Ich wollte nicht, dass diese langen Tage und Nächte wieder aufhörten. Doch ich ahnte, dass das Ende näher rückte. Es ließ sich nicht aufhalten.

Ich musste nach Bratislava zurück, und wie es nun mal in meinem Leben so üblich war, fing langsam alles wieder an kaputtzugehen.

5.

Ich wusste, dass wir nicht gemeinsam fliegen konnten, weil Sophie von ihren Eltern abgeholt werden würde. Sie durften uns nicht zusammen sehen. Das Santa-Claus-Kostüm ließ ich in Lissabon.

»Welches Buch liest du über Weihnachten?«, fragte ich.

Sie zeigte mir einen Einband, der mir nichts sagte, doch ich versuchte mir den Namen des Autors und den Titel einzuprägen.

»Und was guckst du dir im Fernsehen an?«

Sie zählte ein paar französische Zirkus- und Kabarett-Galas auf und eine Show bei einem Musiksender.

»Wirst du Wodka trinken?«

Sie nickte. Falls ich Sophie nicht treffen sollte, würde ich zumindest das gleiche Buch lesen wie sie, vielleicht zur selben Zeit das gleiche Kapitel. Wir würden uns im Fernsehen das Gleiche anschauen. Und uns mit dem gleichen Alkohol betrinken. Ohne zu zögern borgte sie mir Geld, das sie wohl für etwas wie Papierschnipsel aus einem Gesellschaftsspiel hielt. Für das Flugticket gab sie mir eine ziemlich große Summe in bar. Ich versprach, dass ich es ihr bei unserem nächsten Treffen bis auf den letzten Cent zurückzahlen würde. Wahrscheinlich hat sie mir nicht geglaubt.

Am Morgen wusch ich mir meine Hände nicht. Ich zog frische Unterwäsche an, weil das mein Job erforderte, aber meine Hände ließ ich schmutzig. Ich bat Sophie um ein paar Sachen, und sie gab sie mir bereitwillig. In meiner Tasche hatte ich ihre Hemdchen und T-Shirts. Ein paar Stücke würde ich von nun an immer bei mir haben, vor allem Unterwäsche. Mit einem Expressbus fuhr ich die

Stadtautobahn entlang, um einen frühen Flug zu erwischen. Die Fahrbahn schlängelte sich durch die Vorstädte von Lissabon. Wenn ich konnte, steckte ich gierig meine Nase in Sophies Sachen. Das belebte mich.

Zwei Stunden später flog ich mit einem Billigflieger nach Mitteleuropa zurück. Ich war gerade erst kurze Zeit allein, aber schon drauf und dran, wahnsinnig zu werden. Ich hoffte, Sophie noch in derselben Nacht wiederzusehen. Das Flugzeug sank aus dem grauen Winterhimmel langsam in Richtung Stadt hinab. Wir landeten bei kaltem, feuchtem Wetter. Vor ein paar Jahren hätte ein Taxi auf mich gewartet, doch heute musste ich mich auf den Weg zu der vom Rost angefressenen Haltestelle des öffentlichen Nahverkehrs machen. Schon in der Flughafenhalle fand ich auf meinem Handy mehrere verpasste Anrufe. Ich fragte meine Mailbox ab. Zwei Stammkundinnen hatten sich gemeldet, die Österreicherin Tereza und eine ältere Russin. Ich rief sie zurück und verabredete zwei Treffen nacheinander im selben Hotelzimmer.

Bei der Agentur-Hotline hatte man beiden Damen mitgeteilt, dass ich nicht mehr dort arbeiten würde. Die Kundinnen wollten nun von mir direkt wissen, was passiert sei. Gut, dass ich ihnen meine Nummer gegeben hatte. Ich sagte ihnen, dass ich mich selbständig gemacht hätte. Ohne die Agentur-Provision käme sie das Treffen auch billiger, deshalb sollten sie sich lieber gar nicht erst wieder bei der Firma melden. Alles bliebe zwischen uns – und ich würde mich noch intensiver um sie kümmern als früher. Ich wusste, dass das Probleme geben würde. Aber ich brauchte Geld. Wie schon so oft. Ich sagte mir, dass ich dadurch Sophie den geliehenen Betrag zurückgeben könnte.

Ich stieg aus dem überfüllten Bus aus. Es war Mittwoch, der 24. Dezember. Heiligabend. In der Nacht hatte es zehn Zentimeter geschneit, was einen Verkehrskollaps im Zentrum ausgelöst hatte.

Die Motoren in den Staus röchelten heiser, und die nervösen Fahrer hupten. Auf der Fahrbahn war der Schnee schon getaut, aber auf den Fußwegen war er liegen geblieben. Ich musste mich zu jedem Schritt zwingen. Ich hatte nur wenig geschlafen, wenn man den fieberhaften Zustand, in dem ich die Nacht durchgemacht hatte, überhaupt Schlaf nennen konnte. Ich wünschte mir, in eine andere Richtung zu gehen – zu Sophie. Es reichte, an meinen Fingerspitzen zu schnuppern, und durch meinen Kopf schoss ein Strom von Vorstellungen und Bildern. An einer Haltestelle versteckte ich mich in einer dunklen Nische des Wartehäuschens. Konzentriert roch ich an meiner Hand, und manchmal hatte ich das Gefühl, dass ich mich an der Grenze zu einem Trance-Zustand befand oder sogar schon jenseits davon war. Auf der Straße hielt ich mir Sophies Accessoires nur für einen kurzen Moment unter die Nase, aber in dem Versteck genoss ich es ohne Unterbrechung für eine Minute und länger.

Ein Körper gibt ungefähr 200 verschiedene Gerüche ab. Olfaktorische Erinnerungen sind die stärksten von allen. Bis jetzt hatte ich mir immer die Hände gewaschen. Das hatte man mir von klein auf so beigebracht. Einseifen, schrubben, abspülen. So sah der Beginn der Erziehung in der Familie aus, und später auch in der Schule. Zuerst Seifen, Shampoos, Babypuder und Cremes. Später Duschgels, Lotions, Conditioner, Parfums, Gesichtswasser.

Der Frost biss mir in die Zehen. Ich musste weiter. Mehrere Passanten liefen eilig mit Nadelbäumen auf der Schulter an mir vorbei. Verkäufer lockten Kunden zu ihren Ständen mit Würstchen und Maroni. Auf einem Parkplatz wurden aus großen Bottichen Karpfen verkauft. Die Kaufhäuser hatten sich in riesige Geschenkkartons verwandelt. Ich wusste, dass ich wieder kein erhebendes Weihnachtsfest haben würde.

Obwohl ich es eilig hatte, betrachtete ich beim Gehen ab und zu mein Spiegelbild in den Fenstern parkender Lieferwagen oder in den seitlichen Rückspiegeln. Ich hoffte, dass man mir die Müdigkeit nicht allzu sehr ansah. Ich näherte mich dem Madison-Hotel, aber in Gedanken war ich ganz woanders. Es war mir egal, ob der Westen jetzt im Osten war. Es war mir egal, ob im Land neue Regeln galten oder noch die alten und ob die Zeit zweimal oder sogar dreimal so schnell verging wie vorher. Es war mir egal, um wie viel Prozent diesen Monat die Wirtschaft wieder gewachsen war.

Nur in einer Sache war ich mir ganz sicher.

Ich war dreißig, und zum ersten Mal in meinem Leben liebte ich einen anderen Menschen.

6.

Im Hotel fiel mir voller Entsetzen ein, dass ich keinen Anspruch mehr auf das Zimmer hatte. Zum ersten Mal betrat ich das Madison als privater Gast. Ich bekam Gänsehaut. Die Leute an der Rezeption kannten mich und verhielten sich wie üblich diskret. Automatisch reichten sie mir die Keycard, die dort wie immer bereits in einem gelben Umschlag auf mich wartete. Mit dem Aufzug fuhr ich in die fünfte Etage.

Die Firma unterschätzte mich. Ich war erleichtert, dass ich hineingekommen war, aber mir war klar, dass ein nicht bezahltes Zimmer schnell auffliegen würde. Beim nächsten Mal müsste ich das anders angehen.

Im Fahrstuhl inhalierte ich noch einmal Sophie. Ich wusste, dass das für längere Zeit das letzte Mal war, also sog ich es ein bis tief in meine Stirnhöhlen, damit es sich dort festsetzte. Rosenöl, Sandelholz, Jasmin, Salbei, Patschuli – Düfte, die am stärksten an die Ausdünstungen des menschlichen Körpers erinnern. Doch ich wollte keine Kopie mehr, sondern das Original.

Drei Minuten später begrüßte ich nach drei Jahren einmal wieder

Tereza, die ihr Haar kurzgeschnitten trug. Das stand ihr gut. Aus der blonden Mähne war ein filigraner glatter Helm geworden. Nur die hohen Wangenknochen nahmen den Augen ihre Zartheit.

»Ich bin froh, dass du mich nicht vergessen hast. Ich hab mich schon richtig auf dich gefreut«, sagte ich.

»Krieg ich einen Rabatt?«, fragte sie mich, als sie ihren Kopf vom Telefon in meine Richtung wandte.

Sie legte sich aufs Bett und reckte mir ihre endlos langen gebräunten Beine zur Bewunderung entgegen. Sie stützte ihren Ellbogen mit der Hand ab und lächelte endlich auch einmal. Die Lampe beleuchtete die Umrisse ihres Körpers unter dem dünnen Stoff. Mein Blick streifte ihre nackten, gutentwickelten Brüste. Ich streichelte sie.

»Zehn Prozent«, schlug ich vor.

»Abgemacht«, antwortete sie.

Ich machte mich an die Arbeit.

Um halb zwölf vibrierte mein Handy. Auf dem Display sah ich Sophies Namen, und mein Pulsschlag beschleunigte sich schlagartig. Ich ging ran.

»Kann ich zu dir kommen?«, fragte sie.

»Das ist jetzt gerade ungünstig, sorry, ich bin bei meinem Vater, ich ruf dich gleich zurück«, antwortete ich.

Unter mir wand sich in dem hell erleuchteten Hotelzimmer die nackte Tereza. Ihr Körper hatte die Farbe weißer Perlen. Ich fuhr über die hauchzart behaarte Haut an ihren Schenkeln, die eine elastische Muskulatur umspannte. Den Spiegel am Kopfende des Bettes hatten wir verhüllt gelassen. Tereza störte es nicht, dass ich den Anruf angenommen hatte. Sie selbst telefonierte fast die ganze Zeit hindurch, die sie mit mir verbrachte. Sie zeigte mir dann nur, wo und mit welcher Intensität ich sie streicheln sollte, ansonsten beachtete sie mich nicht.

Als ich fertig war, musste ich mich gleich auf die nächste Kundin vorbereiten. Ich rief Sophie an, aber sie nahm nicht ab. Mein Mund war ausgetrocknet. Ich bestellte an der Rezeption das billigste Mittagsmenü, aber ich kam nicht einmal dazu, es anzurühren, denn an der Tür stand bereits die vor Kohle nur so strotzende Seniorin aus Moskau. Kennengelernt hatte ich sie vor zwei Jahren, und wir hatten uns ein paarmal getroffen, ich begleitete sie meist beim Shoppen in Wien. Ich nahm ihr die Berge von Einkaufstaschen aus der Hand. Die alte Frau mit faltigem Gesicht und weißen, kurzgeschnittenen Haaren war in einem teuren Kleid erschienen. Sie zeigte mir neue Modelle aus französischen Boutiquen, die aussahen, als wären sie für ein elfjähriges Mädchen gedacht, doch sie behauptete, sie für sich selbst gekauft zu haben.

Sie wollte sich nur ausquatschen. Diesen Wunsch erfüllte ich ihr höchst freizügig. Ich wusste, dass mein gespieltes Interesse gut ankam. Sie sah auf eine fast schon lächerliche Weise zufrieden aus. Kaum bekam diese erfolgreiche Karrieristin Gelegenheit, über ihren eigenen Erfolg zu sprechen, vergaß sie alles andere. Geistesabwesend hörte ich ihr zu, und an den richtigen Stellen nickte ich oder sagte: »Hm.« Meine Meinung interessierte sie nicht. Ich war es gewohnt, Staffage zu sein, allein das Beipflichten verlieh meiner Anwesenheit überhaupt Sinn. Für einen Moment nickte ich sogar weg. Sie bemerkte es gar nicht. Am Schluss drängte ich sie, mir den gesamten Betrag in bar zu bezahlen und nicht nur Trinkgeld zu geben.

Mit den Geldscheinen in der Tasche verschwand ich aus dem Hotel. In einem Kiosk an der Ecke kaufte ich mir zum ersten Mal im Leben ein Buch. Das gleiche, das auch Sophie las. Ich nahm auch ein Fernsehprogramm für die Weihnachtsfeiertage mit. Es hatte über dreihundert Seiten.

Ich ging in das Shopping Center in der Innenstadt, um etwas

zu essen und gleichzeitig den Großeinkauf für die nächsten Tage zu erledigen. Es war ein bisschen wärmer geworden, draußen gab es Schneeregen. Von den überhängenden Ästen rann das Wasser in Strömen herab und trommelte auf das Dach.

Stumpfsinnig lief ich zwischen den Regalen herum. Neonlampen leuchteten mir ins Gesicht. Ziellos irrte ich durch die Abteilungen, stieß gegen Leute und Waren. Ich rannte auf und ab durch die gigantische Halle, doch ich berührte nichts. Im Kinderparadies thronte ein einziger, schon etwas zu großer Junge. Die stickige Wärme im Innern des Geschäfts mischte sich mit dem Ölgeruch von den Imbissständen. Mir wurde klar, dass ich hier garantiert nichts kaufen würde, dass ich auch nichts suchte außer dem Ausgang.

Da sah ich Sophie – nur zehn Schritte von mir entfernt. Ich erstarrte vor Schreck. Ihre kindliche Körpergröße stand in starkem Kontrast zu ihren sehr weiblichen Formen. Mit Juliette kam sie genau auf mich zu. Der Mann rechts von ihr musste ihr Vater sein und das Kind ihr Bruder Pascal. Sophie sah mich, ließ sich aber nichts anmerken. Sie ging an mir vorbei, dabei blinzelte sie nicht einmal, sondern starrte nur irgendwohin in die Ferne. Juliette wurde unsicher, aber ihr Mann telefonierte gerade und bekam davon nichts mit.

In diesem provinziellen Bratislava kannte jeder jeden, man konnte keinem aus dem Weg gehen. Wie auf dem Dorf.

Ich sah Sophie nach. Ihre Jeans warfen hinten überhaupt keine Falten, und auch in den Kniekehlen war der Stoff nicht zerknittert. Auch sie hatte sich umgedreht. Sie warf ihre glänzenden, vom Wind zerzausten Haare nach hinten. Mit den Lippen deutete sie mir irgendetwas an, aber ich verstand nicht, was.

Wusste sie, wo ich gerade noch gelegen hatte? Hätte sie mich vor dem Hotel sehen können?

Andauernd hatte ich ihren Vater vor Augen, einen kleinen untersetzten Mann mit bleichen, kurzgeschnittenen Haaren. Sein rundes Gesicht wurde von der waagerechten Linie seines weißen Schnurrbarts in zwei Hälften zerteilt. Seine Beleibtheit verursachte bei ihm einen finsteren Gesichtsausdruck und schwerfällige Bewegungen, doch er strahlte auch eine eigenartige Jovialität aus. Er war unrasiert, doch man hatte den Eindruck, dass das bei ihm die Ausnahme war. Sein Adamsapfel wollte nicht vom Kragen eingequetscht bleiben, er suchte nach einem Ausweg, den er direkt über dem Krawattenknoten fand.

Die Familie war längst um die Ecke verschwunden, und ich stand immer noch am selben Fleck.

Das Schaufenster der Parfümerie stellte einen Stall dar, mit Stroh und lebendigen Schafen. Bei einem Autohändler graste ein Kunststoff-Elch mit einer Strickmütze auf dem Kopf und einem MP3-Player um den Hals. Ich betrachtete die Einkaufenden auf den Rolltreppen wie ein Trugbild. Ich wusste nicht, wie ich hier wieder rauskommen sollte. Gerne hätte ich jemanden um Hilfe gebeten, aber die Worte blieben mir in der Kehle stecken. Ich hatte das Gefühl, dass mich jemand ansah. Ich spürte es von mehreren Seiten gleichzeitig. Intensive Blicke musterten mich und verfolgten jede meiner Bewegungen. Ich kannte das aus meiner Kindheit. Vielleicht ließ mich die Agentur schon längst überwachen, aber ich bemerkte es erst jetzt. Oder bildete ich mir das nur ein?

Ich starrte auf den Fußboden, auf dem eben noch Sophie gestanden hatte. Das Bild verschwamm. Ich erkannte mich selbst nicht wieder. In meinen Augen standen Tränen.

7.

Ich lag auf dem Sofa, rauchte und las ein Buch, das gleiche wie ein paar Kilometer von mir entfernt vielleicht in diesem Moment auch Sophie. Ich fand es nicht besonders spannend. Ich zappte mich durch französische Unterhaltungssendungen, die mir ziemlich traurig vorkamen.

Drei Minuten und sechzehn Sekunden telefonierte ich mit meinem Vater. Ich sah die genaue Gesprächsdauer auf dem Display. Wir schafften es dennoch, uns zu streiten. Für mich ein weiterer Heiligabend allein. Ich nahm einen Schluck aus meinem Glas. Auf dem Boden war noch ein Rest Wodka. Gesellschaft leistete mir lediglich das laute Partyvolk in der Nachbarwohnung. Der Mond schaute gleichgültig in mein Zimmer herein. Der Wind wurde stärker, die Fensterscheiben vibrierten, die Rahmen quietschten, Laub attackierte das Haus.

Ich rieb mir die Augen, um die Schwere der durchgemachten Nacht zu vertreiben. Ich freute mich, dass sich Stammkundinnen meldeten, aber gleichzeitig hatte ich Angst. Was, wenn sie das in der Agentur erfahren würden? Schon allein bei dem Gedanken überfiel mich die Panik. Über solche Fälle kursierten Legenden. Bei so was hatten die Wachschutzleute der Firma alle Hände voll zu tun. Noch mehr grauste mir vor einer ganz anderen Sache: Was, wenn Sophie jemanden träfe, der viel jünger und attraktiver war als ich?

Früher hatte ich in gewisser Weise Männer beneidet, die sich für eine Frau begeistern konnten, die ihr hinterherjagten wie von Sinnen. Sie reisten ihrer Partnerin auch Hunderte von Kilometern mit dem Zug oder dem Flugzeug nach, manchmal nur für ein paar Tage oder auch nur Stunden. Ich selbst hatte nie etwas in der Art getan. Die Frauen kamen ausschließlich zu mir. Ich begriff nicht, warum es für jemanden wichtig war, ob er zwei, drei oder zehn Mädchen gehabt hatte. Mich interessierten sie sowieso nur, wenn sie bereit waren zu zahlen. Bis heute.

Ich war eingeschlafen und wurde vom Klingeln meines Telefons geweckt, von Sophies leiser, unsicherer Stimme, in der eine besondere Nachdrücklichkeit lag.

»Kann ich zu dir kommen?«, flüsterte sie.

»Natürlich«, antwortete ich und gab ihr meine Adresse.

Ein dumpfer Schlag war zu hören, wie ein Schuss. Ihr war wohl der Hörer aus der Hand gerutscht und gegen die Wand oder auf den Tisch geknallt. Lärm. Dann ein Knacken – irgendwer hatte aufgelegt. Garantiert nicht sie. Ich musste einen klaren Kopf kriegen und ging unter die Dusche.

Als ich aus dem Bad kam, sah ich mich im Zimmer um, und mir wurde klar, was für eine Unordnung herrschte. Sophie würde zum ersten Mal sehen, wo ich wohnte. In panischer Hast räumte ich auf, denn sie konnte jeden Moment hier sein. Ich machte das Bett, steckte meine Strümpfe in die Schubladen und legte die Zeitschriften auf dem Tisch ordentlich hin.

Keine fünf Minuten später hielt vor meinem Haus ein Taxi.

Als sie mich an der Tür sah, blitzte in ihren Augen ein eigenartiges Leuchten auf. Ihre Kinderfinger waren wie immer – ob es nun draußen frisch war oder heiß – kalt. Frostig berührten sie meinen entblößten Hals. Sophie schaute zu meinen kreischend bunten Comics mit ihren gelben, blauen, roten oder neonfarbenen Buchrücken. Sie umringten jeden Besucher meiner Wohnung von allen Seiten und lagen stapelweise in den Bücherregalen. Sie sagte nichts. Nicht einen Satz.

Sie schüttelte ihre braunen Haare nach vorn und hob eine Hand, um sich zu überzeugen, dass sie nicht mehr auf ihren Schultern lagen. Sie setzte sich, fuhr sich mit beiden Händen hinter den Rücken und hakte ihren BH auf. Ich konnte meine Augen nicht von ihr losreißen. Sie ergriff ihren Rock, stützte sich auf dem Ellbogen ab und rückte sich im Sessel zurecht. Sie öffnete den Reißverschluss und zog Rock wie Strumpfhosen aus. Dann winkelte sie ein Knie an, warf ein Bein über den Rand des Sofas und spreizte die schlanken Schenkel mit der senkrechten Furche im Schoß. Schließlich packten mich ihre Hände bei den Hüften und zogen mich zu sich heran.

Ich wusste nicht, ob ihre Eltern schon schliefen, ob sie zu einer Weihnachtsparty aufgebrochen waren, ob sich ein Kindermädchen um Pascal kümmerte. Vielleicht war Sophie ausgebüchst, nachdem die anderen schlafen gegangen waren. Obwohl ich es mir sehr wünschte und es auch laut aussprach, übernachtete Sophie nicht bei mir. Sie fuhr mit dem Taxi wieder nach Hause, morgens um vier.

Ich trank den Rest aus der Flasche und starrte aus dem Fenster in die Dunkelheit. Über Nacht war wieder ein bisschen Schnee dazugekommen. Ich wusste, dass es niemanden gab, der ihn wegräumen würde. Dann überwältigte mich die Müdigkeit. Sophie hatte ich zu Weihnachten einen einzigen Gegenstand geschenkt: meinen Wohnungsschlüssel.

8.

Sophie blieb mit ihrer Mutter in Bratislava. In den nächsten beiden Wochen trafen wir uns fast jeden Abend bei mir zu Hause. Manchmal wartete sie sogar schon auf mich, wenn ich später kam. Auf der Straße mussten wir so tun, als würden wir uns nur vom Sehen kennen. Sie wohnte in einer Luxusvilla in der teuersten Gegend, dem Hafenviertel unweit der Innenstadt. Sie kam immer mit dem Taxi zu mir, jedes Mal mit einem anderen. Kaum war die Tür ins Schloss gefallen, stürzten wir uns aufeinander. Meine Beziehung zur Wohnung hatte sich dank Sophie verändert. In jedem Gegenstand, den ich anschaute, sah ich sie.

»Bleib wenigstens ein Mal über Nacht bei mir! Lass uns zusammen irgendwo hingehen!«, bettelte ich.

Ich konnte nicht glauben, dass ich so etwas sagte, und ich hätte sonst was getan, damit sie wenigstens eine halbe Stunde länger geblieben wäre. Ich wusste über Sophie gar nichts. Und sie auch nicht viel über mich. Sie hatte keine Ahnung, wie ich mir weiterhin meinen Lebensunterhalt verdiente. Ich traf mich heimlich mit meinen Kundinnen, aber nicht mehr im Madison und auch in keinem anderen Hotel. Ich ging zu ihnen nach Hause, sodass die Terminplanung immer komplizierter wurde. Ununterbrochen belog ich Sophie. Aber ein anderer Job war nicht in Sicht. Es nahm mich schwer mit, dass ich Sophie oft zurückweisen musste, um meine Arbeit zu schaffen.

Am Telefon fragte sie immer bloß: »Kann ich?«

»Der Regisseur ruft mich gerade ins Studio, ich muss das noch fertig machen, ich hätte eigentlich gar nicht abheben dürfen, aber ich hatte solche Sehnsucht nach deiner Stimme«, log ich.

»Entschuldige, ich kann gerade nicht, ich steh mit dem Auto mitten auf einer Kreuzung«, sagte ich ins Telefon.

Unter mir auf dem breiten Bett warf sich eine koreanische Mutter dreier Kinder ekstatisch hin und her.

»Ruf mich doch bitte gleich noch mal an, ich kriege gerade Anweisungen von der Produzentin«, behauptete ich, während ich in einer Boutique vor der Anprobekabine auf eine reiche Greisin wartete, der ich die Einkaufstüten tragen musste. Ich hatte Sophie erklärt, dass ich mich, seit bei ESKORTA Schluss war, in der neuen Branche besonders anstrengen musste, um Fuß zu fassen. Deshalb sei ich so oft bei Proben und in Tonstudios, lerne Serien zu synchronisieren und Werbung zu drehen. Ich weiß nicht, ob sie mir glaubte. Wahrscheinlich eher nicht.

Die Tage vergingen schnell. Die Nächte wurden immer kürzer.

Zwei Stunden, nachdem Sophie die Wohnung verlassen hatte, stand ich schon wieder auf, denn mich erwartete die nächste Deutsche, Italienerin, Amerikanerin, Koreanerin oder Russin. Ich wollte in Sophie nicht den leisesten Verdacht wecken. Vor jedem unserer Treffen untersuchte ich im Spiegel penibel mein Gesicht mit den müden Augen. Ich presste mir den Handrücken so kräftig gegen die Lippen, bis sie zu brennen anfingen. Danach musterte ich mein Hemd und den Kragen. Ich zog mich im Bad aus und warf meine Sachen über den Heizkörper, damit sie schnell auslüfteten. Ich setzte mich auf den Wannenrand und sah zu, wie das Sonnenlicht durchs Fenster hereinschien, und hatte das Gefühl, als hätte es mich bei etwas ertappt. Die Geheimniskrämerei führte dazu, dass ich nicht mehr wusste, was ich noch verraten durfte und was nicht.

Außerdem war im letzten halben Jahr die Situation in der ganzen Branche komplizierter geworden. Escort-Agenturen waren zu Zielscheiben heftiger medialer Angriffe geworden. In der Stadt breitete sich ein neuer Puritanismus aus. Leute, denen ich noch vor zehn Jahren auf wilden Partys begegnet war, pilgerten nun barfuß zu Wallfahrtsorten, baten um Vergebung für frühere Sünden und beteten lautstark im Fernsehen. Ein Drittel aller Kanäle strahlte nur noch Messen aus. Mädchen im Teenageralter schworen ihren Vätern öffentlich Jungfräulichkeit bis zur Hochzeitsnacht. Auf Flughäfen entstanden immer mehr riesige Gebetsräume mit dem Piktogramm der jeweiligen Religion an der Eingangstür. Ein Teil der politischen Parteien ähnelte fanatischen Sekten, und ihre Anführer schwangen Reden wie Vorbeter. Abtreibungen waren wieder illegal. Eine Politikerin, die früher zu meinen Kundinnen gehört hatte, setzte sich dafür ein, dass Homosexuelle nicht mehr an Grundschulen unterrichten durften. ESKORTA musste ihre Reklame im öffentlichen Raum einstellen und ihren Internetauftritt aus dem Netz nehmen.

9.

»Ich hab vier Tage Zeit. Lass uns aus der Stadt rausfahren«, sagte Sophie am Telefon.

Ich glaubte zu träumen. Bei unseren Treffen rechneten wir sonst meistens in Minuten.

»Wohin denn?«

»Egal. Die Kälte in der Stadt bringt mich um. Und ich wollte sowieso endlich dein Land sehen.«

Ich selbst kannte außer Bratislava nichts. Mein ganzes Leben war ich noch nicht auf dem Land gewesen. Das Kuhkaff, das sich Hauptstadt schimpfte, reichte mir vollkommen aus. Ich zögerte nicht einen Moment.

»Sag, wo und wann ich dich abholen soll.«

Eine Stunde später stieg Sophie vor ihrer Villa in mein Auto. Wir machten uns auf den Weg. Ich hatte noch nie eine Beifahrerin gehabt. Auf geraden Straßen drehte ich mich hin und wieder für einen Moment zu ihr. Auch sie schaute mich an. Ich wusste nicht, wohin ich fuhr. Ich hatte kein Ziel, wollte nur neben Sophie sitzen. Ich verbrachte Zeit mit einer Frau, ich verdiente nichts dabei, es störte mich nicht. Ich spürte eine Euphorie wie schon lange nicht mehr.

»Wir fahren ins Thermalbad und dann zu einer Hütte in den Bergen«, verkündete Sophie.

»Ihr habt eine Hütte auf dem Land?«

»Mein Vater hat ein altes Haus gekauft«, antwortete sie. »Er hat es noch nicht geschafft, es umbauen zu lassen. Ich hab den Schlüssel mitgenommen.«

Ihre Eltern waren mit Pascal im Silvesterurlaub in den Schweizer Alpen; Sophie hatte sich geweigert, mitzufahren, und schließlich hatten sie eingewilligt, dass sie allein zu Hause bleiben dürfe. Wir würden vier Tage zusammen verbringen!

»Weißt du genau, wo sie hin sind?«, fragte ich.

»Nach Davos.«

»Weißt du auch, in welches Hotel?«

»Schatzalp.«

»Echt?«

»Kennst du das?«

»Ziemlich gut.«

»Warst du mit einer Kundin dort?«

»Nein, privat«, sagte ich im Brustton der Überzeugung. Lügen konnte ich schon immer ausgezeichnet.

Vor mir lagen fünf Stunden Autofahrt in Richtung Nordosten, aber das machte mir nichts aus. Endlich begleitete nicht ich jemanden, sondern jemand begleitete mich. Ich raste die Autobahn entlang, die nach hundert Kilometern zur Schnellstraße wurde und schließlich zur Landstraße. Je weiter ich mich von Bratislava entfernte, desto verrückter wirkte der Verkehr. Die Fahrer wechselten abrupt die Spur, verstießen gegen alle denkbaren Regeln, und ab und zu fuhren sie auch über den Randstein, um langsamere Fahrzeuge zu überholen. Sophie kam es unglaublich vor, dass ich noch nie aus Bratislava herausgekommen war. Ich erwiderte, dass sie schon bald begreifen würde, warum nicht. Langsam dämmerte es ihr.

Die Straße wurde oft von Kuhherden gekreuzt oder von Pferdegespannen blockiert. Vom Asphalt waren nur minimale Reste übrig, die Fahrbahn von nasser Erde und Pfützen bedeckt, die kleinere Seen bildeten. Neben kantigen Häuschen schufteten frustrierte Bauern.

Wir machten in einem der Aquaparks halt, die sich in verschiedenen Regionen rasch vermehrten. Sophie hatte einen Reklamezettel dabei, der ein antikes Bassin, geheizte keramische Liegen und Wasserspäße nach römischem Vorbild versprach. Ebenfalls sollten ein Bambuspool mit einer riesigen schaukelnden Melone, eine wasserspeiende Palme sowie eine Krokodilrutsche zur Verfügung stehen. Das klang vielversprechend. Wo sonst wären wir in den Genuss von Oxygentherapie, Infrasauna, »Neros Hölle« oder etwas Rätselhaftem namens »Bolero Juro Fango« gekommen?

Die Industrieabgase der Stadt wurden von sauberer Landluft abgelöst. Wir passierten von Schneeresten gefleckte Felder. Ich hätte nie gedacht, dass auch so weit von der Metropole entfernt zivilisierte, bewohnte Gebiete zu finden waren. Je weiter wir nach Norden kamen, desto melodiösere und weichere Namen trugen die Orte. Autos gab es zusehends weniger.

Wir erreichten eine Kleinstadt am Fuße des Gebirges. Der Schnee war weggetaut und die nasse, schmutzige Erde kam zum Vorschein. Bloß die höher gelegenen Wälder strahlten noch weiß überzuckert. Pfeile lotsten mich zum Aquapark. Ich freute mich auf das heiße Wasser und auf Sophie in Badesachen. Nach den letzten Häusern der Stadt fuhren wir zuerst an einem knallbunten Einkaufszentrum aus Plastik vorbei, wo die Einwohnerschaft offensichtlich gern ihre Freizeit verbrachte. Dafür war der angenehm altmodische Marktplatz gähnend leer gewesen. An einer Kreuzung, bei der die Ampeln fehlerhaft eingestellt waren, musste ich unglaublich lange stehenbleiben und warten. Auf den Straßen verkehrten ausschließlich Oldtimer-Raritäten aus sozialistischer Produktion, die gut in ein dekadentes Design-Museum gepasst hätten. In der Luft hing der Benzingestank der alten Škodas, Shigulis und Trabis.

Wir näherten uns dem See, wo uns eine riesige Anzeigetafel mit gelben Sternen auf blauem Grund begrüßte, als passierten wir gerade einen Grenzübergang in die Europäische Union. Hier sollte nun der weitläufige Aquapark anfangen. Eigentlich hätten wir längst da sein müssen. Ein kompliziertes Info-System regelte detailliert, wo und wann man abzubiegen hatte. Doch schnell wuchs meine Verwirrung. Der Pfeil zum »Autocamping C1« leitete uns mitten in den dichten Wald. Die »Pension PE3« stellte sich als Gartenlaube heraus, die mit drei Ketten versperrt war. Die »Driving Range« war hüfthoch mit Unkraut überwuchert und außerdem mit einem Weg aus Steinplatten durchzogen, der von nirgendwo nach nirgends führte. In der einzigen bewohnten Hütte erfuhren wir, dass die EU Mittel für das Info-System bereitgestellt hatte, doch mehr Geld hatte man nicht auftreiben können. Und so hatten sich die Investoren nach und nach aus dem Projekt zurückgezogen. Zögernd betraten wir das letzte noch geöffnete Restaurant. Die beiden Personen darin, zwei Kellner, bekamen einen riesigen Schreck – offenbar dachten sie, wir seien Geldeintreiber. Das Einzige, was auf dem Areal noch nicht geklaut war, waren die Klettergerüste, denn die waren zu tief im Boden festbetoniert worden.

Wir fuhren zurück ins Städtchen, aber ich fühlte mich nicht enttäuscht. Wir kamen wieder an die Kreuzung, die wir schon kannten. Diesmal bog ich auf Sophies Anweisung hin links ab und stellte fest, dass ich tatsächlich viele Sachen über mein Land nicht wusste. Die Straße stieg erst an, dann fiel sie wieder ab. Hinter jeder Erhebung reckte sich eine noch höhere über die Landschaft hinaus. Diese Abkürzung führte uns direkt in die benachbarte Dritte Welt.

Im sattgelben Nachmittagslicht erstreckte sich vor uns eine Mulde mit langen Schatten. Zu beiden Seiten der Straße war alles grau: vertrocknetes Gras, ärmliche Häuser mit spitzen Dächern, vom Frost zerstörtes Unterholz, nasse Heuhaufen und schwarze Zäune, die nichts schützten. Die Zeichen der modernen Zivilisation waren verschwunden. Keinerlei Reklametafeln oder Plakatwände, auch keine Einkaufszentren und Auslieferungsdepots, keine Bäderwelten, Teppichparadiese oder Bettenstudios, weder Baumax, Tesco, Billa noch Ikea.

Die sozialistische Mustersiedlung war zu einem Roma-Ghetto geworden. Mehrere Außenwände der Plattenbauten waren von ihren

Bewohnern aus unerfindlichen Gründen herausgerissen worden, sodass wir von der Straße aus direkt ins Innerste des dortigen Lebens blicken konnten. Mitten in den Wohnzimmern brannten Lagerfeuer. Wasser wurde mit Eimern von irgendwo weiter hinten geholt. Kinder tobten ohne Spielzeug auf Betonquadern herum, barfuß, in billigen Stoffschuhen oder in Latschen aus Autoreifen. Auf einem Parkplatz stand das zerbeulte Wrack eines Lastwagens. Aus dem Kies ragten rostende Stahlträger heraus. Die Straße führte von hier aus nicht weiter.

Einige Familien lebten in durchnässten Zelten, die aussahen, als würden sie gleich auseinanderfallen. Mitten in dieser Heimsuchung aus Regen und Matsch hängten zwei Mädchen in braunen Trainingsanzügen Wäsche auf. Nicht weit davon entfernt stellte eine Gruppe von Arbeitern in blauen Uniformen gerade eine zwei Kilometer lange Mauer fertig, die bald schon den ganzen Siedlungskomplex umschließen würde. Die riesige Betonwand war an vielen Stellen schon mit Graffiti besprüht. Die Bauarbeiter wurden von einer mit Maschinengewehren bewaffneten Anti-Terror-Einheit beschützt. Einer der Soldaten beobachtete uns mit einem Feldstecher. Ins Ghetto würde man nur noch durch einen Kontrollposten mit Schlagbaum kommen. Gleich nebenan stand eine kleine Hütte für die Wache und ein grünes Militärzelt voller Soldaten. Die Scharfschützen kontrollierten die Einheimischen beim Kommen und Gehen. Auf der anderen Straßenseite ragte schwarz das geschlossene Schulgebäude mit eingestürztem Dach auf. In den Ecken der kaputten Fenster hatten sich Vögel ihre Nester gebaut. Die frühere Einrichtung hatte irgendwer abmontiert, und durch die riesigen Öffnungen in der Wand pfiff der Wind.

Ich parkte vor einer Kneipe, denn Sophie wollte auf jeden Fall alles aus der Nähe betrachten. Die Hausdächer strotzten vor Satellitenschüsseln und dicken Kabeln, die von Leitungsmasten abgezweigt waren. Einige Bewohner kamen aus dem Innern ihrer Häuser auf mein Auto zu und schwankten dabei so, wie ich das nur aus Fernsehtrailern für zweitklassige Horrorfilme kannte. Sie sammelten sich um mein Auto und berührten mit den Fingern die Motorhaube und die Kofferraumklappe, um sich zu wärmen.

Vorsichtig stieg ich aus – mitten in einen Haufen Taubenkot hinein. Eisengitter trennten das Lokal in einen slowakischen Teil und einen für Roma. Wir gingen in den für Roma. Auf Empfehlung des Wirts wuschen wir uns die Hände in Chlorlösung. Vor kurzem war im Ort Tuberkulose ausgebrochen. In der Kneipe stand auf dem Tresen eine Blechdose mit stinkendem flüssigen Talg, in dem die Flamme des Dochts schwamm. Flackernde Reflexe krochen über das verwilderte Gesicht des Barmanns. In der Grabesstille, die um uns eingetreten war, bestellten wir etwas zu trinken, ich ein alkoholfreies Bier und Sophie einen Schnaps. Sie kippte ihn sofort hinunter und bestellte noch einen.

Ungläubig sah ich mich um. Die Ziegelwände zerbröselten vor Feuchtigkeit. Man saß auf Bänken, die mit klebrigem Wachstuch bedeckt waren. Vor dem Fernseher spielten Kinder mit dem neuesten Modell einer Spielekonsole. Neben einer silbernen Stereoanlage thronte ein Haufen selbstgebrannter CDs. Geheizt wurde in einem halb zerfallenen Öfchen mit Holz. In einer Ecke schlief jemand in Gummistiefeln auf einem Lager aus frisch gebrochenem Reisig. Auf dem Boden lag eine leere Flasche vergällter Industriealkohol herum, den die Männer ins Spülbecken gegossen hatten und durch die Ärmelaufschläge ihrer Mäntel gefiltert tranken. Der Barmann schenkte auch Apfelwein aus, den er mit einer Alu-Kelle aus einem Gurkenglas schöpfte. An den massiven Hinterteilen der Frauen ächzten die Nähte.

Ein dunkelhäutiger Mann lud mich zum allabendlichen Hundekampf ein. Aus der Gesäßtasche seiner Jeans ragte ein Kamm heraus.

Er regte an, ich solle gleich einen ziemlich hohen Betrag auf die vermeintliche Gewinnerin setzen, eine mutierte Hündin, die aussah, als sei sie neben einem Kernreaktor aufgewachsen. Jemand schlug vor, man könne gemeinsam auf Katzen schießen, wenn ich für die Munition aufkommen würde. Beide Vorschläge lehnte ich dankend ab. Andauernd sah ich nach draußen zu meinem Auto. Es war von so vielen zusammengedrängten Leibern umgeben, dass ich es zeitweise nicht einmal erkennen konnte.

Kaum zu glauben, dass ich mich immer noch im selben Staat befand.

Ich hatte nicht mehr das Gefühl, dass der Westen jetzt im Osten war. Die Zeit verging nicht schneller, sondern sie schien seit Jahrhunderten stillzustehen. Ich hatte so meine Zweifel, ob in dieser Gegend überhaupt die gleiche Währung galt. Beim Zahlen der lächerlichen Summe stellte ich fest, dass dem so war.

Wir tranken aus und gingen. Ich erkannte mein Auto fast nicht wieder. Die Karosserie hatte zahlreiche Kratzer von Nägeln abbekommen und war an vielen Stellen eingedellt. Die Rückspiegel, ein Scheibenwischer und das Reserverad fehlten. Ich wagte nicht, mich zu beschweren. Durch die immer größer werdende Menge kämpfte ich mich zur Beifahrertür durch. Eilig schloss ich auf und half Sophie beim Einsteigen. Dann sprang ich auf der anderen Seite auch in den Wagen und betätigte sofort die Zentralverriegelung. Auf die Frontscheibe hagelten die Fäuste herab. Jemand trat heftig gegen den Kotflügel. Erleichterung stellte sich erst ein, als wir zurück auf der Hauptstraße waren.

10.

Die Reise durch die Heimat ging weiter. Wir fuhren Richtung Norden. Im Laufe der Zeit wuchs die Schneedecke um uns her. Das Wetter wurde schlechter. Der gefrierende Sprühregen wurde zum Schneetreiben. Graue Nebelschwaden senkten sich auf die Straße herab. Ich konzentrierte mich aufs Fahren, um nicht daran denken zu müssen, wie dieser gemeinsame Ausflug enden würde. Ich überholte auf jedem freien Abschnitt. Sophie schwieg die meiste Zeit, ab und zu kommentierte sie, was sie durchs Fenster sah. Wenn sie ein Hügel oder eine Ruine begeisterte, warf sie mit ruckartigen Bewegungen ihre Arme in die Luft, als würde sie versuchen, mehrere Gedanken gleichzeitig zu formulieren. Dann blätterte sie wieder schweigend in ihrem französischen Modemagazin.

Ich raste dahin und wünschte mir, die Fahrt möge nie enden.

»Lass uns im letzten Dorf vor der Hütte was essen gehen«, schlug Sophie vor.

Ich hielt in einer entvölkerten Ortschaft voller Hundegebell. Die Umrisse der Gebäude waren im alles aufweichenden Nebel kaum zu erkennen. Die Häuser duckten sich im stummen Zwielicht, hier und da flackerte die Flamme einer Laterne. Am lebendigsten wirkten die reglosen Krähen, die unter dem nackten Himmel auf einer Wiese hockten. Die Schatten, die von Zeit zu Zeit an den Mauern entlang vorbeitorkelten, gehörten zu Betrunkenen. In einem Fenster sah man das letzte Aufblitzen eines gerade ausgeschalteten Fernsehers.

Das Gebäude des Restaurants erinnerte von außen an eine Almhütte. Auch von innen. Die Einrichtung des Lokals war von Schaffellen, bäuerlichen Utensilien, Volkstrachten und bunten Heiligenbildern dominiert. Über den Fenstern hingen ausgestopfte Vögel von sonderbarer Gestalt und Größe. Das Tapetenmuster bestand aus folkloristischen Malereien. Wir bestellten Haluschki, eine Art Gnocchi mit Schafskäse. Auf der abgegriffenen Speisekarte waren die unglaublich niedrigen Preise mit der Hand geschrieben.

»Wir ziehen hierher!«, rief ich. »Das ist alles so unglaublich billig!«

Mein Handy hatte keinen Empfang mehr. Wenigstens würden mich meine Kundinnen nicht belästigen.

Eine Stunde später machten wir uns auf den letzten Abschnitt der Reise. Es schneite so stark, dass die ganze Gegend in dem weißen Nebel versank. Die Schneeflocken, die vom Himmel fielen, waren fast handtellergroß. Sophie dirigierte mich. Das Panorama aus Berggipfeln reichte bis in die Höhe von zweitausend Metern und mehr.

Ich bog von der Hauptstraße ab, und durch eine Felsenklamm kam ich in ein enges Tal. Die Straße war schmaler geworden, es war nur noch Platz für ein Auto. Zum Glück kam uns niemand entgegen. Das Tal mit seinen steilen Abhängen zu beiden Seiten stieg rasch in Serpentinen an. Neben der Straße stand nur hin und wieder ein einsames Haus. Aus den Schornsteinen rauchte es. Nach drei Kilometern und einigen gefährlichen Kurven wurde der Hang auf der rechten Straßenseite zur Felswand. Der dichte Baumbestand lichtete sich, hier konnten sich nur ein paar armselige, von Flechten grau gefärbte Kiefern halten. Nur mit Mühe zwängte ich mich durch die zugewucherte Straße. Der fahle Himmel nahm eine immer tristere Farbe an und war stellenweise kohlrabenschwarz. Die Gipfel um uns herum hüllten sich ebenfalls in dunkle Schleier. Der Wind heulte hier unten im Tal bedrohlich. Jede Kurve brachte neue Überraschungen. Neben der Straße ragten lückenhafte Reihen von Schneegattern auf und Häuser, aus deren Schornsteinen Rauch aufstieg. An einer rasanten Steigung blieben wir liegen. Ich stieg aus und musste an den Vorderrädern Schneeketten anbringen. Die kalte Luft drang in meine Lungen, sodass ich loshusten musste. Als ich wieder eingestiegen war, wischte ich mir den Schweiß von der Stirn. Wir fuhren dann nur noch ein kurzes Stück. Das Auto kam immer wieder ins Rutschen und sank ein. Die Straße war lange nicht geräumt worden.

Endlich erblickte ich das Ziel. Das großzügige Haus stand einsam am hintersten Talschluss. Die Konturen verschwammen bereits im Halbdunkel der einbrechenden Nacht. Es hätte sicher noch imposanter gewirkt, wenn es nicht fast komplett von Schnee bedeckt gewesen wäre. Am Giebel prangte ein Hirschgeweih. Die zugefrorenen Fensterscheiben waren gespenstisch tiefschwarz. Auf der gegenüberliegenden Anhöhe erstreckte sich ein uralter Friedhof mit verbogenen Kreuzen. Dahinter begann dichter, schwarzer Wald.

Wir stiegen aus und luden unter dem bedeckten Himmel unser Gepäck aus. Ich zog meine dünne Windjacke aus und dafür eine dicke Jacke mit Kapuze an. Trotzdem war mir kalt. Der Wind blies mir unablässig ins Gesicht. Plötzlich donnerte es. Der sich nähernde Vorhang eines Schneetreibens wurde von Blitzen zerhackt. Der Flockenwirbel wurde heftiger. Wir blieben stehen. Wir zwei allein. Ich hatte den Eindruck, dass wir am Ende der Welt gelandet waren.

Wir schlossen die knarrende Tür auf und gingen ins Haus. Drinnen herrschte noch größere Kälte als draußen. Das Thermometer zeigte minus dreizehn Grad. Im Wohnzimmer fanden wir in einer Falle eine Ratte, die von dem Schnappbügel und der starken Feder in zwei Hälften zerteilt worden war. Die Innenräume, fünf Zimmer mit niedrigen Decken, hatten eine seltsame und unregelmäßige Form. Der Boden unter unseren Füßen seufzte. An den mit Holz vertäfelten Wänden wechselten sich naive Gemälde mit Majolikastücken ab. An den Doppelfenstern hingen Gardinen mit ländlichen Motiven. Die Regale waren dicht mit glänzenden Herden aus Keramikschafen bestückt.

Sophie stellte fest, dass im Haus kein Wasser aus dem Hahn kam. Wahrscheinlich waren die Leitungen eingefroren.

»Wie sollen wir uns jetzt waschen?«, fragte ich.

»Was weiß ich? Wir können ja Schnee auftauen«, antwortete sie.

Mir fehlten die Worte. Doch das war noch nicht alles.

Es wurde klar, dass man hier nur mit Holz und Steinkohle heizte. Und aufs Klo ging man nach draußen, auf den Donnerbalken.

»Habt ihr einen Fernseher?«

»Wir sind hier außer Reichweite der Sender …«

Ich zog mir Thermohosen und Stiefel an. Zum ersten Mal in meinem Leben machte ich Feuer. In der Werkstatt fand ich Verdünner und begoss damit das Reisig und die Holzscheite. Dann loderten im Kamin die Flammen. Nach einer Weile breitete sich im Zimmer der bittere Geruch nach Harz und eine warme Gemütlichkeit aus. Solch wilde Exotik hatte ich noch nie erlebt, also würde ich sie jetzt in vollen Zügen genießen.

Plötzlich ertönte ein grauenvolles Geräusch, ein dumpfes, langgezogenes Krachen, ein endloses Rutschen. Ich hatte keine Ahnung, was das zu bedeuten hatte – es kam irgendwo von draußen. Zuerst dachte ich an ein Erdbeben. Das Haus vibrierte rumpelnd. Die Lampe begann zu schwanken. Keramikschalen fielen aus einem Regal und zerknallten auf dem Fußboden.

»Lieber Gott, steh uns bei!«, schrie Sophie.

Der Lärm dauerte noch eine Weile an, viel durchdringender als am Anfang. Dann gab es einen dumpfen Knall. Anschließend breitete sich Totenstille aus.

Sophie schaute sich verwirrt um: das weiße Kopfende des alten Ehebetts, an den Wänden Bilder mit melancholischen Landschaften und mit Liebespaaren, die bei Sonnenuntergang spazieren gingen, all die Porzellanfigürchen – eine anheimelnde Ordnung. Wir saßen in der Falle.

Nichts wie raus hier! Wankend watete ich durch riesige Schneewehen. Trotz der immer dichter werdenden Dunkelheit stach mir in die Augen, dass alles um uns herum weiß geworden war. Es blendete einen fast. Aus den Schneemassen ragten zerbrochene Elektromasten heraus. Das Auto war weg. Ich hatte nie zuvor mit eigenen Augen eine Lawine gesehen. Sie war nur wenige Meter vom Haus entfernt abgegangen. In der Luft schwebten immer noch Wolken aus aufgewirbelten Flocken.

Auf halber Höhe eines Abhangs hatte sich ein Schneebrett gelöst. Die gewaltige Welle hatte auch hohe Bäume abgeknickt und ganze Sträucher mit sich gerissen. Ich wollte Hilfe holen, aber das war unmöglich. Die Zufahrtsstraße gab es nicht mehr.

Wir waren abgeschnitten von der Welt, doch im Dunkeln konnte man sowieso nichts machen, und deshalb gingen wir nach einer Weile wieder nach drinnen. Das Gebäude nahm sich inmitten der Verheerung aus wie ein Trugbild. Ich zündete noch mehr Kerzen an. Ihr Strahlen beleuchtete das Mobiliar und Sophies bleiches, wächsernes Gesicht. Ich lehnte mich mit dem Rücken gegen die Keramikkacheln des Kamins und wärmte mich auf. Sophie setzte sich zu mir. Wir sprachen nicht.

In einem Transistorradio gelang es mir, einen Sender einzustellen. Zur vollen Stunde kamen Schneenachrichten. Die Schneemassen und die Lawinen hatten den gesamten gebirgigen Teil des Landes fest im Griff. Der Moderator meldete die ersten Todesopfer. Für uns würden sich die Rettungsmannschaften bestimmt nicht interessieren. Schnee war auch in Ländern gefallen, wo man jahrzehntelang keinen gesehen hatte. Die Wissenschaftler konnten sich nicht einigen, ob daran eine globale Abkühlung oder die globale Erwärmung schuld war.

»Wie kommen wir jetzt hier weg?«, fragte Sophie nach langem Schweigen.

Das fragte ich mich auch.

»Vorerst können wir nirgends hin. Das dauert möglicherweise Tage, bis sie mit den Schneepflügen durch sind. Damit müssen wir uns abfinden.«

»Was denkst du, wann sie uns finden?«

»Hierher kommen sie erst, wenn sie woanders fertig sind. Und das dauert noch eine Weile. Es ist ein weitläufiges Gebiet. Kann man hier irgendwo telefonieren?«

»Weiß nicht. Einen Festnetzanschluss haben wir nicht, außerdem sind die Leitungen runtergekommen.«

»Leben weiter unten Einheimische?«

»Ein Stück talabwärts wohnen ein paar Leute. Ich kenn die aber nicht.«

»Über sie könnten wir den Bürgermeister kontaktieren. Aber ich bezweifle, dass der eine Lösung für das Problem hat, der hat jetzt wichtigere Sorgen. Sicher ist die Hauptstraße verschüttet, die Verbindung nach Norden.«

»Und was, wenn wir länger als vier Tage hier bleiben?«

»Keine Angst«, sagte ich.

Aber in Wirklichkeit hatte ich selber Angst. Ich warf Reisig, Birkenholzscheiben und Holzscheite in den Herd. Mit einem Schüreisen zog ich rotglühende Kohlestückchen aus den Glutresten in die Mitte. Es dauerte nicht lange, und das Feuer begann wieder kräftig zu lodern. Ich schaltete das Radio ab. Geräuschen nach zu urteilen flogen auf dem Dachboden Fledermäuse herum. Über den Zimmerboden kratzten gelegentlich Krallen. Der von der Wand bröckelnde Putz raschelte leise. Aus den Ritzen drang Mäusegestank. Sophie trank am Tisch schon wieder ein durchsichtiges Getränk. Das gefiel mir nicht, und das sagte ich ihr auch.

»Ich muss mich aufwärmen«, verteidigte sie sich.

Trotz allem war ich mit der Situation nicht völlig unzufrieden. Einen Schneepflug würden wir auf jeden Fall von weitem hören. Wenn er bis hierhin vordringen würde, dann hätte der Fahrer sicher Mitleid und würde auch mein Auto befreien. Zum Abendessen kochte ich eine Nudelsuppe aus der Tüte. Genau die gleiche hatte mein Vater immer gemacht. So zeitig war ich jahrelang nicht schlafen gegangen. Als ich das Licht ausmachte, tastete ich mich bis unter die Bettdecke vor. Solch eine sichtbare Finsternis gab es normalerweise nur in Träumen. In der Stille der Nacht hörte ich das Knirschen des Schnees.

Das erste Mal verbrachte ich mit ihr eine Nacht ohne Sex. Stattdessen entdeckte ich etwas Neues: die Freude am Beobachten einer schlafenden Frau, ohne dass mich die Gier antrieb oder die Pflicht rief. Sie weckte mich, als sie sich in der Morgendämmerung an mich kuschelte. Ihre Schenkel und der Po waren eiskalt. Ich presste mich an sie und schlief wieder ein.

11.

Am Morgen erwachte ich vom Donnern eines Schneegewitters. Das Wetter hatte sich verschlechtert. Trotzdem machte ich mich nach dem Frühstück auf den Weg, um Hilfe zu holen. Wir mussten Kontakt mit der Außenwelt aufnehmen. Sophie hütete das Feuer.

Ich stapfte ins Tal hinunter. Nebel und Schneegestöber gingen ineinander über. Man sah die Hand nicht vor Augen. Ich sank tief in den frischen Schnee ein, biss aber die Zähne zusammen und versuchte schneller voranzukommen, um möglichst bald die nächste Ansiedlung zu erreichen. Beim Laufen zog ich mir den Schal fester um den Hals.

In gewisser Weise gefiel mir das eisige Chaos. Die Kälte sog mich mit einer Macht ein, von der ich früher keinen Begriff hatte. Mich packte die Euphorie, ich schrie sogar laut, doch meine Stimme wurde vom heulenden Sturm verschluckt.

Wo befand sich wohl gerade der Räumtrupp, der hierher unterwegs war?

Ich lief ziemlich weit, bis mir klar wurde, dass etwas nicht in Ordnung war. Ich stieg nämlich gar kein Tal hinab, sondern es ging sogar wieder leicht bergauf. Noch immer sah ich kein einziges Haus, obwohl ich schon längst auf eins hätte stoßen müssen. So lang war das Tal nun auch wieder nicht gewesen. Hatte ich mich verirrt? Ich blieb stehen und drehte mich mit dem Rücken zum Wind. In dem ganzen Weiß sah für mich alles gleich aus. Ich hatte die Orientierung verloren.

Es hatte keinen Sinn, herumzustehen. Der Wind beutelte mich, und die Kälte ging durch meine Sachen hindurch. Ununterbrochen rieb ich mir das Gesicht. Dann rannte ich in entgegengesetzter Richtung los. Mir kam es vor, als führte der Weg abwärts. Ein gutes Zeichen.

Kurz danach stolperte ich und fiel auf einen Haufen Steine, die von einer Schneewehe verdeckt waren. Vor Schmerzen wurde mir schwarz vor Augen. Irgendetwas in mir rebellierte, doch das Brennen im Bein dämpfte jede Wahrnehmung. Ich konnte nicht einmal sagen, ob meine Gliedmaßen erfroren oder zerschlagen waren, so sehr taten sie weh. Als ich aufstand, riss mir der Wind die Mütze vom Kopf. Einen Handschuh hatte ich auch verloren. Schnee rutschte mir in den Kragen und in die Ärmel. In dem Sturm schien mir, als würden vor meinen Augen die Schneewehen immer größer.

Panik ergriff mich, und es war etwas völlig anderes als das kühle Grauen, das ich vorher verspürt hatte. Ein Anfall hilfloser Verwirrung. Wahnsinn. Ich konnte mich nicht mehr auf den Beinen halten und ließ mich in den Schnee sinken.

Ich dachte an die perfekt geheizten Hotelzimmer, in denen ich so viel Zeit verbracht hatte, ohne dies zu schätzen. Erinnerte mich an die bequeme Hitze in den Armen von Frauen. Jetzt, wo ich es am dringendsten gebraucht hätte, war niemand zur Hand, der mich begleitet hätte. Es mussten mindestens anderthalb Stunden vergangen sein. Die Kräfte verließen mich. Ende. Aus.

Ich musste mich zusammenreißen! Ich stand auf und machte ein paar wütende wacklige Schritte. Dann begann ich zu rennen. Weder vor noch hinter mir sah ich irgendetwas. Ich stieß gegen eine Wand. Ich befühlte sie und fand eine Klinke. Eine Tür! Halb bewusstlos drückte ich darauf, ließ mich regelrecht auf sie fallen.

Die Tür ging auf.

Ich kippte nach drinnen und wurde ohnmächtig.

Als ich die Augen wieder aufmachte, sah alles um mich herum sehr seltsam aus, die Farben neblig verschwommen. Geräusche nahm ich verlangsamt und undeutlich wahr. Ich spürte das unüberwindliche Bedürfnis nach Schlaf. Irgendwo über mir bewegten sich Gesichter. Unaufhörlich bellte ein Hund. Jemand hob mich hoch. Mein Kopf baumelte lose herab, obwohl ich mit aller Macht versuchte aufzublicken. Alles um mich versank im Dunkeln. Ich schlotterte vor Kälte. Irgendwer hatte zudem meine Füße in kaltes Wasser getaucht. Meine Hände wurden mit einem in Alkohol getränkten Wattebausch abgerieben.

Über mir ragte eine etwa vierzigjährige Frau mit sportlicher Figur auf. Ihre glänzenden dunklen Haare waren kurz geschnitten. Beim Gehen hielt sie ihren Rücken gerade. Mit ihrem schmalen Hintern und den festen Hüften sah sie von hinten aus wie ein Junge. Sie hatte schöne, auffällige Brüste und eine fast durchscheinende Haut.

Ich war in weiße Handtücher eingewickelt. Meine extreme Müdigkeit wurde von Zuständen der Verwirrung unterbrochen. Arme und Beine gehorchten mir nicht mehr, sie schmerzten bis in die Finger- und Zehenspitzen.

»Wo bin ich? Was tun Sie da?«

»Beruhigen Sie sich, Sie sind in Sicherheit. Sprechen Sie nicht, wenn es nicht sein muss. Entspannen Sie sich, Sie müssen sich ausruhen«, sagte die Frau.

Obwohl sie direkt neben mir stand, hörte sie sich an wie ein fernes Echo. Ihr weicher Akzent kam mir bekannt vor.

Sophie fiel mir ein.

»Wie spät ist es?«, fragte ich.

Es war schon spät am Nachmittag. Ich musste mehrere Stunden geschlafen haben. Ich richtete mich auf meinem Lager auf und sah, dass ich nicht in irgendeiner Hütte gelandet war, sondern in einem luxuriös eingerichteten Haus. Die verglaste Rückwand enthüllte den Blick auf einen Anbau mit Sauna. Die moderne Küche glänzte silbern. Ich sah aus dem Fenster und war verblüfft, wie schnell es aufgeklart war.

»Das ist in den Bergen ganz normal. Und in einer Stunde kann es dann auch schon wieder schneien«, erklärte die Frau.

Am blauen Himmel strahlte die Sonne. Am hintersten Ende des Tals ragten schroffe Felsen auf.

»Wie weit ist es bis zum Talschluss?«

»Sind Sie von dort gekommen?«

»Ja.«

»Einen knappen Kilometer.«

»Was denken Sie, wann die Straße geräumt wird?«

»Nach meinen Erfahrungen morgen Abend, spätestens übermorgen früh.«

»Verzeihung, ich muss dringend zurück. Im Haus wartet … ein Kind auf mich.«

»Sohn oder Tochter?«

»Tochter«, sagte ich.

»Also hat sich auch in Ihrem Leben viel verändert«, sagte sie.

Ich verstand sie nicht.

»Sie sollten noch nicht rausgehen«, ermahnte sie mich, als sie sah, wie ich mich hastig anzog. Ich fühlte mich ihr verpflichtet, aber ich hatte nicht vor, Sophie auch nur eine Minute länger als nötig alleine zu lassen.

»Vielen Dank, dass Sie mir geholfen haben. Wirklich. Ich kann nicht sagen, ob ich überhaupt schon mal auf so viel Hilfsbereitschaft gestoßen bin. Ich weiß das sehr zu schätzen. Eine Frage hätte ich noch: Kann man hier ein Taxi bekommen? Ich fürchte, dass ich mein Auto erst im Frühling holen kommen kann.«

»Es gibt einen Fahrer, im Nachbartal. Manchmal fährt er Skitouristen. Ab und zu ruf ich ihn auch an, wenn ich keine Lust hab, mit dem Auto einkaufen zu fahren.«

Ich ließ mir die Nummer geben, verabschiedete mich schnell und machte mich auf den Heimweg.

»Vielen Dank noch mal. Verraten Sie mir noch, wie Sie heißen?«

»Ich hab es Ihnen damals nicht gesagt, also verrate ich es jetzt auch nicht. Und: nichts zu danken. Ich verdanke Ihnen sehr viel«, antwortete sie in der Tür und lächelte mich an.

Verwirrt lief ich los. Als ich begriff, was sie da gesagt hatte, drehte ich mich nach ihr um, aber inzwischen war sie schon hineingegangen. Ich dachte daran umzukehren, aber ich wollte mich nicht unnötig aufhalten.

12.

Endlich konnte ich die weitere Umgebung erkennen. Die Sonnenstrahlen wärmten mich nicht, sie verstärkten nur das silbrige Glitzern der weißen Pracht. Im Bachbett türmten sich Eisschollen und Eiszapfen. Ich schaute mir an, was der Schnee angerichtet hatte. Umgestürzte Baumstämme und ausgerissene Krüppelkiefern lagen chaotisch zu Füßen der Hänge, wo sie fast zehn Meter hohe, mit Schnee verwehte Haufen bildeten. Die Steigung bewältigte ich in Schlangenlinien. Unter meinen Füßen entdeckte ich Skispuren. In der Stille hatte man den Eindruck, als könnte auch die schwächste Bewegung erneut eine Lawine lostreten. Ich stellte fest, dass ich mich inmitten der wilden Natur fürchtete. Sophie hatte erwähnt, dass in diesem Naturschutzgebiet Bären lebten.

Ich hetzte zum Haus zurück. Bei jedem Schritt wurde das Gefühl in mir stärker, dass ich zwischen den Berggipfeln mein bisheriges Leben vergessen könnte. Könnte ich mit Sophie nicht einfach dableiben? Ich fand nicht den Mut, sie danach zu fragen.

Ich erblickte sie zwischen Nebelschwaden. Sie stand draußen, zitterte vor Kälte und rauchte hastig. Sie blinzelte sehr schnell. Auf mich haben in meinem Leben schon viele Frauen gewartet, aber so noch keine. Als ich endlich wieder vor ihr stand, konnte sie nicht einmal weinen, hatte keine einzige Träne mehr übrig, brachte lediglich ein Schluchzen, ein kehliges Krächzen heraus. In der durchdringenden Stille auf der frostigen Hochebene erstarrten unsere Schreie bereits auf unseren Lippen.

Wir küssten uns mit kalten, aufgeplatzten Lippen. Keuchend gingen wir wieder ins Haus, um uns aufzuwärmen.

»Hilfe ist unterwegs«, begann ich zu erfinden.

Die folgenden drei Tage schaufelten wir Schnee und heizten kräftig ein. Warmes Wasser gab es aber weiterhin nicht. Das Haus barg zum Glück Lebensmittelvorräte, und so bereiteten wir uns regelmäßig grauenvolle Mahlzeiten zu. Eines der Menüs bestand ausschließlich aus Kompotts. Wir probierten von den Bergen an Puddingpulver und Konserven, die zehn Jahre haltbar waren.

Es schneite nicht mehr, dafür gab es klirrenden Frost. Zur Mittagszeit minus vierzehn Grad, nachts noch weit darunter. Die Vögel trauten sich nicht mehr zu fliegen. Der Schnee glitzerte matt.

Ich schaffte es nicht, mich zum Auto durchzugraben. Auf meinen Handflächen brannten die Blasen. Um Holz zu sparen, schlug ich vor, auch im Haus Jacken und Decken überzuziehen. Die Abende verbrachten wir beim flackernden Licht einer einzigen Kerze. Wir aßen nur zweimal am Tag, morgens und abends. Was, wenn wir für eine Woche hier festsitzen würden, oder noch länger?

Da ich meinen Rasierapparat vergessen hatte, wucherte ich langsam zu. Sophie machte sich lachend noch einmal mit mir bekannt wie mit einem Fremden. Außerdem hatte ich seit unserer Ankunft nicht geduscht. Sie auch nicht.

Abends führten wir immer eine Art Anstands-Unterhaltung, doch dann, beim Öffnen der Knöpfe, ertasteten wir in der Dunkelheit immer größere Bereiche nackter Haut, bis wir nichts mehr anhatten. Sophie entdeckte auf meinem Oberschenkel eine Vene, die sich an manchen Stellen verzweigte und an anderen wieder zusammenkam, während sie aufwärts führte. Sie legte ihren Zeigefinger darauf und fuhr ihren Verlauf nach.

Sophies Kopf, Arme und Beine zuckten auf dem Bett in flinken Bewegungen. Blitzschnell knöpfte sie ihre Bluse auf und zog ihre Höschen und die dicken Socken aus. Dank der außergewöhnlichen Behendigkeit ihrer Griffe hatte ich manchmal den Eindruck, als hätte sie mehrere Arme und Beine und mindestens zwei Köpfe. Alles wollte sie auf einmal berühren.

Ich hatte keine Angst mehr vor der Kälte. Ich konnte immer länger draußen bleiben.

Ich weigerte mich, mit ihr noch mehr Tabletten zu nehmen. Ich wollte einen klaren Kopf bewahren.

Die bescheidenen Essensvorräte im Haus erinnerten mich an meine Kindheit. Dank der Kälte hatten sich im Keller Lebensmittel gehalten, die schon vor vielen Jahren vom Markt genommen worden waren. Ich genehmigte mir hartgewordene Kaugummis und

Schokoriegel, die ich noch aus meiner Schulzeit kannte. Ich erzählte Sophie von den leeren Geschäften, von den Geheimagenten in unserer Wohnung, von Verhaftungen und von der allgegenwärtigen ideologischen Propaganda in der Schule. Nach einer Weile unterbrach sie mich. Sie dachte, ich würde ihr einen Bären aufbinden. Und ich schaffte es nicht, sie zu überzeugen. Ich wurde sauer auf sie. Doch dann machte ich mir deswegen Vorwürfe. Als ich schon bei Verhören gesessen hatte, war sie noch nicht einmal auf der Welt gewesen. Eigentlich beneidete ich sie darum, dass sie von diesen Zeiten nicht die geringste Ahnung hatte. Ich widmete mich wieder meiner Lektüre.

Mitten in einem Artikel, versunken in die Vergangenheit, hörte ich ein seltsames Geräusch. Ich hatte jeden Tag darauf gewartet, und trotzdem erschreckte es mich. Motorenlärm! Die Dunkelheit wurde von Scheinwerferlicht zerschnitten. Der Krach wurde immer stärker und füllte kurze Zeit später den ganzen Raum aus. Sophie stürzte nach draußen. Einen Moment später rief sie, dass zwei Schneepflüge im Anrollen seien. Die Gefährte bahnten sich ihren Weg durch die Schneeverwehungen, und wenn sie anhielten, kehrte für eine Weile Stille ein. Dann legte sich über das Rumpeln noch ein kreischendes Geräusch, und das Getöse wurde unerträglich. Ich hielt mir die Ohren zu. Das Licht zeigte nach oben und blinkte.

Ich lief Sophie hinterher. Direkt neben dem Haus sah ich die Metallmonster mit ihren grellen Scheinwerfern in einer riesigen Wolke aus aufgewirbeltem Schnee. Der Bagger und der Schneepflug kamen viel langsamer voran, als ich erwartet hatte.

Nach etwa einer halben Stunde hatten sie einen Weg ausgeschachtet, der so breit war wie ein Auto, aber bis zu meinem unter der Lawine begrabenen Wagen stießen sie nicht vor, denn sie hatten es eilig, weiterzukommen, in benachbarte Täler und Siedlungen.

13.

Am nächsten Morgen packten Sophie und ich einen Teil unserer Sachen zusammen, schlossen das Haus ab und marschierten mit dem Rucksack auf den Schultern in Richtung Talausgang.

Für den Abstieg brauchten wir zwei Stunden. Der Himmel hatte sich wieder zugezogen. Heftige Sturmböen wirbelten den Schnee auf. Die Bäume stöhnten. Die Gipfel und Täler erahnten wir eher, als dass wir sie sehen konnten. Ein paarmal hatte ich den Eindruck, als hätte ich in der Ferne die Hauptstraße mit vorbeifahrenden Lastern gesehen, aber ich musste noch eine Weile durchhalten. Ich schaltete mein Handy an und lauerte, bis endlich der ersehnte eine Strich für die Netzstärke auftauchen würde. Kaum war er da, rief ich ein Taxi.

Wir kamen zu einer schäbigen Bushaltestelle, bei der sowohl Dach als auch Seitenwände fehlten. Wir warteten länger, als ich gedacht hatte. An uns vorbei rasten in einer langen Kolonne Lastwagen mit flatternden Planen. Schnelle Geländefahrzeuge beförderten Skifahrer, die es kaum noch erwarten konnten. Ich sah mir den gelben Fahrplanaushang an. Der Minibus fuhr nur einmal pro Tag.

Schließlich hielt doch ein Auto neben uns an. Obwohl man sich hätte fragen können, ob das die korrekte Bezeichnung für diesen gelben Shiguli war, den sie in Japan garantiert als technologische Rarität in einer Ausstellung von Kuriositäten aus der Zeit der Diktaturen gezeigt hätten.

»Guten Tag! Entschuldigen Sie, würden Sie es mit dem Auto von hier bis nach Bratislava schaffen?«

»Wohin?«, fragte der Mann am Lenkrad, als hätte ich von irgendeiner exotischen Insel gesprochen.

»Bratislava ist die Hauptstadt dieses Landes! Es liegt im Südwesten, an der Donau, gleich an der Grenze zu Ungarn und Österreich«, gab ich unwirsch zurück.

»Da war ich noch nie. Aber ich werd's schon schaffen. Geld hast du?«, begann der Fahrer mich zu duzen.

Wir stiegen ein und fuhren los. Genauer gesagt: Wir setzten uns gemächlich in Bewegung. Der Fahrer trat das Pedal bis zum Anschlag durch, und nach einer gewissen Zeit hatten wir bereits eine Geschwindigkeit von fünfzig Stundenkilometern erreicht, die wir für den Rest der Reise auch aufrechterhalten konnten. Nach einem Taxameter suchte ich lieber gar nicht erst.

Der Bursche roch nach vergammelten Pilzen. Mir wurde davon speiübel. Statt der Autobahnvignette hatte er in einer Ecke der Frontscheibe eine Heilige mit flammendem Herzen kleben. Vor meinen Augen baumelten so viele verschiedene Kettchen, Rosenkränze und Kreuze, dass ich durch die Frontscheibe kaum etwas sehen konnte. Mir war klar, dass der minimale Verkehr in dem Nest, wo der Fahrer tätig war, es nicht erforderte, das Geschehen vor dem Auto zu beobachten. Doch auf der einzigen echten Autobahn im Lande war die Situation anders. Die anderen Autos hupten und blinkten uns ununterbrochen an. Ich verspürte eine unglaubliche Nervosität und Ungeduld.

»Wir haben uns jetzt genug amüsiert. Jetzt treten Sie mal ordentlich aufs Gas, wir haben's eilig«, fuhr ich ihn an.

»So schnell bin ich noch nie gefahren. Ich hab Angst, dass uns der Motor zu kochen anfängt.«

Der Bursche hatte im Auto auch ein Radio. Kein Autoradio, sondern ein großes Transistorgerät mit Batterien, auf dessen Skala statt »AM/FM« Städtenamen standen: Jerewan, Pjöngjang, Ushgorod, Riga und noch viele andere. Er hatte einen seltsamen Sender eingestellt, der christlichen Rock ausstrahlte und Predigten, was ich am Anfang tatsächlich witzig fand. Nachdem ich zwei Stunden mit einer Sendung verbracht hatte, in der es um die Schädlichkeit von Miniröcken und um das korrekte Geschlechtsleben von Eheleuten ging, hatte ich das Gefühl, dass ich das Ende dieses Ausflugs nicht mehr erleben würde.

»Willst du?«, fragte der Mann und holte jene Kaugummis hervor, die ich vor ein paar Tagen in der Hütte probiert hatte.

»Wird das noch verkauft?«, fragte ich.

Ich steckte das knallrote Rechteck in den Mund. Auf der Verpackung bemerkte ich einen Preis, der sich seit mindestens zwanzig Jahren nicht geändert hatte. Die entsprechende Währung existierte allerdings seit mehr als einem Jahrzehnt nicht mehr. Ich überlegte, ob der Fahrer wusste, dass sich im Land schon vor ziemlich langer Zeit das politische System geändert hatte.

Sophie saß hinten und las ein Buch. Ich hatte den Verdacht, dass sie wieder eine Pille eingeworfen hatte. Oft brachte sie kein einziges Wort heraus.

Bei der Einfahrt in die Vorstädte von Bratislava blickte ich durch die Fensterscheibe auf eine näher kommende Plattenbausiedlung und begriff nicht, warum ausgerechnet ich aus so einem Kaff kommen musste. Warum fuhr ich nicht gerade nach New York oder London, wo ich auf jeden Fall besser hingepasst hätte?

Dem Fahrer begannen bei der Fahrt in die Metropole die Hände zu zittern, und mehrfach bekreuzigte er sich lauthals. Ich bat ihn, die Warnblinker anzuschalten, was den Eindruck erwecken könnte, dass das Auto eine ernste Panne hatte und deshalb so langsam fuhr. Mittlerweile protestierte ich nicht mehr und äußerte auch keine Drohungen mehr. Ich war willenlos wie eine Marionette.

Die Fahrt hatte fast einen ganzen Tag gedauert. Im Dunkel der Nacht donnerten Autos an uns vorbei, mit grellen Frontscheinwerfern und sich schnell entfernenden roten Rücklichtern. Dann endlich stiegen wir aus. Ich zahlte dem Fahrer einen lächerlichen Betrag, für den ich in der Stadt nicht mal von einem Donauufer ans andere käme. Ich gab ihm reichlich Trinkgeld, was ihn zu Tränen rührte.

Dann machte er sich auf den langen Weg zurück nach Hause. Die Vorstellung, in der Stadt zu übernachten, erfüllte ihn mit grenzenlosem Entsetzen.

Ich blieb noch eine Weile mit Sophie zusammen. Aus den Straßen voller Menschen stieg ein ziemlicher Radau auf. Die hell erleuchteten Geschäfte dröhnten. Der Wind zerrte an den Aushängeschildern der Boutiquen. Um uns herum strömte die Menge.

»Glaubst du, dass deine Familie schon zu Hause ist?«

»Weiß nicht, ist mir egal.«

»Ihnen aber nicht …«

»Triffst du dich mit mir oder mit denen?«

Ich antwortete nicht. Sie musste wissen, dass ich Juliette regelmäßig sah.

Auf meinem Handy tauchte eine SMS auf und der Hinweis, dass ich einen Anruf versäumt hatte. Das konnten nur Frauen sein, die mich buchen wollten.

Ich musste mich dringend rasieren, duschen und ausschlafen.

Von Sophie verabschiedete ich mich hastiger als sonst.

14.

In den fünf Tagen meiner Abwesenheit hatte sich keine einzige Kundin bei mir gemeldet. Die versäumten Anrufe kamen von der Bank und von der Hausverwaltung, die mir mitteilte, dass ich die Miete für die vergangenen zwei Monate schuldig war. Auf dem Konto war ich ins Minus gerutscht, deshalb hatten sie meine Karte gesperrt.

Mir blieb nur eins: Nach einer unruhigen Nacht wusch ich mich am Morgen ordentlich und schrubbte mir sogar die Hände, obwohl ich das ja eigentlich nie wieder tun wollte. Hastig frühstückte ich und ging ins Hotel Chateau Marmont, wo sie mich nicht so gut kannten. Lieber wäre ich ins Madison gegangen, wo die reichsten Gäste der Stadt abstiegen, aber man sollte das Schicksal nicht herausfordern. Wenn mir das Personal auf die Schliche kommen würde, wäre das mein Ende. Ich nahm auch meinen Laptop mit, kaufte mir an einem Kiosk die Samstags-FAZ und setzte mich in das große Café im Erdgeschoss. Ich bestellte einen schwarzen Tee mit Milch und ein stilles Wasser. Die Preise überstiegen deutlich meine Möglichkeiten, aber ich hoffte, dass sich meine Investitionen bezahlt machen würden.

Um zehn Uhr herrschte im Café reges Treiben: Geschäftsleute in Verhandlungen, Hotelgäste bei einem späten Frühstück, spanische Touristen … Ich hatte einiges zu tun, um die Übersicht zu bewahren und nicht auffällig zu wirken. Ich holte meinen Laptop heraus und kopierte irgendetwas von der ersten Webseite, auf die ich stieß, in ein leeres Dokument. Dann tippte ich sporadisch auf der Tastatur herum, blätterte in der Zeitung und beobachtete vor allem aufmerksam mein Umfeld.

Nach einer Weile hatte ich mir eine Frau ausgeguckt, die nur drei Tische weiter saß. Allein. Nicht mehr die Jüngste, so um die vierzig, schätzte ich anhand der winzigen Fältchen um die Augen, doch ihr Gesicht strahlte und wirkte immer noch sehr frisch. Ein paar graue Haarsträhnen, kaum sichtbar, als hätte sie sie absichtlich bleichen lassen, aus purer Koketterie. Sie war hübsch, doch in ihrer Jugend musste sie eine ausgesprochene Schönheit gewesen sein. Die Stühle zwischen unseren Tischen blieben leer. Vorteil! Ich hatte nicht bemerkt, wann sie gekommen war, vielleicht schon vor mir. Sie winkte dem Kellner und bestellte ein Glas Weißwein. Das überraschte mich. Wahrscheinlich war sie nicht dienstlich hier. Urlaub? Verabredung mit einer Freundin? Oder hatte sie auf ihrer Dienstreise frei?

Ich beschloss, es zu probieren. Zeit hatte ich genug.

Ich lenkte meine Blicke öfters in ihre Richtung. Bis jetzt konnte ich nicht beurteilen, ob sie meine Anwesenheit wahrnahm. Sie trank einen Schluck von ihrem Wein, der angesichts des von außen beschlagenen Glases korrekt gekühlt zu sein schien. Und wahrscheinlich war er, der bombastischen Flasche nach zu urteilen, auch ziemlich teuer. Sie machte sich gar nicht erst die Mühe, nach dem Preis zu fragen, wahrscheinlich interessierte sie das überhaupt nicht. Aus dem Augenwinkel beobachtete ich, dass sie mich ansah. Wie zufällig begegneten sich unsere Blicke, doch anschließend ließ sie ihren weiter durchs Café schweifen. Danach kontrollierte sie ihre dunkelrot lackierten Fingernägel.

Ganz offensichtlich spürte sie meinen Blick, der regelmäßig zu ihr zurückkehrte.

Ich winkte den Kellner heran.

»Wenn die Dame dort ausgetrunken hat, dann schenken Sie ihr bitte vom besten Wein aus ihrem Keller nach. Vielleicht ein trockener Chablis. Auf meine Rechnung.« Mit dem Finger deutete ich an, für wen diese Bestellung bestimmt war. Ich machte das mit Absicht reichlich ungeschickt, sodass die Unbekannte auf mich aufmerksam wurde.

Als ich unauffällig zu ihr hinsah, beobachtete sie mich erneut.

Der Kellner lächelte und nickte.

»Selbstverständlich, der Herr.«

»Und ein Glas davon auch für mich«, fügte ich hinzu.

Der Kellner deutete beim Servieren des Weins an, von wem er kam. Verlegen lächelte mein Opfer und zuckte mit den Achseln.

»Das hab ich doch gar nicht verdient«, protestierte sie leise in meine Richtung. Überdeutlich öffnete sie den Mund, damit ich von ihren Lippen lesen konnte. Sie sprach mich auf Deutsch an, was mich ein wenig überraschte, doch schon viele Leute hatten meinem Aussehen nach auf eine deutsche Abstammung getippt. Unsere

Blicke trafen sich endlich für länger, in dem Moment, als ich mein Glas hob.

»Auf Ihr Wohl!«, rief ich, aber nicht allzu laut.

Sie nickte mir zu und wurde rot. Sie hatte angebissen. Ich ließ sie nicht für einen Moment aus den Augen und hatte den Eindruck, dass sie das nicht störte.

Jetzt oder nie! Ich stand auf, nahm mein Weinglas, ging zu ihrem Tisch und nahm ihr gegenüber Platz. Rechts von uns stand ein Tisch mit einer weißen Tischdecke, darauf standen Gläser und Flaschen, Platten mit Fingerfood und Salat auf Torteletts sowie silberne Bottiche mit Eis.

»Entschuldigen Sie bitte, sind Sie allein hier, oder erwarten Sie noch jemanden?«

»Nein, nein, ich bin alleine. Ich wollte vor meinem Spaziergang nur ein Glas Wein trinken.«

»Darf ich Ihnen für einen Moment Gesellschaft leisten?«

»Das würde mich sehr freuen. Ich hab endlich mal einen Tag frei.«

»Ich heiße Michal.«

Ich streckte ihr meine Hand entgegen. Sie ergriff sie.

»Linda«, stellte sie sich vor.

»Ein schöner Name. Für eine schöne Frau. Freut mich sehr.«

»Oh, nun übertreiben Sie mal nicht. Aber danke trotzdem«, antwortete sie und lächelte gezwungen.

An ihrer linken Hand leuchtete ein dicker goldener Ring mit einem Edelstein. Wir begannen sofort die übliche Konversation, woher ich so gut Deutsch konnte. Ich gab ein paar schmeichelhafte Sätze von mir, die zuverlässig ihren Eindruck machten. Jetzt würde ich mit ihr leichtes Spiel haben. Alles lief wie von selbst.

»Wollen wir uns duzen? Als Mann darf ich das ja anbieten. Aber ich hab's nicht so mit den Formalitäten.«

»Gerne, wenn Sie wollen, also: wenn du willst ...«

Sie schenkte mir einen interessanten, leicht tadelnden Blick, wie jemandem, der vergessen hat, den Vorhang der Umkleidekabine zuzuziehen. Aus der Nähe hätte ich sie auf 38 geschätzt. Ihr hellbraunes Kostüm sah teuer aus, und da sie vor einer Weile ohne mit der Wimper zu zucken in diesem Laden Bestellungen aufgegeben hatte, schätzte ich, dass sie nicht das Problem einer gesperrten Kreditkarte hatte.

»Von wo kommst du?«

»Aus München.«

»Ist schön dort.«

»Kennst du die Stadt?«

»Ein bisschen. In welcher Gegend wohnst du denn?«

Sie erzählte von dem reichen Vorort, in dem sie aufgewachsen war. Dann folgte die Geschichte von ihrer Dienstreise durch mitteleuropäische Städte. Ihr Ziel war es, das Potential zur Eröffnung neuer Niederlassungen einer Technologiefirma zu eruieren. Das Ganze interessierte mich nicht die Bohne. Mit meinem schüchternen Lächeln wickelte ich sie ein. Ganz langsam. Keine Hektik. Ich hatte ja noch gar nicht richtig angefangen.

»Also, auf deinen Erfolg in dieser Gegend hier. Und auf dein spezielles Wohl!«

Sie hob ihr Glas.

»Auch auf deins! – Und du? Was machst du eigentlich?«

Ein ziemlich riskantes Thema.

»Werbung. Schon seit Jahren. Eigentlich wollte ich mal freiberuflich als Künstler arbeiten, ich hab das auch studiert, aber du weißt ja, wie das heute so ist. Im Endeffekt denke ich mir genau das aus, was allen auf die Nerven geht. Ich mache die Grafik für Reklamezettel, die niemand in seinem Briefkasten haben will ...«

»Ich mag Reklamezettel«, lachte sie.

Ich entschuldigte mich und ging für einen Moment weg, um meine Tasche zu holen. Als ich zurück war, wartete ich auf den Kellner und bat ihn, beide Tische auf meine Rechnung zu setzen. Ich wollte, dass Linda mich hörte.

»Aber ich kann doch meins auch selber bezahlen«, protestierte sie.

Ein bisschen Widerstand konnte nie schaden. Deshalb tat ich ein paar Sekunden lang so, als zögerte ich, und antwortete dann: »Daran zweifle ich nicht. Aber ich würde die Rechnung gerne auch wegen meiner Aufdringlichkeit begleichen.«

»So hab ich das doch gar nicht gemeint. Du bist nett. Und charmant. Das gibt es heute nur noch selten. Teilen wir uns die Rechnung?«

»Vergiss es. Das geht auf mich. Heute bist du in meiner Stadt mein Gast.«

Ich nahm noch einen kleinen Schluck. Lief es wirklich so glatt? In diesem Fall müsste ich mir um meine Zukunft keine Sorgen machen. Ich freute mich, dass ich auch mit über dreißig für Frauen noch attraktiv war. Die Agentur konnte mir gestohlen bleiben, auf eigene Faust würde ich wahrscheinlich noch besser verdienen als früher. Das geheimnisvolle Wesen kam mir allerdings viel zu gut vor, um echt zu sein. Sie wirkte viel zu perfekt. Doch nach all den Jahren wusste ich, dass manchmal auch Frauen einsam waren, bei denen man das nie vermutet hätte. Der Zeitpunkt für die Einleitung der zweiten Phase war gekommen.

Über den Rand des Weinglases hinweg bohrte ich meinen Blick in Lindas Augen. Ich tat so, als sei ich leicht nervös, und zerknüllte meine Serviette.

»Und wo wohnst du?«, fragte ich mit gespielter Ungezwungenheit.

»Ich hab mir gerade hier ein Zimmer genommen.«

»Angenehmes Hotel?«

»Sehr.«

»In welche Richtung geht der Blick aus deinem Fenster? Zur Burg?«

»Zur anderen Seite, auf die Donau und in Richtung Österreich. Hast du nicht Lust, für einen Moment mit hoch zu kommen?«, fragte sie und fügte, offenbar um keinen falschen Eindruck zu erwecken, hinzu: »Dort ist es viel ruhiger als hier, weniger Hektik. Wir könnten einen Kaffee trinken.«

»Gerne. Du weißt ja, wie das ist: Man kennt in seiner eigenen Stadt nicht ein Hotel von innen. Und einen starken Kaffee brauche ich sowieso dringend!«

Ich versuchte, wie aus Versehen ihren Arm zu berühren, aber sie hatte ihn gerade weggezogen.

»Willst du noch was?«

»Wenn du nichts willst, will ich auch nichts mehr. Lass uns austrinken und gehen.«

Am Ende trieb sie noch mich an, nicht ich sie! In Gedanken amüsierte ich mich köstlich. Es näherte sich der Moment, in dem ich wieder zu mir sagen könnte: »Ich trinke einen Cappuccino – und verdiene dabei.«

»Können Sie mir bitte die Rechnung bringen? Ich zahle.«

Der Kellner nickte ehrerbietig und begann den Tisch abzuräumen. Kurz danach kam er wieder und brachte den Kassenbon in einem Lederetui, das auf einem kleinen Silbertablett lag.

Auf dem Weg zum Aufzug war ich froh, dass ich über die Jahre hinweg meine Konversation perfektioniert hatte, denn Linda wirkte verunsichert. Sie schien mir nicht die Frau zu sein, die regelmäßig ihren Mann betrog. Ich konnte mir ihre Gedanken vorstellen, solche Kundinnen hatte ich zu Hunderten gehabt. Für viele von ihnen war ich der erste Seitensprung in ihrem Leben gewesen, und deshalb versuchte ich, ihnen die Situation zu erleichtern und möglichst angenehm zu machen, damit sie keine unnötigen Schuldgefühle bekamen. Im Lift lobte ich Lindas Kleidung. An der Türschwelle machte ich ihren Beinen ein Kompliment. Und ich meinte das auch so. Sie gefiel mir immer besser. Genuss hatte mir mein Beruf schon ziemlich lange nicht mehr bereitet. Ich hatte den Eindruck, dass in meiner Karriere gerade eine ganz neue Phase anfing.

Linda wohnte nicht in einem Zimmer, sondern in einer Suite, die im linken Gebäudeflügel lag, am Ende eines langen Gangs im dritten Stock. Eine Nacht kostete astronomisch viel, doch ihre Firma schien das offensichtlich kaltzulassen.

Der wunderschöne, großzügige und vorbildlich aufgeräumte Raum wirkte reizvoll und strahlte edle Solidität aus. Ich wunderte mich, dass ich nirgends ihr Gepäck sah. Der Zimmerservice hatte die Sachen offenbar bereits weggeräumt. Wir unterhielten uns stehend neben einem Tresen, auf dem ein Korb mit frischem Obst stand, perfekt wie Wachsattrappen, dazu ein großes Glas mit Eiswasser und eine Espressomaschine.

»Was hast du heute noch vor?«, fragte ich.

»Das kommt vielleicht auch auf dich an. Auf jeden Fall will ich meine Zeit nicht allein verbringen.« Linda fing an zu lachen.

»Ich hätte da eine Idee …«, verkündete ich und sah ihr unverwandt in die Augen.

»Ich höre.«

»Ich … Weißt du, Linda … Du bist eine schöne Frau. Ich musste dich einfach ansprechen, als ich dich gesehen hab.«

»Gut so. Ich gebe zu: Ich hatte es mir ein bisschen gewünscht, dass du zu mir kommst. Ich bin schon zu lange alleine, und langsam nervt mich das.«

»Echt?«

Ich näherte mich ihrem Gesicht. Unsere Wangen berührten sich fast. Sie wich nicht aus. Ich neigte meinen Kopf nach rechts. Jetzt war ich einen Zentimeter von ihren Lippen entfernt und wollte sie gerade küssen, als sie wieder anfing zu reden: »Du bist mir gleich aufgefallen, als ich mich hingesetzt hab.«

»Danke, Linda. Ich bin froh, dass ich dich getroffen hab. Du bist ein großartiges Geschöpf. Das weißt du bestimmt auch. Du hast eine unglaubliche Figur. Und bestimmt auch herrliche Brüste.«

»Du hast recht, Michal. Schade, dass du sie nie zu Gesicht bekommen wirst«, antwortete sie.

»Wie meinst du das jetzt?«

»Wirst du schon sehen«, sagte sie und fing an zu lachen.

Die Tür des Nebenzimmers öffnete sich, und ehe mir klar wurde, was hier geschah, rammte mir ein muskelbepackter Anzugträger brutal eine Faust in den Bauch. Linda machte ihm Platz und fläzte sich in einen Sessel. Ein Bodyguard aus der Agentur mit kahlrasiertem Kopf. Ich erkannte ihn sogar wieder. Mit dem Rücken krachte ich gegen den Holztresen und knickte ein. Ich stieß einen kurzen Schrei aus und hob beide Arme, um meinen Kopf zu schützen. Zu spät. Blitzschnell packte er mich an den Haaren, und als er heftig daran zerrte, hatte ich Angst, dass er sie mir alle ausreißen würde. Als wäre auf meinem Scheitel eine Granate explodiert. Einen Moment stand ich reglos da, gelähmt von schierem Unverständnis. In Sekundenbruchteilen wechselten sich in mir die Gefühle ab: Erstaunen, Angst, Entsetzen. Ich gab mir größte Mühe, einen klaren Gedanken zu fassen, aber vergeblich.

Dreimal hintereinander boxte er mir in die Magengrube. Mir blieb die Luft weg. Ich rührte mich nicht, als könnten Reglosigkeit und Schweigen noch etwas daran ändern, was jetzt sowieso kommen musste. Ein Fluchtversuch hatte keinen Sinn. Ich stand da wie angewurzelt.

Er machte mit mir, was er wollte. Er richtete mich auf und hieb mir anschließend seinen Ellbogen gegen den Brustkorb. Er würde mich zusammenschlagen und verstümmeln.

Ich bekam weitere Schläge. In seinen Augen leuchtete der irre Glanz des Schlächters. Mit der rechten Hand umklammerte er mein Genick wie ein Schraubstock. Mit lautem Knurren spannte er seinen linken Bizeps an und würgte mich. Wie eine Maschine.

Ich versuchte zu schreien, aber der Bursche hielt mir den Mund mit seiner riesigen, dicken Hand zu. Dieses brutale Spektakel spielte sich in entsetzlicher Stille ab. Er verabreichte mir Schläge in den Bauch und mit besonderer Leidenschaft auch unter die Gürtellinie. Mit jedem Hieb strahlte der Schmerz stärker aus. Ich betete darum, endlich das Bewusstsein zu verlieren, endlich von ihm totgeschlagen zu werden, denn um etwas anderes ging es offenbar nicht. Aus meinen Augen liefen Tränen. Ich wurde von schlimmem Schüttelfrost gebeutelt.

Dann ging ich zu Boden. Der Killer-Roboter hörte nicht auf, mich mit Fußtritten zu malträtieren. Er sagte kein einziges Wort, drosch nur besinnungslos auf mich ein. Die Metallkappe in seinem Schuh hämmerte auf meine Beine und meinen Rücken ein. Ich zählte die Tritte nicht mehr. Alles war sinnlos.

Plötzlich bremste Linda den Bodyguard. Ich verstand nicht, was die beiden miteinander redeten. Im Mund schmeckte ich Blut. Ich verspürte Brechreiz. Ich schaute weg und versuchte, klar zu denken – nicht schreien, nicht diskutieren, nicht betteln. Auch mit geschlossenen Augen sah ich die beiden noch, vergrößert auf gigantische Ausmaße.

»Ich mach's kurz: Falls du dich noch einmal bei irgendeiner Kundin meldest oder dich mit einer triffst, ist es aus mit dir. Verstanden?«, fragte Linda.

Ich murmelte etwas Zustimmendes.

»Verstanden, du Idiot?«, brüllte sie.

»Ja. Verstanden!«, schrie ich, denn ich hatte Angst, dass sie mich, wenn sie mich wieder nicht verstehen könnte, sofort fertigmachen würde.

Ich konnte mich nicht rühren. Ich hörte im Bad das Wasser fließen. Gläser klirrten. Der Eierkopf stellte sich auf meinen Rumpf und genoss diese Position ein paar Sekunden lang.

»Vergiss nicht, die Rechnung für das Zimmer zu bezahlen!«, rief mir Linda noch zu. Dann fiel die Tür krachend ins Schloss.

Sie waren weg.

Ich lag auf dem Teppich und konnte nicht glauben, dass sie fort waren. Mein Atem war nur noch ein dünnes Keuchen. Ich hoffte, dass mir der Kerl nicht irgendein Organ zerquetscht hatte. In meiner Naivität hatte ich schon so oft geglaubt, am Boden zu sein. Ich hatte allerdings keine Ahnung, was das wirklich bedeutete. Mit blutunterlaufenen Augen schaute ich an die Decke des letzten Hotelzimmers, das ich je in meinem Leben betreten würde.

15.

Ich weiß nicht, wie viel Zeit vergangen war, bis ich mich wieder aufsetzen konnte. Ich stützte mich mit den Armen auf dem Fußboden ab und hob meinen Körper an. In meinem Leben hatte ich schon einiges ausgehalten. Und meine Vorfahren auch. Das wichtigste Mittel zum Überleben war für meine Familie die Verbissenheit. Von Zeit zu Zeit war sie jedem von uns nützlich. Jetzt auch für mich.

Ich musste zeigen, was ich konnte, ob ich überhaupt etwas konnte. Geh ins Bad! Irgendwie schaffst du das! Das hier ist noch gar nichts. Deine Verwandten haben die wahre Hölle auf Erden überlebt. Reiß dich zusammen! All das redete ich mir ein, aber es half so gut wie gar nichts.

Beim Blick in den Spiegel stellte ich fest, dass der Eierkopf mein Gesicht erstaunlicherweise verschont hatte. Da waren nur ein paar Kratzer, die ich mir beim Hinfallen zugezogen hatte.

Ich stieg in die Dusche. Den Schmerz betäubte ich mit einem Strahl lauwarmen Wassers, und ich spülte mir das Blut ab. Meine Glieder bewegte ich nur langsam, denn jede Muskelanspannung tat weh.

Ich beschloss, im Zimmer zu bleiben, wickelte mich in ein riesiges weißes Badetuch ein und legte mich ins Bett. Das Handtuch war später blutverschmiert.

Ich hatte immer gedacht, dass es nichts Einfacheres gebe als zu liegen. Doch jetzt wälzte ich mich in Krämpfen auf dem Bettlaken herum. Ich schwitzte so sehr, dass man es hätte auswringen können. Keine Position war erträglich, jede bereitete mir noch mehr Schmerzen als die zuvor. Vor Erschöpfung schlief ich ein.

Ein paar Stunden später wurde ich wach und war völlig ausgelaugt. Ich horchte in die Dunkelheit. Nichts. Im Zimmer absolute Ruhe. Ein Wrack in einer Millionärssuite. Beim Pinkeln hatte ich Schmerzen. Um das Brennen in meinen Muskeln, Knochen und Innereien zu mildern, nahm ich mir zwei Büchsen Bier aus der Minibar und schüttete sie in mich hinein. Ich kroch wieder unter die Bettdecke und wartete auf schlimme Träume.

Morgens um acht wurde ich wach. Auschecken musste ich erst um zwölf, und deshalb blieb ich noch. Eilig hatte ich es nun wirklich nicht mehr. Mein Körper war nach dem langen Schlaf wieder halbwegs ausgeruht. Ich wusste, dass ich wieder auf die Beine kommen würde. Bauch und Oberschenkel waren von Blutergüssen übersät. Ich zwang mich dazu, Hose, Hemd und Sakko überzuziehen.

Wo Sophie war, wusste ich nicht. Dachte sie an mich? Oder trank sie wieder? Ich könnte auch was gebrauchen. Egal was. Ich holte ein Fläschchen Whisky aus der Minibar, ein billiges Imitat, aber es kam mir trotzdem gelegen. Im Spiegel trainierte ich meine Mimik, doch bei jeder stärkeren Bewegung verzerrte sich mein Gesicht zu einer schmerzvollen Grimasse. Jetzt war es eh egal. Ich musste schnell mit Juliette sprechen.

An der Rezeption bat ich um die Rechnung, und als Sicherheit ließ ich ihnen meinen Personalausweis und abgelaufene Geldkarten da. Ich betonte mehrfach, dass man mir das Bargeld aus dem Zimmer gestohlen hatte, und drohte damit, mich zu beschweren. Die verschreckten Mitarbeiter an der Rezeption starrten mich an. Ich muss furchtbar ausgesehen haben.

Von der nächsten Telefonzelle aus rief ich Sophie an.

»Ich kann jetzt nicht, ich bin in der Schule«, flüsterte sie.

»Warte bitte in der Wohnung auf mich«, sagte ich. »Komm gleich, es ist wichtig.«

»Oki-doki«, säuselte sie und legte auf.

Dann rief ich Juliette an.

»Hallo?«

»Hallo, Michal hier.«

»Wer?«

»Das weißt du ganz genau. Ich muss mit dir reden.«

»Ich musste damals auch mal mit dir reden.«

»Das hier ist was anderes.«

»Wie anders?«

»Du wirst schon sehen. Wo bist du gerade?«

»Zu Hause. Kommst du zu mir?«

»Nein.«

»Wo dann?«

»Im Neuen Hafen, auf der Promenade. Unter den Überwachungskameras. Das ist für dich ein Katzensprung …«

»Wann?«

»In zwanzig Minuten.«

Ich setzte mich in ein Taxi und fuhr zu Juliette.

Die Villa der Familie stand an den Donaubuchten, wo es noch vor zehn Jahren nichts als Ruinen gab. In dem Areal war mittlerweile ein modernes Stadtviertel emporgeschossen, das sich schnell ausdehnte. Ein Paradies für Projektentwickler mit Risikokapital.

Der Hafen war weiter zur Donau hin verlegt worden und hatte Platz gemacht für drei Hotels, eine Brücke, Mehrzweckhallen, Sportstätten, ein Einkaufszentrum, einen Konzertsaal, ein Freibad und sogar für einen Yachthafen. Die exklusiven Wohnhäuser hatten Fassaden aus weißem Stein, verglaste Wintergärten, mit Kies bestreute Terrassen, und Balkons, auf denen Blumen wucherten. In den Grünanlagen zwischen den Häusern standen große Laubbäume, und auf den Wiesen gab es Kinderspielplätze.

Ich wusste, dass mir diese Welt von nun an verschlossen bleiben würde. Ich würde keine einsamen Frauen mehr kennenlernen, die hinter luxuriösen Mauern lebten. Eine Wohnung in einem Nobelviertel würde ich mir nicht kaufen. Und es störte mich kein bisschen.

Ich erblickte Juliette. Sie kam mir entgegen. Ich sah mich um. Von jeder zweiten Laterne waren bewegliche Objektive auf mich gerichtet. Die Neureichen mussten sich in Sicherheit fühlen. Ich registrierte keinerlei Wachleute. Juliette hatte sich einen leichten Mantel aus Naturseide übergeworfen, und um den Hals trug sie einen unnötig dicken Schal. Ihr bizarres, altmodisches violettes Kleid raschelte. Die aschgrauen Haare, ihre Figur, die Armreifen und Ringe mit den Edelsteinen – sie wirkte wie ein Luxusweibchen, gleichzeitig aber auch armselig, ungewöhnlich braungebrannt für diese Jahreszeit. Eine dicke Schicht Puder auf dem Gesicht, die Lippen übertrieben rot. Ihre Ohrringe funkelten. Ihr knochiger Körper bewegte sich ohne den geringsten Hauch von Anmut, als könnte er nur durch die Kraft des Willens den Widerstand der Sehnen oder die Müdigkeit überwinden. Wir gaben uns nicht die Hand.

»Was willst du?«, fragte sie.

»Ich hör auf.«

»Ich glaub dir nicht.«

»Diesmal stimmt's. Ich bin kein Escort mehr. Ich geh aus der Stadt weg.«

»Wohin?«

»Ich hatte an Lissabon gedacht.«

»Machst du Witze?«

»Ich hab dort jemanden getroffen. Das verdank ich dir.«

»Hör auf. Was ist mit dir los? Du wirkst irgendwie blass. Bist du müde? Du siehst nicht gut aus.«

»Mir geht's prima! Irgendein Typ hat mich gestern beinahe umgebracht. Der hat seinen Spaß gehabt.«

»In der Agentur haben sie mir gesagt, dass du gefährlich bist. Sie haben mich um Mithilfe gebeten. Michal, was ist los?«

»Weiß jemand, dass wir uns treffen?«

Sie antwortete nicht.

»Also? Weiß es jemand?«

Ich beugte mich zu Juliette und roch das Parfum. Sie neigte ihren Kopf nach links und spitzte die Lippen. Ich brachte meine Nase direkt vor ihre. Sie steckte ihre spuckefeuchte Zunge heraus. Ich rieb meine Wange an ihrem Kinn. Dann biss ich ihr mit voller Kraft in die Unterlippe und saugte mich daran fest. Sie zuckte kein bisschen. Vor Schmerz stiegen ihr die Tränen in die Augen. Ihre Fäuste ballte sie ins Leere.

Ich ließ von ihr ab.

»Keinen Mucks. Weiß es wirklich niemand?«

Die Wut verlieh ihrem Gesicht einen gespenstischen Farbton.

»Ich hab nur bei der Agentur angerufen«, flüsterte sie.

»Sag das noch mal!«, ächzte ich.

»Was hätte ich denn tun sollen? Als du angerufen hast, hab ich ihnen das mitgeteilt. Ich wusste ja nicht, ob du mir vielleicht was tust. In der Agentur haben sie mich eindringlich gebeten, mich zu melden, falls du mich kontaktieren solltest.«

»Wann war das?«

»Was weiß ich? Gerade eben. Nachdem du angerufen hast. Sie meinten, dass sie das mit dir zu Hause abmachen.«

Mir lief es eiskalt den Rücken hinunter. Entsetzt schaute ich mich um, doch nirgends war jemand zu sehen.

»Hast du dein Auto hier?«, schrie ich in Panik.

Ich rannte los.

»Was ist denn jetzt schon wieder? Hast du sie noch alle?«

»Sei still und hör mir zu. Wie kommt man in die Garage? Schnell! Du kommst mit mir mit.«

Juliette holte eine Chipkarte aus der Tasche. Ich rannte, obwohl jeder Schritt entsetzlich weh tat. Juliette zog ich an einer Hand hinter mir her. Ihre hohen Absätze hielten mich auf.

Sie besaß eine goldmetallicfarbene Automatik-Limousine mit Sportausstattung. Ein riesiges Auto, unter dessen Motorhaube das Blech zu wuchern schien, sodass sie sich krankhaft nach allen Seiten gewölbt hatte. Wenn ich meine Wohnung verkauft hätte, dann hätte ich mir von diesem Wagen gerade mal das Autoradio leisten können. Den Motor startete man mit einem sensorischen Taster. Wegen des Fingerabdrucks musste Juliette mit ihrem Daumen draufdrücken. Mit quietschenden Reifen schoss ich die steile Garageneinfahrt hinauf. Fast hätte ich dabei aufgesetzt.

Ich raste bei Rot über die Kreuzungen. Meine Hände zitterten. Unter meinem Pullover floss der Schweiß in Strömen an mir hinab. Meine Schläfen waren klatschnass.

»Was ist denn los? Wo fahren wir hin?«, kreischte Juliette.

»Halt endlich deine Klappe!«, brüllte ich zurück.

»Ich ruf die Polizei!«

»Probier's doch. Du kapierst überhaupt nichts.«

Vor dem Haus hielt ich an und rannte nach oben. Juliette stürzte mir hinterher. Ich nahm vier Stufen auf einmal. Die Wohnungstür war zu. Ich schloss auf und rannte hinein. Der Bodyguard stand mitten in meinem Zimmer und knöpfte sich gerade die Hose zu. Ich schaute neben ihm auf den Boden und riss die Augen auf.

Da lag Sophie.

Nackt und feucht, die dunklen Haare klebten ihr am Gesicht, und zwischen den nassen Strähnen die schwarzen Augen, weit aufgerissen vor Entsetzen. Sie versuchte zu schreien, doch der Knebel vor ihrem Mund ließ das nicht zu. Aus ihrem rechten Ohr rann ein langer Blutfaden heraus.

Die Flüssigkeit, die an ihr hinabfloss, bildete an den Füßen eine Lache.

»Grüß dich, Michal. Eine Kundin hat hier auf dich gewartet, und da hab ich es ihr gleich selber besorgt. Für dich. Und umsonst!«, brüllte der Bodyguard.

Er musste Sophie im Bad erwischt haben, denn von dort aus waberte noch heißer Dampf in den Rest der Wohnung. Auf den Fliesen lag ein rosafarbener Rasierer. Wahrscheinlich hatte sie gerade unter der Dusche gesessen und wollte sich die Beine rasieren. Auf dem Fußboden sah ich die nassen Fußtapsen. An einer Stelle verloren sie sich. Die Spur war noch gut sichtbar. Der Bodyguard packte mich mit einem schnellen Griff an der Kehle. Mit brutaler Gewalt drückte er zu. Er schrie mich an, dass ich unbelehrbar sei, dass es ihm jetzt reiche, er habe mich schließlich gewarnt. Ich nahm überhaupt nichts wahr. Ich wusste nur, dass er mich diesmal umbringen würde.

Er hörte auf, als er Juliette an der Tür sah. Sie stürzte zu ihrer Tochter. Der Schmerz ließ sie aufheulen. Dann kam noch ein Schrei, der aber schwächer war, wie das Jaulen eines verletzten Hundes. Was dann geschah, weiß ich nicht mehr genau.

Wie hatte ich nur das Einzige, was ich in meiner Kindheit gelernt hatte, vergessen können, nämlich dass es keine Wahrheit und keine Gerechtigkeit gab? Man musste lügen, immer, überall, andauernd. Warum hatte ich gegen diese Regel verstoßen?

Ich umarmte Sophie und wollte sie nicht wieder loslassen. Ich spürte eine andere Furcht, die kalte Berührung der ältesten Urangst. Sirenen heulten. Blaulicht blinkte. Ich bekam keine Luft mehr. Juliette sagte hysterisch immer wieder, dass die Medien nichts von diesem Vorfall erfahren dürften, weil das der Firma ihres Mannes schaden würde. Dann plärrte sie irgendetwas in meine Richtung, aber ich hörte ihr nicht zu. Reglos stand ich da. Eine Fliese war durch den Sturz gesprungen. Sie glänzte. Im Abfluss war ein Büschel Haare hängengeblieben. Risse und Spalten wurden von Schatten ausgefüllt.

Sophie.

Ich kannte sie.

Ihre verlangsamten Bewegungen beim Blättern in Zeitschriften.

Der tiefe Schatten in ihrer nackten Achselhöhle.

Die überirdische Drehbewegung ihres Kopfes.

In stummem Entsetzen schaute ich der gespenstischen Vorstellung zu. Panik überkam mich. Ich wurde von Schüttelfrost gebeutelt. Das Zittern übertrug sich ruckartig auf die Schultern und in den Unterkiefer. Es wollte nicht wieder aufhören.

Sophie starb, noch bevor der Krankenwagen ankam.

16.

Ich entschloss mich, die Stadt zu verlassen. Ich packte meine Sachen und bestellte ein Taxi, um zum Flughafen Wien-Schwechat zu kommen. Als ich mich auf die Rückbank fallen ließ, überfielen mich Erschöpfung und Müdigkeit.

Zuerst stürzte die Neue Brücke samt dem ufoförmigen Restaurant ein. Die riesige Metallkonstruktion knickte an ihren Fundamenten weg und krachte mit unbeschreiblichem Getöse in die Donau. Eine schmutzige Welle erhob sich. Der zerknautschte Pfeiler riss auch die vierspurige Straße mit in die Tiefe. Farbige Autos flogen in hohem Bogen in den Fluss. Gewaltige Wassermassen schlugen gegen das Ufer. Als Nächstes brach die Burg in sich zusammen. Statt der üblichen vier majestätischen Türme ragte über dem Hügel nur noch eine große Staubwolke auf. Das Donnern wurde noch lauter, als Gesteinsbrocken in das Burgviertel hinabstürzten, wo sie verheerende Zerstörungen anrichteten. Die Häuser zerbarsten unter heftigem Krachen, das vom Widerhall in den engen Gässchen noch verstärkt wurde.

Die Wolke aus Stein- und Ziegelsplittern verschluckte die ganze Umgebung. Die alten Stadtmauern bebten in ihren beschädigten Fundamenten. Der Untergang der Stadt wurde von einer Welle ohrenbetäubenden Lärms begleitet, der nur von verzweifelten Schreien übertönt wurde. Ein Rumpeln ging ins nächste über, die Luft schien zu brennen. Über den Ruinen stieg Gestank auf.

Schwere schwarze Rauchschwaden verfinsterten den Himmel. Hin und wieder wurden sie von starken weißen Blitzen durchzuckt, die kleine graue Wolken beleuchteten. In der Luft flimmerten phosphoreszierende Lichteffekte. Ein seltsames Knistern war zu hören, das bei einer Serie von elektrischen Entladungen entstand, die dann von dem Gletscher weitergeleitet wurden. Beim Aufeinandertreffen der Gewitterwolken mit dem kühlen Luftstrom bildeten sich riesige Hagelkörner, die auf die Erde herabschossen. Beim Aufprall auf Beton gab es einen metallischen Klang.

Krachend sackten das Michaelertor und der Turm des St.-Martins-Doms in sich zusammen. Die gesamte Außenwand der gotischen Kathedrale kippte ganz langsam zur Seite weg und riss die Dachbalken mit sich. Der Gebäudegiebel schlug auf einer Barbakane auf, die in Höhe des alten Stadttores auseinanderbrach.

Auch die Gebäude der Altstadt und der Vorstädte stürzten ein. Das größte Betonviertel lag innerhalb weniger Sekunden in Schutt und Asche, unter dumpfem Donnergrollen war ein finsterer Scherbenhaufen, ein riesiges Trümmerfeld entstanden.

Auf der anderen Seite der Donau stieg eine mächtige Staubwolke auf und verhüllte die Reste der Vernichtung. Anschließend flog auch noch die Raffinerie in die Luft, und der graue Himmel über der Metropole färbte sich durch die Brände rosa und begann zu funkeln. Über die abgeknickten Schornsteine hinweg zog ein schwerer, waagerechter Rauchstreifen. Bratislava war von der Erdoberfläche verschwunden.

Bereits kurz nach der österreichischen Grenze wachte ich auf. Ich blickte zurück zur Stadt.

Da stand sie wieder, die Bestie Bratislava. Genauso wie früher.

Ich hatte Sophie so sehr geliebt, dass ich sterben wollte wie sie.

4. DIE NEUE STADT

Eines Abends saß ich auf dem Bett in einem Hotelzimmer in Bunker Hill mitten in Los Angeles. Es war ein wichtiger Abend meines Lebens, denn ich musste mich entscheiden, wie es mit dem Hotel weitergehen sollte. Entweder zahlte ich, oder ich verschwand: Das hatte ich auf dem Zettel gelesen, den mir die Vermieterin unter der Tür durchgeschoben hatte. Ein großes Problem, das meine höchste Aufmerksamkeit erforderte. Ich löste es, indem ich das Licht ausmachte und schlafen ging.

JOHN FANTE: ICH – ARTURO BANDINI

1.

Ich saß im Büro. In meinem Kopf hämmerte es. Stumpfsinnig starrte ich auf den Bildschirm, aber ich nahm ihn gar nicht wahr. Draußen wurde es gerade dunkel. Laternen beleuchteten die breite Straße mit der Reihe von kahlen Bäumen. Es wehte ein böiger Wind, der Schnee aus den Wolken riss. Mütter riefen ihre Kinder nach Hause. Die taten so, als hätten sie nichts gehört.

Meine sich im Kreis drehenden Gedanken wurden vom Klingeln des Telefons unterbrochen.

»Michal hier.«

»Guten Tag«, grüßte eine unbekannte Stimme.

Sie stellte sich vor, doch ihren Namen bekam ich nicht mit, denn sie sprach viel zu schnell.

»Entschuldigen Sie bitte, dass ich Sie störe. Ich bin von der Werbeagentur …«, redete sie weiter und ratterte den langen Namen ihrer Firma herunter, der die Wörter *Marketing, Brand* und *Communication* enthielt. So was wie *Best Brand Marketing & Communication* oder *Best Communication Marketing & Brand* oder irgendetwas ähnlich Krankes.

»Sie stören überhaupt nicht. Was kann ich für Sie tun?«, fragte ich.

»Wir brauchen dringend zwei Texte. Die Kollegen sind in Urlaub, und Sie wurden mir empfohlen.«

»Das freut mich sehr. Um was geht's denn?«

»Haben Sie Erfahrungen mit Kunden aus der Pharmabranche?«

»Ja, sicher«, log ich.

Ich hatte in diesem Job mit noch fast niemandem Erfahrungen.

»Es geht um hormonelle Antikonzeption. Ein ganz neues Mittel, teurer, hochwertiger, wirksamer. Die Anzeigen hab ich schon, ich brauche dazu noch Materialien für die Journalisten, klassische PR-Artikel.«

»Das mach ich doch gerne. Bis wann?«

»Bis morgen.«

»Das schaff ich.«

»Sie sind mein Mann.«

»Schicken Sie mir die Unterlagen per E-Mail, und in zwei Stunden ist alles bei Ihnen. Haben Sie den Auftrag schon, oder geht's um eine Ausschreibung?«

»Es gibt zwei Kandidaten, aber wir haben gute Chancen.«

Wir einigten uns über die Bedingungen, tauschten unsere Kontaktdaten aus, und dann legte ich auf.

In meiner Kehle hatte ich immer noch den bitteren Geschmack, den das Kokain hinterlassen hatte. Er war von der Nacht dort hängengeblieben, und auch ein Liter Wasser konnte ihn nicht wegspülen. Er haftete auch an meiner Zunge und am Gaumen und kehrte bei jedem Schlucken zurück, obwohl ich gestern vier Wodka auf ex getrunken und dreißig Zigaretten geraucht hatte. Dieses Aroma störte mich beim Koks. Ansonsten konnte ich das Zeug wieder allzu gut leiden.

Als gescheiterte Existenz begann ich mich der Werbebranche zuzuwenden, der traditionellen Zuflucht für viele Bruchpiloten. Ich war nach Berlin gezogen. Noch eine Rückkehr an einen Ort, wo ich früher schon einmal gelebt hatte, der jedoch inzwischen ganz anders aussah. In der unübersichtlichen Großstadt konnte ich tatsächlich ganz von null anfangen. Ich schlug mich mit verschiedenen Anstellungen durch, als Kellner, als Barkeeper, eine Zeitlang auch als Briefträger. Dann nutzte ich meine Sprachkenntnisse und verdiente mein Geld als Tschechischdolmetscher. Später fasste ich dann Fuß als Werbetexter, ein Beruf, den wirklich jeder ausüben konnte, der ausreichend Dreistigkeit und Arroganz besaß. Ich wurde einer aus der langen Liste von erfolglosen Literaturwissenschaftlern, Filmdramaturgen, Theaterkritikern und Politologen, die sich einbildeten, dass sie diesen undankbaren Job nur vorübergehend machen würden.

Über eine Agentur buchten mich zwei Firmen mit einem recht guten Kundenstamm. Sie zahlten wenig, aber mir reichte es, und außerdem war ich froh, dass ich überhaupt diese Art von Job bekommen hatte. Die deutsche Sprache hatte mich wieder einmal gerettet.

Nach mehreren Umzügen fand ich eine Einzimmerwohnung in der Nähe des U-Bahnhofs Schönleinstraße, die gleichzeitig mein Arbeitsplatz war. Ein ganz gewöhnlicher Raum, ähnlich Tausenden von Wohnzimmern in ärmeren deutschen Häusern: eine ausgeleierte Couch, schlampig gepolsterte Sessel, ein Bücherschrank mit Glastür, aber ohne Bücher, und an den Plastikfenstern weiße Jalousien.

Berlin gehörte in einigen Vierteln mittlerweile zu den teuersten und reichsten Städten der Welt. Nirgendwo sonst hatte ich so viele elegant gekleidete Menschen gesehen, auf Hochglanz getrimmt wie Seiten aus einem Lifestyle-Magazin. Es war mir immer noch nicht gelungen, herauszufinden, wie die Autofahrer es schafften, ihre Wagen auch bei schlechtestem Wetter so sauber zu halten. Frauen schleppten riesige Louis-Vuitton-Handtaschen mit sich herum, so wie die Frauen in Bratislava Lidl-Einkaufstüten.

Kreuzberg hingegen hatte sich in all den Jahren nicht wesentlich verändert. Allerdings kannte ich dort niemanden, und niemand kannte mich, denn ich lebte wieder sehr eigenbrötlerisch. Ich rauchte und trank mehr und nahm auch öfter Drogen als in den goldenen Escort-Zeiten. Bloß die Qualität des Stoffs hatte sich um zwei Stufen verschlechtert. Meist verband ich alle drei Genüsse miteinander. Das letzte Mal gestern.

Nach ein paar Minuten kam die E-Mail von meiner Kundin mit den kompletten medizinischen Materialien. Die einzige erwünschte Nachricht, die ich an diesem Vormittag erhielt. Außerdem bekam ich noch 43 Spam-Mails: Angebote zur Penisvergrößerung, Werbung für Potenzmittel und ein Katalog mit Repliken von Luxusuhren. Eine Rolex hatte ich schon am Handgelenk. Auf dem Fußboden lag meine Louis-Vuitton-Tasche. Nachgemacht.

Eine halbe Stunde später traf der Kurier mit den Proben und der ausgedruckten Anzeige bei mir ein. Ich ging detailliert durch, was sie von mir wollten. Dann begann ich mit dem Verfassen von Artikeln, die sich an die Zielgruppe »25+/hohes Einkommen/regelmäßig sexuell aktiv« richteten. Ich unterstrich sämtliche positiven Auswirkungen des Mittels und stopfte die Sätze mit positiven Emotionen voll, wie es sich der Hersteller ausdrücklich gewünscht hatte:

Dieses neue hormonelle Verhütungsmittel enthält dank seiner einzigartigen, für Sie maßgeschneiderten Zusammensetzung eine niedrigere Wirkstoffkonzentration. Dadurch ist es sicherer, wirkt sanfter auf Ihren Körper ein und senkt das Risiko von unerwünschten Nebenwirkungen. Der Wechsel zu diesem neuen Mittel wird für Sie zum Kinderspiel und der praktische Tablettenspender zu einem stilvollen Accessoire in Ihrer modischen Handtasche. Unterstreichen Sie Ihre feminine Seite, und fühlen Sie sich in Ihrem Körper auf selbstbewusste Weise wohl und sicher.

In diesem Stil dehnte ich den Text auf eine ganze Seite aus. Ich brauchte dazu nicht lange, für Frauen bestimmte Artikel lagen mir besonders. Ganz unten fügte ich in winziger Schrift die obligatorische Aufzählung von Nebenwirkungen an, die nur mit einem starken Vergrößerungsglas zu entziffern waren. Aber wer wollte sich die Passagen über Fehlgeburten und medizinisch indizierte Abtreibungen, über Gebärmutterhalskrebs, Embolien und riesige Zysten, die die Pillen bei längerfristiger Anwendung verursachen konnten, schon so genau durchlesen?

Ich sprach den Text laut, korrigierte ihn noch zweimal und schickte dann die definitive Version zurück. Wieder eine vollkommen nutzlose, gut gemachte Arbeit.

Ich schloss die Augen. Beim Schlucken hatte ich wieder den unappetitlichen bitteren Geschmack im Mund. Eine Linie würde meine Laune bestimmt aufbessern. Ich wehrte mich gegen diese Versuchung, die schnell größer wurde. Ich machte die Augen wieder auf. Mein Blick blieb an dem Päckchen hängen, das mir der Kurier gebracht hatte. Vor mir lagen zwölf Monatspackungen des neuesten hormonellen Verhütungsmittels, die Ration für ein Jahr. Der Auftraggeber wünschte sich eine Stapelabbildung für die Kampagne. Dank der revolutionären neuen Zusammensetzung konnte sich die Wirkung angeblich besser entfalten und war viel effektiver. Was würde wohl passieren, wenn ich das einnehmen würde?

Ich griff nach dem Beipackzettel, las ihn noch einmal durch, aber ein Hinweis auf mögliche Reaktionen bei dieser Variante war nirgends zu finden. Das Ganze ging mir im Kopf herum. Wie die Pillen wohl schmeckten? Hatten die Hersteller sie mit Zucker, Farbstoffen oder Fruchtaromen angereichert, wie das bei bitteren Tabletten gang und gäbe war?

Eilig drückte ich die Tabletten mit dem Daumen aus der bunten Packung heraus, auf der die einzelnen Wochentage angegeben waren: MO DI MI DO FR SA SO. 28 Stück. Ich schüttete mir die rosafarbenen Kügelchen in die Hand und leckte daran. Dann noch einmal. Nichts. Sie schmeckten eher neutral, höchstens leicht bitter. Vorsichtig schüttete ich die Pillen wieder auf den Tisch und schob sie mit der Handkante in Richtung Tastatur zurück, damit sie nicht herunterfielen. Mit derselben Hand berührte ich danach mein eigenes Gesicht, um mich zu vergewissern, dass ich immer noch ein physisches Wesen war. Ich tastete meinen Kopf ab, der von Anfang an auf einem anderen Körper hätte sitzen sollen. Seit Sophies Tod hatte ich diesen Wunsch, nicht in meiner eigenen Gestalt weiterzuleben.

Ich tat es schnell, ohne noch einmal darüber nachzudenken. Auf ein Mal schmiss ich sie mir alle in den Mund. Ich zerkaute sie nicht, sondern schluckte sie schnell hinunter. Damit das leichter ging, trank ich ein Glas Wasser nach. Ich hatte das Gefühl, als plante ich, Schluss zu machen – dieses Vorhaben war seit meinem Weggang aus Bratislava mein ständiger Begleiter.

Das klare Wasser beseitigte für einen Moment den Geschmack in meiner Kehle. Dann aber kam eine heftige Welle, die mich durchrüttelte. Die ersten Anzeichen für eine Ohnmacht spürte ich in den Ohren, auf die ich schon nach wenigen Minuten Druck bekam, der sich zu einer Migräne auswuchs. Meine Finger kribbelten und wurden taub. In meinem Kopf waberte ein zusammenhangloses Gedankenwirrwarr. Meine unaussprechliche Erschöpfung wollte ich loswerden, indem ich aufstand, um mir noch ein Glas Wasser einzugießen. Ich erhob mich von meinem Stuhl, doch meine Knie knickten ein. Ich fiel mit dem Gesicht voran auf den Teppich.

2.

Nach sechs Stunden kam ich wieder zu mir. Über die Stadt war eine schwarze und undurchdringliche Nacht herabgesunken. Grelle Sterne durchbohrten von oben die Zimmerfenster. Endlich gelang es mir, mich zu bewegen. Als würde in mir etwas kaputtgehen. Jede Willensäußerung verlangte Hirn und Körper riesige Anstrengungen ab. Ohne Krämpfe erbrach ich Magensäure. Betäubt blieb ich liegen, doch nach und nach wich die Umnachtung. Im Bad brachte ich mich ein wenig in Ordnung, und kurz danach fühlte ich mich erstaunlich frisch und stark. Ich hatte leichte Kopfschmerzen, aber ansonsten konnte ich keinen Effekt des Mittels feststellen.

Auf dem Handy-Display fand ich ein paar versäumte Anrufe. Ich meldete mich bei der Kundin, die mich zu erreichen versucht hatte, und erfuhr, dass sie von meinen Texten über die hormonelle Antikonzeption hocherfreut war. Ich war erleichtert, dass ich mich momentan mit keinem weiteren Auftrag befassen musste. Mich überkam eine unglaubliche Müdigkeit. Ich betrachtete mich im Spiegel, aber ich konnte nichts Außergewöhnliches entdecken. Höchstens, dass Wangen und Stirn ziemlich blass waren.

Mein Zustand verschlimmerte sich allerdings. Am späten Abend bekam ich Schüttelfrost, der kalte Schweiß floss an mir herab, und ich verpestete das Zimmer mit einem eigenartigen Geruch. Es folgte eine entsetzliche Nacht.

Den nächsten Tag verschlief ich komplett. Beim Aufwachen hatte ich das Gefühl, eine Grippe zu haben. In meinem Kopf folgten Unruhe und Seligkeit in kurzen Abständen aufeinander. Ich hatte erhöhte Temperatur, aber ansonsten zeigten sich keine weiteren negativen Symptome. Ich beschloss, noch eine komplette Monatsration des Verhütungsmittels zu nehmen.

Mit der Tablettenpackung stellte ich mich schon ziemlich geschickt an. Die Pillen konnte ich mit dem Daumen auf einen Schlag ausdrücken. Ich spülte sie mit einem Liter Wasser hinunter. Am Nachmittag arbeitete ich noch einmal kurz und ging sogar nach draußen, um meine Geschäftspost zu erledigen. Zwei Rechnungen waren abzuschicken. Ich hatte Lust auf einen Spaziergang und nahm mir auch die Zeit dafür. Nicht einmal das lange Herumlaufen ermüdete mich.

Mir kam es so vor, als würde mein Körper elastischer werden und neue Gerüche verströmen. Meine Schenkel wurden rosiger und rundlicher, die Wangen röteten sich. Ich hatte das Gefühl, als sammle sich in meinem Körper angestautes Blut und versuche sich Bahn zu brechen.

In der Nacht ging es mir erneut sehr schlecht. Mit so einem Martyrium hatte ich nicht gerechnet. Die Stunden quälender Angst verbrachte ich hilflos mit den Zähnen klappernd. Meine Haut war ein einziges Feuer. Immer wieder seufzte, stöhnte und phantasierte ich. Aber ich hielt durch. Vielleicht wurde ich auch bewusstlos. Einige Zeitabschnitte waren in meinem Gedächtnis ausgelöscht.

Ich erwachte äußerst geschwächt und dachte, dass es bald mit mir vorüber sei, dass ich nie wieder aufstehen würde. Noch einmal nahm ich eine ganze Packung. Davon schlief ich wieder ein. Den ganzen Vormittag verbrachte ich im Bett.

Ich kam kaum wieder auf die Beine. Ich musste mich am Tisch abstützen, um mich in einer aufrechten Position zu halten. Meine heiße Stirn presste ich gegen die Fensterscheibe. Ich streckte meine Arme aus und machte einen krummen Rücken. Plötzlich wurde mir bewusst, dass der Schmerz weg war. Beim Frühstück hatte ich großen Appetit. Es schmeckte mir so gut wie noch nie. Doch drei Stunden später zum Mittagessen reichte eine ganz normale Portion aus, dass ich todmüde wieder ins Bett musste.

Sehr früh am Morgen des nächsten Tages wurde ich wach. Nie

werde ich die Dämmerung vergessen, in der ich mich nackt im Spiegel sah.

3.

Meine Brüste waren größer geworden. Die Haut um die Brustwarzen herum war leicht gekörnt, und der ganze Bereich hatte sich nach vorn gewölbt, war rundlicher und rosiger geworden. Die Spitzen waren geschwollen und gerötet. Die zarte Haut war sehr empfindlich.

Eine euphorische Freude packte mich, die sich mit Anwandlungen unbeherrschbarer Traurigkeit abwechselte. Aus heiterem Himmel verlor ich vor Müdigkeit erneut das Bewusstsein. Als hätte sich ein unbekanntes Gift in mir ausgebreitet.

Ich musste endlich aufstehen, um mich wieder meiner Arbeit zu widmen. Ich versuchte es, konnte aber kaum den Bildschirm erkennen. Ich fühlte mich schlapp, doch gleichzeitig hatte ich immerzu Hunger. Ein Glück, dass ich alleine wohnte und sich niemand für mich interessierte. Das Telefon klingelte. Die Frau aus der Werbeagentur war dran.

»Ja, ich höre.«

»Michal, die Kampagne für das Medikament ist abgeblasen. Sie müssen das Mittel vom Markt nehmen, angeblich kann es sogar richtig gefährlich werden. Die Forschung hat keine guten Ergebnisse gebracht.«

»Wie bitte?«

»Vielleicht können wir uns darauf einigen, dass ich Ihnen ein Ausfallhonorar zahle.«

»Aber Sie haben doch jetzt eine fertige Kampagne!«

»Das hat damit nichts zu tun. Die Mittel fürs Marketing sind aufs nächste Jahr umgelagert worden. Bis dahin werden neue Studien ausgearbeitet, die die tatsächliche Wirkung belegen. Solche Tests dauern sehr lange.«

»Also kommt das Zeug gar nicht erst in den Verkauf?«

»Das darf es nicht. Ach übrigens: Haben Sie zufällig noch die Probepackungen, die ich Ihnen geschickt hatte? Der Kunde möchte, dass wir alles zurückschicken.«

»Da rufen Sie leider zu spät an. Vorgestern hab ich sie weggeschmissen.«

»Verstehe. Also, ich freu mich auf das nächste Projekt. Auf Wiederhören!«

An diesem stickigen Sommermorgen kam mir das von grauen Wolken verhüllte Berlin grimmig vor. Unter andern Umständen hätte ich schlechte Laune bekommen, aber jetzt fühlte ich mich im wahrsten Sinne des Wortes wohl in meiner Haut.

Ich nahm weiterhin jeden Tag eine Packung. Mir blieb noch ein Vorrat für sechs Tage. Bis jetzt hatte ich von den Tabletten nicht zugenommen, und körperlich fühlte ich mich immer besser. Nach einer Woche hörte ich auf, mich zu rasieren. Mein Bartwuchs war zum Erliegen gekommen.

Als ich mich acht Tage nach der ersten Dosis im Spiegel betrachtete, war ich von meinen Brüsten überwältigt. Ich berührte die Brustwarzen, die sofort mit einem erregenden Impuls reagierten. Die linke wurde etwas langsamer hart, dafür aber wurde sie größer. Ein wenig hatte ich zugenommen, etwa zwei Kilo, die sich gleichmäßig verteilt hatten. In ein paar Tagen hätte ich sie locker wieder runter.

Meine nächste Sorge war das Besorgen von Kleidung und Accessoires. Allerdings hatte ich Angst, in meiner neuen Gestalt unter die Leute zu gehen. So einen Einkaufszettel hatte ich noch nie gehabt. Ich zögerte. Sollte ich mich verstecken oder im Gegenteil mich selbstbewusst zeigen? Ein paar Minuten lang sprach ich mir Mut zu.

Dann beschloss ich hinauszugehen, wollte aber unauffällig wirken. Ich verhüllte mich gründlich mit locker sitzenden Sachen.

Es war ein kälterer Tag, und durch die nach Norden führenden Straßen pfiff der Wind. Ich beeilte mich. Zuerst sah ich mir die Schaufenster an. Ich hatte nicht gewusst, dass für einen Mann das Einkaufen von Damenunterwäsche eine so anspruchsvolle Aufgabe darstellte.

Ich musste mir meinen ersten BH besorgen und hatte keine Ahnung, wie ich den richtigen finden sollte. In einem Geschäft ließ ich mich beraten, wobei ich behauptete, ihn für meine Freundin zu kaufen. Mit der Hand deutete ich an, wie groß ihre Brüste und ihr Brustumfang waren. Man empfahl mir 90 C. Ich suchte mir ein Modell aus schwarzer, reich mit Flitter besetzter Seide mit durchsichtigen Trägern aus, das mit Stäbchen verstärkt war. Anprobieren kam leider nicht in Frage. Die Verkäuferinnen betrachteten mich neugierig, es kam mir sogar so vor, als sei ich ihnen verdächtig, aber vielleicht redete ich mir das auch nur ein. Garantiert wollten sie vor allem Geld.

Zu Hause probierte ich den BH sofort an. Er half mir unglaublich. Ich hatte nicht geahnt, dass dieses winzige Kleidungsstück so nützlich war. Ich hatte ein großes Informationsdefizit. An meinen Hüften und am Bauch lagerte sich Fett an, und deshalb begann ich Übungen zu machen. Unter dem Druck meiner zunehmenden Oberweite platzten an meinen alten Hemden die Nähte auf. Die Veränderungen ließen sich nicht mehr verheimlichen. Ich kaufte mir Kleider, die viel zu weit waren, dafür aber Abnäher unter der Brust und einen tiefen Ausschnitt hatten. Außerdem besorgte ich mir Halbschuhe mit hohen Absätzen, die mir gut standen. Die Absätze hinterließen auf dem Teppichboden kleine hufeisenförmige Abdrücke. In einer Drogerie probierte ich roten Lippenstift.

4.

Um mehr über meinen neuen Zustand zu erfahren, recherchierte ich im Internet. Ich fand allerdings nur allgemeine Phrasen, dass Weiblichkeit nicht das natürliche Gegenteil von Männlichkeit war, oder dass die Hormone das Nervensystem auf all seinen Stufen sexualisierten, und ähnlich Unverständliches. Mir war klar, dass mir in dieser Situation abstrakte Ratschläge nicht helfen würden.

Ich war auf mich allein angewiesen.

Ich nahm die letzte, die zwölfte Packung des Verhütungsmittels.

Meine Stimme hatte sich verändert, ich sprach höher, sanfter und, so schien es mir, auch zärtlicher. Meine Bewegungen und Gesten wurden weiblicher. Ich war sehr ruhebedürftig, lehnte zwei Aufträge ab und ging nicht an mein Handy. Meine gesamte Kommunikation erledigte ich ausschließlich per E-Mail.

Mein Körper wurde wieder fester. Die Brüste wuchsen weiter, sie waren erstaunlich voll und gleichzeitig geschmeidig. Beim Gehen wogten sie auf und ab. Eines Tages konnte ich mir nicht einmal mehr meinen BH anziehen, denn die Körbchen waren mittlerweile zu eng. Mein Bauch wölbte sich zum Glück nur leicht nach vorn. Die aufrechte Körperhaltung musste ich ganz neu erlernen. Auch mein Gang hatte sich verändert. Mich plagten Schmerzen, weil das Gewebe an meinem Oberkörper so stark wuchs. Ich war jetzt bei BH-Größe 95 F angelangt, und meine Brüste hatten eine fast perfekte Kugelform angenommen. An den Spitzen hatten sich wunderschöne Brustwarzen gebildet.

Ich stellte fest, dass ich viele Blicke auf mich zog, wenn ich die Straße entlangging. Ich hatte nicht mehr die geringste Lust, mein Äußeres mit weiten Hemden und Sakkos zu kaschieren. Der neue Körper gefiel mir. Ich begann besonders auf meine Brüste stolz zu sein, doch es ärgerte mich, dass ich wegen ihrer Größe nicht mehr gut auf dem Bauch schlafen konnte, denn sie drückten mich.

Im Verlauf der nächsten Wochen wurden meine Schlüsselbeine kräftiger. Auch der Beckenbereich meines Skeletts wurde größer und ging in die Breite, was mir wieder große Schmerzen bescherte. Die alte Kreatur in mir verendete, und an ihre Stelle zwängte sich eine neue. Ich war von meinem eigenen Gesicht überrascht, wenn ich es im Spiegel sah. Die weiblichen Züge traten immer mehr in den Vordergrund. Meine Augen wirkten jetzt freundlicher und vertrauenerweckender. Im gesamten Bauchraum und in den Lungen bekam ich Krämpfe, vom Schoß bis zu den Achselhöhlen. Als würde sich mein Körper im Innern neu organisieren, würde durch diese geheimnisvollen Vorgänge seine weiteren Möglichkeiten abwägen, andere Inkarnationen, schlummernde Potentiale.

Die Klamotten, die ich noch vor ein paar Monaten trug, passten mir nicht mehr. Ohne mich zu schämen ging ich in Damenboutiquen und lernte, mich in ihnen zu orientieren. Ich kleidete mich komplett neu ein. Und ich ließ mir die Haare lang wachsen.

Meine Geschlechtsorgane schienen überhaupt nicht mehr zu existieren. Eine Erektion hatte ich seit der ersten Hormondosis nicht mehr zustande gebracht, und ich hatte auch kein Verlangen danach. Die Hoden waren ausgetrocknet und geschrumpft, mit jedem Tag wurden sie kleiner und kleiner, bis nur noch ein Häufchen faltiger Haut übrig war.

Und dann fiel mir eines Nachts der Penis ab.

Ein Teil der Verwandlung war unwiderruflich abgeschlossen. Wenige Tage später begann sich, nur ein paar Millimeter von der Stelle entfernt, wo vorher mein Glied herausgeragt hatte, eine Scheide ihren Weg in meinen Schoß zu bahnen.

5.

Zwischen den Innenseiten meiner Schenkel bildete sich eine Vertiefung, ein schmaler Schlitz, und in seiner Umgebung nahmen die Schamlippen Gestalt an. Die Haut in dieser Region gewann in den nun folgenden schwierigen Wochen eine völlig neue Sensibilität, sie färbte sich dunkelrosa und formte sich komplett um.

Die Scheide faszinierte und reizte mich. Zuerst erkundete ich die Wärme dieser seltsamen Membrane. Eine feuchte Anziehungskraft führte mich in verborgene Gefilde, in denen das Fieber loderte. Mit den Fingern fuhr ich in die Öffnung hinein, um sie zu erforschen. Das Innere sah aus wie Lava. Ich lernte es, die richtigen Stellen zu streicheln. Als ich meinen ersten Höhepunkt erreichte, verlor mein Venushügel seine Zartheit und verkrampfte.

Es tauchten neue Sorgen auf. Mein Unterleib begann stark zu schmerzen. Ich konnte kaum noch gehen und schlafen. Sehr oft schreckte ich aus unruhigen Träumen hoch. Ich fühlte mich erschöpft und gereizt. Nach zwei Monaten bekam ich meine erste, sehr schmerzhafte und starke Menstruation, die sieben Tage anhielt. Anschließend stellte sich so etwas wie eine Katharsis ein, fünf ruhige Tage. Darauf folgte eine weitere, zehntägige Menstruation.

In mir lief ein neuer biologischer Mechanismus an. Ich nahm Teil am uralten natürlichen Zyklus, von dem die Männer ausgeschlossen bleiben. Die Zeit teilte ich nicht mehr in Werktage und Wochenenden ein, sondern in Mondphasen. Meine weibliche Identität komplettierte sich. Ich hatte die natürliche Initiation durchlebt, die mir die Möglichkeit eröffnet hatte, Kinder auf die Welt zu bringen.

Vom Tag der ersten Monatsblutung an nannte ich mich nicht mehr Michal, sondern Michaela.

Michaela Kirchner.

6.

Ich verwandelte mich in ein Wesen, das etwas völlig anderes wollte und brauchte als das frühere. Ich verspürte gewaltige Bildungslücken. Von der Oberflächlichkeit hatte ich die Nase gestrichen voll. Ich kaufte mir Bücher über weibliche Gesundheit, Psyche und Hygiene, um mein Wissen zu ergänzen. So wie Kinder nach unbekannten Gegenständen griffen, suchte auch ich nach Wörtern und Bildern, mit denen ich die Dinge in ihrer jetzigen Gestalt besser fassen konnte. Trotz alledem trauerte ich meinem früheren Leben nicht nach.

In der langen Übergangsphase verstand ich vieles nicht, und deshalb verließ ich mich öfter als früher auf meine Intuition und Phantasie. Ich versuchte mir auszumalen, was mich noch alles erwartete.

Ich war über dreißig und noch Jungfrau.

Es ging mir gut, doch gleichzeitig wurde die Angst in mir immer stärker. Nach ein paar Monaten war ich mit meinem Zyklus bereits vertraut, der zudem regelmäßiger wurde. Immer ein paar Tage vor der Menstruation und während meiner Tage war ich erkältet, meine Lippen platzten auf, die Gesichtshaut war gereizt, Nieren und Unterleib machten mir zu schaffen. Dann hatte ich fünf bis sieben Tage schmerzhafte Blutungen. Ich wärmte meinen Bauch mit einem elektrischen Heizkissen und machte mir Kräutertees.

Ich entdeckte an mir neue verborgene Winkel, weiche Hautfalten. Zum ersten Mal trug ich den richtigen Rock, einen, der passgenau meine Hüften umspannte und ohne Falten zu werfen auf den beiden ebenmäßigen Halbkugeln meines Hinterns auflag. Ich zupfte mir die Augenbrauen, lernte mich zu schminken und meine Fingernägel spitz zu feilen. Ich kaufte mir eine elegante Handtasche, Halsschmuck, silberne Armbänder und zwei Ringe.

Am ersten Tag befürchtete ich noch, dass meine Schminke verlaufen würde. Doch auf der Straße stellte ich fest, dass ich mir grundlos Sorgen gemacht hatte. Schon bald bewegte ich mich in meinem neuen Körper selbstbewusst und sicher.

Es gab allerdings auch unangenehme Veränderungen: Ich war stinksauer, wenn mir ein Absatz abbrach. Der konstante 28-tägige Zyklus ging mir auch auf die Nerven, denn ich musste mich viel später daran gewöhnen als die anderen Frauen. Vor allem aber wurde mir meine Einsamkeit immer deutlicher bewusst.

Auf Impulse von außen reagierte ich viel emotionaler. Ich entdeckte in mir Gefühle, die ich bisher verdrängt hatte. Ich entwickelte Rituale und kam mittlerweile schon ganz gut mit dem ganzen Drum und Dran klar. Alle zwei Wochen ging ich in Salons, wo ich mir Beine, Achseln und Schoß epilieren ließ, um einen Badeanzug tragen zu können. Ich fand auch einen ausgezeichneten Friseur. Mein Stolz auf mich selbst wurde immer größer.

Oft war ich richtig scharf auf einen Mann. Ich achtete aufmerksam auf Aussehen und Verhalten des anderen Geschlechts. Ich sehnte mich danach, die Hüften eines Mannes zwischen meinen Schenkeln zu versenken. Meine Lust wurde immer größer, mit einem allein zu sein, mit seinen Fingern, seinem Geruch, seiner Haut, seinen Händen, seinen Lippen.

Vorerst hatte ich keinen genauen Plan. Ich musste mir erst darüber klar werden, was es bedeutete, eine Frau zu sein, welche Möglichkeiten mir das brachte. Ich phantasierte über meine Chancen und hatte panische Angst vor den Untiefen. Sah ich schon weiblich genug aus? Würde man mich hübsch und attraktiv finden? Ständig betrachtete ich mich im Spiegel und musterte mich von allen Seiten.

Ich begann mit Männern zu flirten, wenn sich eine Gelegenheit bot. Und ich stellte fest, dass ich als attraktive und einsame Anfangdreißigerin in der Berliner Gesellschaft gute Karten hatte.

7.

Inzwischen war ich problemlos in der Lage, mich um mich selbst zu kümmern. Wenn ich Lust hatte, konnte ich meine Haare ganz verschieden zurechtmachen. Oder beim Schminken eine pflegende Grundierung richtig auftragen und mich anschließend so pudern, dass die Haut einen herrlichen goldigen Schimmer bekam. Jeden Tag machte ich mich hübsch vor dem Ausgehen.

Ich hatte begriffen, was ich wollte: Ich brauchte einen Mann, auf den ich mich verlassen konnte. Einen Vater für meine Kinder.

Ich machte mich auf die Suche nach einem geeigneten Partner. Zuerst hörte ich auf zu arbeiten, weil ich mit dem Job sowieso nicht mehr zufrieden war. Jeden Tag ging ich in Fitness-Clubs und in Restaurants, abends ins Theater oder ins Kino, in Bars oder in Kneipen. Ich lebte ein Leben, wie ich es bisher nicht gekannt hatte, unspektakulär, normal, und genau das hatte mir immer sehr gefehlt.

Einmal gegen Morgen betrat ich eine Nachtbar in Prenzlauer Berg, in der sofort hektisches Treiben ausbrach. Ein Typ bestellte mir einen Drink, ein anderer wollte mich mit auf die Tanzfläche nehmen, wieder andere machten mir Komplimente. Ich war begeistert, denn bisher hatten Männer noch nie so unverhohlen und offensiv auf mich reagiert. Ich wurde ein wenig nervös, denn ich konnte meine Vorfreude nicht verbergen. Umso härter traf mich dann die Enttäuschung, als ich nach kurzer Zeit feststellen musste, dass mich alle zu Tode langweilten.

Ich probierte viele Läden in verschiedenen Vierteln aus, verabredete mich im Chat mehrmals zu Blind Dates, doch meine Suche endete jedes Mal ergebnislos und enttäuschend. Ich konnte keinen Mann finden, der mich wirklich fasziniert hätte.

Da kam ich auf den Gedanken, die Dienste einer Escort-Agentur zu nutzen.

Ich wusste ja, wie es in der Branche läuft. Und ich kannte die Webseiten.

Schnell hatte ich mir einen Überblick über die umfangreichen Angebote in Berlin verschafft. Ich beschloss, lieber mehr zu bezahlen, denn in erster Linie suchte ich nach Gesundheit und Qualität. Relativ schnell fand ich einen zwanzigjährigen jungen Mann, der aus Mitteleuropa stammte. Er sah wirklich toll aus, war gut gebaut und machte einen natürlich intelligenten und frischen Eindruck. Ich füllte das Formular aus, zahlte mit meiner Kreditkarte und vereinbarte gleich für den nächsten Abend einen Termin. Gegen einen Preisaufschlag willigte die Agentur ebenfalls ein, dass mein Gast nicht verhüten musste.

Ich bestellte ihn zu mir nach Hause.

8.

Tagsüber hatte wieder die Sonne vom Himmel gebrannt, und während sie unterging, behielt die Luft eine ruhige und stille Durchsichtigkeit. Ungeduldig wartete ich. Er kam pünktlich. 20 Uhr.

Das Foto hatte zum Glück nicht getäuscht. Er war großartig. Kaum hatte ich ihn gesehen, verspürte ich schon größtes Verlangen. Er legte mir die Bestätigung über einen kürzlich durchgeführten Gesundheitscheck vor. Schon auf der Schwelle sprühte er vor Sympathie und Charme, doch ich bat ihn, nichts zu sagen. Zur Belohnung küsste ich ihn bereits im Flur.

Er umarmte mich. Wir wankten hin und her, traten von einem Bein aufs andere. Ich strich ihm übers Haar, roch seinen intensiven Duft. Er hörte gar nicht wieder auf, sich an mir festzusaugen, und ich bremste ihn nicht. Ich wollte einen starken Mann, und als ich seine Muskeln auf den Schultern und an den Schenkeln betastete, wurde ich darin bestätigt.

Ich schlang ein Bein um seine Hüfte. Er streichelte mich am Rücken und am Po. Nach einer Weile kam er ein wenig ins Schwitzen und roch noch besser. Ich führte ihn ins Schlafzimmer. Dort plazierte ich ihn unter mir auf dem weißen Laken und zog ihn aus. Ich nahm sein weiches, rosa Glied in eine Hand und knetete und drückte, bis es sich aufrichtete. Er stützte sich auf, beugte sich über mich und legte mich auf den Rücken. Seine Hände bereiteten mich zärtlich vor. Seine Handflächen strichen über meinen Bauch, und Stück für Stück erwärmte er jeden einzelnen Teil des Räderwerks in mir. Er schob mir einen Finger in die Scheide. Das verblüffte mich. Ich leistete keinerlei Widerstand und blieb zum ersten Mal vollkommen untätig. Er drang in mich ein. Ich wusste nicht, wie tief er vordrang, bis wohin er kommen würde. Sofort wurde ich von einer Hitzewelle überrollt. Bei seinem bedächtigen Vorgehen konnte ich mich ganz öffnen. Er lag auf mir und blieb in mir. Er hielt mich in seinen Armen, sein Speichel schmeckte süß und benetzte mir Kinn und Wangen.

Ich krampfte meine Finger zusammen. Ich spürte sein Gewicht auf meinen Hüftgelenken. Mein Körper wurde vom Genuss dieser Last erfasst. Mit jeder Bewegung kam er mir näher und näher. Überwältigt vom Blick auf seine Muskeln streckte ich meinen Arm aus und nahm seine Hoden in eine Hand. Von seiner Haut stieg ein betörender Geruch auf. Er stöhnte laut. Dann stützte er sich auf beiden Armen hoch, presste sich gegen mein Becken und drang so tief wie möglich in mich ein. Er schrie auf und kam.

Von seinen Schläfen tropfte der Schweiß auf meinen Hals.

Vorm Einschlafen kamen mir die angenehmsten Gedanken, die ich seit meiner Verwandlung je hatte. Ich war in einem Zustand ungewöhnlicher körperlicher Ruhe und Erfüllung.

Nach einer Stunde schickte ich ihn weg. Sein Honorar hatte ich schon im Voraus auf das Konto der Agentur überwiesen. Ich war froh, dass ich es ihm nicht persönlich geben musste, dass wir uns den Abschluss unserer Begegnung nicht mit Diskussionen übers Geld verderben mussten. Dann gab ich ihm noch ein großzügiges Trinkgeld, was ihn sichtlich erfreute. Ich spürte es, und nach zwei Wochen gab mir auch ein Urintest recht.

Ich war schwanger.

9.

Bei dem Embryo entwickelte sich als erstes Organ das Herz. Obwohl er noch nicht einmal die Größe eines Bohnensamens erreicht hatte, pulsierte bereits sein Blut. Ab sofort ging ich äußerst schonend mit mir um und hoffte, dass nichts Unvorhergesehenes passieren würde. Ich meldete das Fernsehen ab, kündigte mein Zeitungsabonnement, stöpselte das Telefon aus. Denn ich hatte nicht die geringste Lust, mit jemandem zu kommunizieren.

Während der Schwangerschaft fiel mir ein seltsames Phänomen auf: der Drang, mich zu sehen. Überall suchte ich nach Spiegeln. In Taxis, in Drogerien, in Umkleidekabinen, vor Friseursalons. Ich wusste nicht, warum ich mich so oft betrachtete. Lange und gierig schaute ich mich an, fast atemlos, meinen Blick ganz in der zweiten Michaela versunken. Aber das genügte mir nicht. Wenn ich allein war, hüpfte ich vor den Spiegeln herum, schnitt Grimassen, lachte laut und verspürte eine prickelnde Freude über meine Leibesfrucht. Zwischen mir und meinem Kind entstand bereits jetzt eine sehr starke Bindung. Ich wäre in der Lage gewesen, alles für diesen neuen Menschen in mir zu tun.

Meine Brüste wurden nach drei Monaten noch größer, aber auch schöner. Ich nahm überraschend schnell zu. Mein Bauch wölbte sich, und die Haut darauf begann zu spannen. Immer öfter blieb mir beim Gehen die Luft weg, vor allem beim Treppensteigen, später auch in der Ebene. Die Leute sahen mich verlegen an, als hätten sie an meinem Zustand eine Teilschuld. Aber viele waren auch sehr nett zu mir, doch sie wichen trotzdem meinem Blick aus. Ich blieb lieber vor allen auf der Hut.

Ich hatte nicht die geringste Lust, bei den regelmäßigen Untersuchungen beim Frauenarzt oder bei der Schwangerengymnastik mit anderen werdenden Müttern zu reden. In meinem Innern wuchs ein Mensch heran, der mich als Einziger wirklich interessierte. Nach fünf Monaten kam ich nicht mehr in meine Jacke hinein und konnte meine Blusen auf dem Bauch nicht mehr zuknöpfen. Die unruhigen Beinchen des Embryos traten manchmal so stark zu, dass es wehtat, was ich großartig fand. Ich überlegte, wie es wohl dem Kind da in mir drin ging, was es wahrnahm und ob es mich hören konnte, wenn ich etwas zu ihm sagte. Noch nie hatte ich mich jemandem so nah gefühlt.

10.

Als ich aufwachte, war es noch dunkel. Ich fühlte, dass meine Fruchtblase geplatzt war, und begriff: Der große Augenblick war gekommen. Laut Kalender hätte ich noch eine Woche Zeit gehabt, deshalb hatte ich noch nicht damit gerechnet. Die Flüssigkeit durchnässte mein Bett. Ich stand auf, um mich zu waschen, aber ich wäre fast in Ohnmacht gefallen. Noch nie hatte ich einen solchen Schmerz verspürt. Als würden aus meinem Kreuz Wellen aus Feuer nach unten fließen und meine Beine lähmen. Danach schossen sie nach oben in den Rücken und rasten durch die Schulterblätter und Schlüsselbeine weiter bis in mein Genick.

Ich war nicht in der Lage, auch nur einen Schritt zu tun, ich keuchte laut, meine Schlagadern waren zum Bersten angespannt, mein Herz klopfte so stark, dass es mir vorkam, als würde sein Schlagen Möbel, Wände und Fußboden erschüttern. Ich drehte mich auf dem Teppich zur Seite. Durch die starken Krämpfe konnte ich mich aber nicht richtig bewegen. So lag ich ausgestreckt da, die Knie leicht angewinkelt, und weinte leise. Ich biss die Zähne zusammen, um nicht loszuschreien.

Die Schmerzwellen folgten in kurzen Abständen aufeinander. Mit den Armen umspannte ich meinen harten Bauch wie mit einem Gürtel. Unbewusst begann ich mit den Händen langsam zu kneten und zu drücken, ging immer weiter nach unten und fuhr dann wieder nach oben zu meiner Brust. Ich kämpfte gegen die Krämpfe, die aus meinem Schoß kamen.

Es dauerte lange, so lange, dass ich mich schon nicht mehr erinnern konnte, wann es eigentlich begonnen hatte. Immer wieder hatte ich das Gefühl, dass das Baby jeden Moment auf die Welt kommen würde, dass neun Monate des Wartens nun ein Ende hätten. Und jedes Mal war es blinder Alarm. Noch mehrere endlose Stunden rang ich weiter. Auch wenn es mir unmöglich vorkam, dehnte und weitete sich meine Gebärmutter bei jeder Wehe noch mehr. Jeder Muskel war angespannt, jeder Nerv pulsierte. Der Schmerz potenzierte sich immer mehr, er ging langsam an die Substanz. Ich stöhnte ununterbrochen und wand mich in Anfällen von Schüttelfrost. Das Leben, das ich geben sollte, raubte mir die letzten Kräfte.

Zuerst zwängte sich der Kopf heraus, und meine Hände lenkten ihn sanft zwischen meinen gespreizten Beinen hindurch. Es war viel Zeit vergangen. Mein Körper schien sich mir zu widersetzen, von einem bestimmten Moment an hatte er seinen eigenen Willen. Mein Rücken spannte sich mit neuer Energie an, die nicht mehr aus mir kam. Ich hatte einen Punkt der absoluten Vereinigung erreicht, kein Gefühl ließ sich mehr ausdrücken, die Welt erschien nicht mehr, da alles einfach nur noch unauflöslich und unaussprechlich existierte.

Langsam rutschte das Kind aus mir heraus. Mein Bauch dehnte

sich auch weiterhin regelmäßig aus und zog sich wieder zusammen. In der Schlussphase, kurz vor der Dämmerung, kam der Rest des kleinen Körpers überraschend schnell.

Es war ein Mädchen.

Ich nannte es Sophie.

Auf dem Köpfchen hatte sie feine, nasse Haare, und ihre geschlossenen Lider waren bläulich geädert. Die Farbe der Augen erinnerte an die Tiefsee. In die Stille hinein ertönte ein Quietschen. Ich hielt Sophie auf meinem Arm, sie war erstaunlich leicht und ganz klebrig und blutverschmiert. Mit einer Schere schnitt ich die Nabelschnur durch und wickelte sie ihr um den Bauch. Wieder ertönte das durchdringende Weinen. Ihre Stimme erklang, drang schrill, energisch und unbeirrbar aus ihrer Kehle hervor, bis sie keine Luft mehr bekam.

Ich zwang mich aufzustehen, damit ich das Mädchen in der vorbereiteten Waschschüssel baden konnte. Rosige Wangen, dunkle Augen, breite Fingernägel und kräftige Ärmchen. Auf der Stirn bildeten sich tiefe Falten. Als ich fand, dass sie sauber war, beugte ich mich über sie und beschnupperte sie von Kopf bis Fuß. Sie hatte unbestreitbar meine Züge. Dann deckte ich uns mit dem vorbereiteten Laken zu.

Ich stützte mich auf, legte Sophie auf mich und drückte sie gegen meine Brust. Ich spürte die Wärme des kleinen Körpers. Gleichzeitig war ich wie gelähmt vor Angst, sie mit meinen Händen zu quetschen. Sie nuckelte an der Brustwarze und presste sie sanft zusammen. Auf ihrer Zunge blieb die weiße Spur der ersten Muttermilch zurück.

Lange blieb ich reglos liegen, um ein wenig zu verschnaufen und meinen immer noch schmerzenden Unterleib zu entspannen. Die Anspannung ließ allmählich nach. Ich zitterte zwar vor Erschöpfung, doch so eine Glückseligkeit hatte ich noch nie verspürt.

In den ersten Tagen bewegte sich Sophie fast überhaupt nicht, sie gab nur schwache Geräusche von sich, wenn sie atmete. Sie schlief reglos, lag auf dem Rücken, den Kopf ein wenig zur Seite, die Fäuste geballt. Hin und wieder fing sie laut an zu weinen. Wenn ich mit meinem Zeigefinger ihre Fingerchen berührte, griff sie danach. Ich lernte, die überschüssige Milch aus meinen schmerzenden Brüsten abzupumpen und in Flaschen zu füllen, die ich im Kühlschrank lagerte. Und auch andere Pflichten bewältigte ich gut alleine. Ein neuer Kreislauf hatte begonnen, jenseits von Tag und Nacht. Stillen, wickeln, in den Schlaf wiegen, ein Stündchen Schlaf, manchmal auch zwei, und das Ganze wieder von vorn.

Ich konnte meine Blicke nicht von dem Wesen losreißen. Immer, wenn ich Sophie sah, bestärkte das meine Bereitschaft, trotz alledem weiterzumachen. Sie repräsentierte mein neues Leben, das die Erfüllung meines früheren sein würde.

EPILOG

Letztes Wochenende fand in der Stadt das diesjährige »Fest der Autos« statt. Dieser Staatsfeiertag wird aus Anlass des Jahrestages der Unterzeichnung des Investorenvertrags und der Grundsteinlegung zur Automobilfabrik begangen, und deshalb heißt er auch noch »Tag der Dankbarkeit«. Ich machte mich mit meiner Tochter Sophie, die vor kurzem ihren zehnten Geburtstag gefeiert hatte, auf den Weg zu dieser Veranstaltung. Wir waren beide zur Teilnahme verpflichtet – ich wurde von meinem Arbeitgeber geschickt, sie von ihrer Grundschule.

Schon drei Monate lebte ich wieder in der Metropole, aber ich hatte mich immer noch nicht an all die schwindelerregenden Veränderungen gewöhnt, zu denen es hier gekommen war. Die Massen von Besuchern füllten den riesigen Platz, sie zwängten sich zwischen den ausgestellten, mit rosa Schleifen umwickelten Autos hindurch. Ein bekannter Moderator, ein Zen-Meister aus dem Fernsehen, ließ Werbeballons aufsteigen. Wir folgten der markierten Strecke und blieben nur an den vorgeschriebenen Stellen stehen, damit jeder an die Reihe kam. Bei neuen Automodellen verbeugten wir uns rituell, und jeder von uns rief laut: »Kamsa hamnida!« Dankeschön. Diese zwei koreanischen Wörter richtig aussprechen zu lernen, hatte mir ziemlich zu schaffen gemacht. Über dem ganzen Areal schwebten die Gukak-Weisen eines Volksmusikensembles. Ich hatte mich immer noch nicht an das melancholisch quäkende Gejaule gewöhnen können.

Ganz in der Nähe formierten sich buddhistische Mönche zu einem Lotos-Ritual. Ein paar Meter weiter wurde feierlich das Verzeichnis der Schande enthüllt, eine Liste mit den Namen der Verräter, die vor langer Zeit nicht bereit gewesen waren, ihren Grund und Boden den Investoren zur Verfügung zu stellen. Auf der riesigen schwarzen Marmorplatte konnte ich mitteleuropäische Namen lesen, wie sie heutzutage gar nicht mehr benutzt wurden und die sich zur Warnung auch die kommenden Generationen merken sollten. Auf der Hauptbühne führten Gymnasiastinnen rituelle Tänze zu Ehren von Konfuzius auf. Künstler aus der Partnerstadt Seoul hatten einen Karnevalsumzug mit Personen- und Lastwagenmotiven organisiert.

Jetzt war Sophies großer Augenblick gekommen. Schüler aus ihrer Klasse hatten ein Gedicht des Lesebuchautors Kim Man-Jung auswendig gelernt. Ich verstand kein einziges Wort, aber ich war trotzdem stolz auf meine Tochter. Der Ergriffenheit unserer koreanischen Gastgeber nach zu urteilen, die höflich ihre Köpfe neigten und dezent applaudierten, war die Rezitation gelungen. Als Belohnung bekamen die Kinder Schlüsselanhänger und Automodelle aus Kunststoff, denn – wie sich ein Firmensprecher in seiner kurzen Ansprache ausdrückte – dem Konzern war sehr an der Bildung von Kindern und Jugendlichen gelegen.

Von unseren einheimischen Interpreten spielten alle drei Superstars, die im letzten Vierteljahrhundert keine einzige Firmenveranstaltung ausgelassen hatten. In einem geschlossenen Zelt fanden Turniere im Nationalsport Taekwondo statt. Die Klimaanlage erzeugte ein Kribbeln in meiner Nase. Ich versuchte, das Niesen unter allen Umständen zu unterdrücken. Ich wollte mir so gerne die Nase schnauben, aber ich konnte nicht, denn das stand im Widerspruch zur Firmenethik.

Sophie und ich waren von all den Erlebnissen hungrig geworden, und deshalb steuerten wir eine Freifläche an, wo niedrige Tische standen und auf dem Boden bunte Kissen lagen. Wir setzten uns und griffen nach den Stäbchen. Meine Tochter bestellte sich Kimchi und ich Pajeon-Pfannkuchen. Das Essen schmeckte mir nicht und kostete außerdem gleich 100 Won. Ich hatte mir immer noch nicht abgewöhnt, die Preise in die alte Euro-Währung umzurechnen. Beim Essen schwiegen wir, wie es von uns verlangt wurde. Als uns ein delikates Dessert angeboten wurde, nämlich geräucherter Hundeschinken, lehnten wir dankend ab.

Unaufhaltsam näherte sich der Höhepunkt des Programms. Die Hauptbühne betrat der Staatspräsident, der auch Großer Vermittler des Investitionsvertrags genannt wurde. Er trug die traditionelle Hanbok-Tracht. Ich war überrascht, wie gut er bereits koreanisch sprach. Hätten sie auf der Großleinwand nicht auch Untertitel mit der Übersetzung eingeblendet, hätte ich nicht einmal gewusst, worüber er redete. Ich starrte ihn so konsterniert an, dass ich mich gar nicht richtig auf das Lesen konzentrieren konnte. Verwirrt sah ich zu, wie der Staatsmann Arbeiter, welche die einst übereilt und nachlässig erbauten Autobahnen in Rekordzeit repariert hatten, mit Ginsengwurzeln auszeichnete. Zum Abschluss hob er ein Gläschen mit Soju in die Höhe, das er dann austrank. Die Zuschauermassen jubelten ihm zu, durchdrungen von aufrichtiger Dankbarkeit dafür, was er alles möglich gemacht hatte.

Die Veranstaltung war bereits vor vier zu Ende, denn diese Unglückszahl, koreanisch »sah«, bedeutete auch »Tod«. Die Krankenhäuser und Hotels der Metropole hatten ihre vierten Stockwerke geräumt, und nicht einmal die Aufzüge hielten mehr in dieser Etage. Das Tabu betraf auch den Buchstaben F. Warum das so war, konnte mir niemand sagen, aber dass es so war, wussten alle aus dem Effeff.

In der Menge erkannte ich mehrere Angehörige von Escort-Agenturen, die sehr dezent einsame koreanische Damen begleiteten. Ein

Blick genügte mir, um zu wissen, dass die Branche prosperierte. Nach Hause ging ich mit Sophie zu Fuß. Vom Herumlaufen und Herumsitzen tat mir alles weh. Mein schäbiges Auto war zu Hause stehengeblieben, denn die Stadtverwaltung hatte heute sämtlichen anderen Marken die Zufahrt zum Zentrum untersagt.

Als wir das Areal verließen, lächelten uns die Hostessen in ihren Kimonos dermaßen liebenswürdig zu, dass mir davon schlecht wurde. Sie verneigten sich leicht und reichten uns bunte Hochglanz-Reklamezettel mit fotografischen Orgien aus polierten Karosserien, verchromten Stoßstangen, robusten Motoren und mit Leder bezogenen Schalthebeln.

Auf meine Zunge drängten sich all die Wörter, die ich in einer Fremdsprache jedes Mal als Erstes lernte. Doch ich sagte lediglich: »Annyonghi ka-seyo.« Auf Wiedersehen.